# 感时忧国

夏志清 著

SPM
南方出版传媒
广东人民出版社
·广州·

图书在版编目（CIP）数据

感时忧国／夏志清著. —广州：广东人民出版社，2015.8
ISBN 978 - 7 - 218 - 10323 - 5

Ⅰ.①感… Ⅱ.①夏… Ⅲ.①散文集 - 中国 - 当代 ②中国文
学 - 文学评论 - 文集 Ⅳ.①I267 ②I206 - 53

中国版本图书馆 CIP 数据核字（2015）第 181204 号

GANSHI YOUGUO

**感时忧国**

夏志清 著

出 版 人：曾 莹

总 策 划：肖风华
主 编：李怀宇
责任编辑：李怀宇
封面设计：张绮华
责任技编：周 杰 黎碧霞

出版发行：广东人民出版社
地 址：广州市大沙头四马路 10 号（邮政编码：510102）
电 话：(020) 83798714（总编室）
传 真：(020) 83780199
网 址：http:// www.gdpph.com
印 刷：东莞市本色印刷有限公司
开 本：889mm×1194mm 1/32
印 张：10.25 插页：2 字 数：224 千
版 次：2015 年 8 月第 1 版 2015 年 8 月第 1 次印刷
定 价：59.00 元

如发现印装质量问题，影响阅读，请与出版社(020 - 83795749)联系调换。
售书热线：(020) 83795240

1937年在父亲夏大栋赴内地前，全家摄于上海某照相馆。时夏济安读光华大学，夏志清高中毕业，夏玉瑛七岁。

1955年，摄于纽海文（New Haven），夏济安第一次来美，在印第安纳大学（Indiana University），学习写作。

1954年6月5日在纽海文（New Haven）与卡洛（Carol）结婚。卡洛比夏志清小十岁，是耶鲁大学古典文学硕士。出生在康州，家道盈实，现定居新墨西哥州。

1969年7月24日，在纽约广场饭店（Plaza Hotel）与王洞结婚。是日为王洞母亲的生日。巧遇美国太空人阿姆斯壮登陆月球。

1979年，钱钟书访美，摄于哥伦比亚大学校园，为汤宴所摄。

1989年何怀硕来美，摄于哥伦比亚大学教室。何怀硕1970年在纽约时，住得离夏家很近，常常见面。

　　1990年摄于哥伦比亚大学附近的湖南餐馆。夏志清是王际真的接班人。王际真不认识夏志清，只因看了《中国现代小说史》，自愿拿半薪向系主任力荐夏志清。夏志清也不认识王德威，完全是看了王德威的文章听了王德威的演讲，说服系主任聘请王德威接班。

　　1991年摄于夏志清西115街的寓所。王德威（左）、夏志清、刘绍铭。

　　2007年11月2日摄于夏志清西113街寓所。庄信正（左）、夏志清、白先勇。2009年夏志清病情严重，白先勇时常打电话问病。庄信正2013年12月28日去疗养院探病，次日夏志清即与世长辞，似等庄信正。

　　2007年11月4日与白先勇摄于法拉盛喜来登饭店。白先勇是夏志清最推崇的当代小说家，也是最好的朋友。白先勇每次来纽约，夏志清翘首以待，事先谢绝访客，养精蓄锐，好陪先勇。

2006年摄于夏志清西113街寓所。唐翼明（左）、夏志清、于仁秋。

2013年3月摄于西57街法俄式餐馆Petrossian。王德威专程来看夏志清。这家餐馆以鱼子酱出名。

# 目 录

1

## 辑　三

# 代　序

## 文学因缘
### ——感念夏志清先生

白先勇

　　我因文学而结识的朋友不少，但我与夏志清先生的一段文学因缘，却特殊而又悠久，前后算算竟有半个多世纪了。我在台大念书的时期，便从业师夏济安先生主编的《文学杂志》上读到夏志清先生的文章。尤其是他那篇论张爱玲小说《秧歌》的力作，对当时台湾文学界有振聋启聩的作用，两位夏先生可以说都是我们那个世代的文学启蒙老师。

　　一九六三年我到美国念书，暑假到纽约，遂有机会去拜访夏志清先生，同行的有同班同学欧阳子、陈若曦等人。因为我们都是夏先生兄长济安先生的学生，同时又是一群对文学特别爱好、开始从事创作的青年，我们在台大创办的《现代文学》杂志，夏先生亦是知晓的，所以他对我们特别亲切，分外热心。那天他领了我们一伙去赫逊河（Hudson River）坐游船，那是个初夏的晴天，赫逊河上凉风习习，纽约风光，历历在目。夏先生那天的兴致特别高，笑话一直没有停过，热闹非

1

凡，五十年前那幅情景，迄今栩栩如生。有夏先生在，人生没有冷场的时候，生命不会寂寞，他身上散发出来的一股强烈的光与热，照亮自己，温暖别人。

一九六三年夏天，我在哥伦比亚大学上暑期班，选了一门马莎·弗莉（Martha Foley）开的"小说创作"，弗莉是《美国短篇小说年度选》的资深编辑，这本年度选集，颇具权威，课上弗莉还请了一些名作家如尤多拉·韦娣（Eudora Welty）来现身说法。课余，我便到哥大Kent Hall夏先生的办公室去找他聊天。那时年轻不懂事，在夏先生面前高谈阔论，夸夸其言自己的文学抱负，《现代文学》如何如何，说的兴起，竟完全不顾自身的浅薄无知，夏先生总是耐心地听着，还不时说几句鼓励的话。夏先生那时心中不知怎么想，大概会觉得我天真幼稚，不以为忤。夏先生本人从不讲究虚套，快人快语，是个百分之百的"真人"，因此我在他面前，也没有什么顾忌，说的都是心里话。打从头起，我与夏先生之间，便建立了一份亦师亦友、忘年之交的关系。这份情谊，一直维持了半个世纪，弥足珍惜，令人怀念。

后来我回到爱荷华大学念书，毕业后到加州大学教书，这段期间，我开始撰写《台北人》与《纽约客》系列的短篇小说，同时也开始与夏先生通信往来，几乎我每写完一篇小说登在《现代文学》上后，总会在信上与他讨论一番。夏先生私下与人相处，非常随和，爱开玩笑，有时候兴奋起来，竟会"口不择言"，但他治学严谨却是出了名的，他写信的态度口气，与他平时谈吐亦大不相同，真诚严肃，一本正经，从他的书信看得出来，其实夏先生是个心思缜密，洞烛世情的人，而他又极能宽厚待人，对人对生命，他都持有一份哀怜之心。试看他与张爱玲的书信往来，夏先生爱其才，而又悯其坎坷一生，对她分外体贴入微。他们之间的信件，真情毕露，颇为动人。

我有幸与夏先生也保持一段相当长的书信往返，他对我在创作上的鼓励是大的。夏先生对已成名的作家，评判标准相当严苛，他在《中国现代小说史》中对鲁迅、巴金等人丝毫不假辞色，可是他对刚起步的青年作家却小心翼翼，很少说重话，以免打击他们的信心。那段期间我与夏先生在文学创作上，互相交流，是我们两人交往最愉快的时光，每次收到他那一封封字体小而密的信，总是一阵喜悦，阅读再三。我的小说，他看得非常仔细，而且常常有我意料不到的看法。《纽约客》系列他比较喜欢《谪仙记》，他认为结尾那一段李彤自杀，消息传来，她那些朋友们的反应，压抑的悲哀，写得节制而达到应有的效果。后来他把《谪仙记》收入他编的那本《二十世纪中国短篇小说选》，英文是我自己译的，经过夏先生精心润饰，其中也选了张爱玲的《金锁记》，这本选集由哥伦比亚大学出版，当时有不少美国大学当作教科书。

我们在讨论《台北人》小说系列时，我受益最多，关于《游园惊梦》他说我熟悉官宦生活，所以写得地道。他又说我在《满天里亮晶晶的星星》里，我对老人赋予罕有的同情。一般论者都认为这只是一篇写同性恋者的故事，夏先生却看出这篇小说的主旨其实是在写年华老去的亘古哀愁。至于对《台北人》整体的评价，他说《台北人》可以说是部民国史，民国的重大事件：武昌起义、五四运动、抗日战争、国共内战，都写到小说中去了。

一九六九年夏先生写了一篇一万多字的长文《白先勇论（上）》评论我的小说，这篇文章发表在《现代文学》12月第

39期上。那时我只写了二十五篇短篇小说，《台北人》系列才完成七篇。夏先生这篇论文，对我的小说评价在当时起了很大的肯定作用。文中有些溢美之辞："白先勇是当代短篇小说家中少见的奇才。""在艺术成就上可和白先勇后期小说相比或超越他的，从鲁迅到张爱玲也不过五六人。""尤其从《永远的尹雪艳》到《那片血一般红的杜鹃花》那七篇总名《台北人》的小说，篇篇结构精致，文字洗练，人物生动，观察深入，奠定了白先勇今日众口交誉的地位。"这篇"上论"其实只论到早期几篇小说。他认为早期写得最好的一篇是《玉卿嫂》，他详细深入的分析了这篇小说，他引用爱神维纳斯Venus与美少年阿多尼斯Adonis的悲剧神话，来比喻玉卿嫂与庆生之间一段冤孽式的爱情故事，观点颇具创意。

《白先勇论（上）》最后夏先生如此预告："我对《芝加哥之死》要说的话很多，留在本文第三节同别的后期小说一并讨论。"但夏先生始终没有写出下篇，可能他想等我的《台北人》系列写完后，再论。可是《台北人》一直到一九七一年才写完，接着欧阳子分析《台北人》一系列的文章陆续登出，并结集为《王谢堂前的燕子》，夏先生有一次跟我通信提到《台北人》已有人精心论析，他认为他自己不必再写了。后来《寂寞的十七岁》出版时，夏先生把《白先勇论（上）》改为《白先勇早期的短篇小说》当作序言。

夏先生在我教书生涯上，亦帮了大忙。一九六五年我从爱荷华大学作家工作室拿到艺术硕士学位。这种学位以创作为主，止于硕士。当时我的选择有两个：我可以继续攻读博士，循着一般当教授的途径，在美国念文学博士起码要花四五年的功夫，我那时急着要写自己的小说，不愿意花那么大的工夫去苦读研究别人的作品，而且好像写小说的人，很少有念博士学位的。另一个选择就是找份工作，一面写作。正好加州大学圣芭芭拉校区东方语文系有一个讲师空缺，教授中国语文，我去申请得以录取，夏先生的推荐函有很大的影响，以夏先生在美国汉学界的地位，他的推荐当然有一定的分量。后来，在我长期的教书生涯中，每逢升等的关键时刻，夏先生都会大力推荐，呵护备至。因为我没有博士学位，在美国大学升等，十分不容易，我很幸运凭着创作及教学，一直升到正教授退休，夏先生一封封强而有力的推荐信，的确帮我渡过不少难关。其实夏先生提携后辈，不惜余力。他的弟子门生，对他都常怀感念。夏先生虽然饱受西洋文化的洗礼，事实上他为人处世，还是地地道道中国人的那一套：重人情、讲义气、热心肠、好助人。夏先生自哥大退休，接班人选中了青年学者王德威，他赏识王德威的才学，也喜欢他的性格，大力栽培，爱护有加，两人情同父子，夏先生晚年，王德威对夏先生的照顾亦是无微不至的。

　　虽然我长年在美国西岸加州大学教书，但我也有机会常到东岸，尤其是纽约，探望亲友、开会演讲。每次到纽约，我一定会去拜访夏先生。夏先生好客，我去了，他总会约好住在纽约我的老同学、老朋友：丛甦、庄信正等人一同到他喜欢的几家中国饭馆去共进晚餐。我记得有一次还到纽约中国城的四五六，吃江浙菜，那家红烧大乌参特别有名。丛甦与庄信正是我的学长，也是夏济安先生的弟子，与夏志清先生及夏太太王洞女士数十年相交，是他们伉俪最亲近的朋友。我们几个人一同聚餐，谈笑无拘，是最快乐的时光。

　　一九七四年，亚洲研究协会（Association for Asian

Studies）在东岸波士顿开年会，中国文学方面夏先生主持了一节研讨会，他邀我参加，我宣读的论文是：《流浪的中国人——台湾小说中的流放主题》（*The Wandering Chinese—the Theme of Exile in Taiwan Fiction*）。平时我很少参加AAS的年会，年会的目的虽然说是为了学术界互相切磋，但很多时候是为了觅职，互攀关系。但那次因为是夏先生当主持人，而且许多朋友都参加了，我记得有李欧梵、刘绍铭、杨牧、於梨华、钟玲、陈幼石等人。热闹非凡。那次夏先生特别高兴。

一九八二年，我的小说《游园惊梦》改编成舞台剧，在台北国父纪念馆公演十场，轰动一时。纽约大学中国同学会邀请我与女主角卢燕到纽约大学去放映《游园惊梦》舞台剧录像带，并举行座谈会，夏先生与丛甦都被邀请参加座谈。夏先生对卢燕的演技十分欣赏，他说我写《游园惊梦》是Stubbornly Chinese。那时李安正在纽约大学念电影，他也来参加座谈会。会后还邀请我们观赏他的毕业短片。没想到后来他变成了国际大导演，是台湾之光。

一九九三年，夏先生七十岁退休，王德威精心策划，在哥伦比亚大学开了一个研讨会，将夏先生的弟子都召唤回来，替夏先生祝寿。有的宣读论文，有的自述跟夏先生的交往关系，其间还有夏先生的同事、老友，我也应邀参加。那是一个温馨而有趣的场合，夏先生的同事门生一一上台，讲述了夏先生许多趣事、糗事，台下笑声不断。但大家的结论都推崇夏先生在西方汉学界，尤其是中国小说史述方面的巨大贡献，大家一致称赞。他的两本英文著作《中国现代小说史》、《中国古典小说》是研究中国小说的两座里程碑，在西方学术界，有不可取代的地位。夏先生在哥大教书数十年，作育一大群洋弟子，散布在美国各大学教授中国文学，夏氏门生影响颇大。

夏先生八十岁生日时，我写了一篇长文《经典之作——推介夏志清教授的〈中国古典小说〉》，为夏先生祝寿，评介他那本经典论著，后来登在《联合报》上。说来《中国古典小说》这本书与我也很有一段因缘。夏先生对我们创办的《现代文学》一向大力支持，常常赐稿，他在这本杂志上发表过不少文章，而且都是极有分量的论文，远在一九六五年第26期上，首次刊出夏先生的《〈水浒传〉再评价》，这篇论文是他《中国古典小说》中《水浒传》那一章的前身，由何欣先生译，接着《现代文学》第27期又刊出夏先生的《〈红楼梦〉里的爱与怜悯》，这篇论文后来扩大成为他书中论《红楼梦》的那一章。那时我已知道夏先生在计划写《中国古典小说》这本书，付印前，我请他将样稿先寄给我阅读，因此，我可能是最早看到这本书的读者之一，我希望将此书各章尽快请人译成中文在《现代文学》登出。我记得那大概是一九六八年的初春，接到夏先生寄来厚厚一叠样稿，我花了几天工夫，不分昼夜，一口气把这本巨著看完了。看文学评论著作，很少让我感到那样兴奋过，《中国古典小说》这本书的确引导我对书中论到的六部经典小说，有了新的看法。

除了《三国演义》那一章是请庄信正译出刊在《现代文学》第38期（一九六九）外，其余各章仍由何欣翻译、刊登《现代文学》的有五章：《导论》、《水浒传》、《西游记》、《红楼梦》，本来何先生把《金瓶梅》、《儒林外史》也译出来了，但是当时《现代文学》财源枯竭，暂时停刊，所以《金瓶梅》、《儒林外史》这两章中译始终未能登出。那时我自己创办"晨钟出版社"，有心将夏先生这本书的中译本在台湾出版，并征得了夏先生的同意，但因为夏先生出书谨慎，出版中译本须自己校对，仔细修改。这一拖下来，便是数年，直到"晨钟"停业，这本书仍未能付梓。这是一直耿耿于怀的一件事。一九八八年《中国古典小说》中译本终于问世，不过是在中国大陆出版的。这本著作本身就是一本经典，曾引导西方学界对中国古典小说研究走向新的途径，新的看法。在《现代文学》上登载的几章中译，对台湾学界，亦产生深刻的影响。

夏先生退休不久，患了心律不整的病症，但他非常注重保养身体，所以这些年健康精神都还很不错，直到三年多前，夏先生因病住院，那次病情来势汹汹，夏先生在医院住了相当长的一段时期，全靠夏太太全心全力照顾呵护，才得转危为安。其间我常与夏太太通电话，用电邮联络，知道夏先生病情凶险，也暗暗替他着急，为他祈祷诵经。后来知道他康复出院了，大家才松了一口气。那段日子夏太太真是辛苦，每天探病，一个人长途跋涉，了不得的坚强。

前年秋天十一月间我因出版父亲的传记《父亲与民国》，纽约世界日报及华人作家协会，邀我到纽约演讲，同时苏州昆剧院也应邀到纽约演出青春版《牡丹亭》的精华折子。我在法拉盛演讲，听众有六七百人，夏先生与夏太太也去参加，我一讲就讲了三个钟头，因为父亲一生与民国历史都是讲不完的故事。夏先生坐在前排，竟撑住了，还听得很入神。青春版《牡丹亭》折子戏在Hunter College的戏院上演，我请了一批朋友去看：丛甦、庄信正夫妇、李渝，当然还有夏先生、夏太太。那天的戏男女主角俞玖林、沈丰英演得特别卖力，尤其是俞玖林的《拾画》分外出彩，半个钟头的独角戏挥洒自如，夏先生坐在我身旁兴奋得指着台上叫了起来：那个男的怎么演得那么好！

看完戏第二天，夏先生、夏太太请我吃饭，庄信正两夫妇也参加了，还有夏先生的妹妹。我们在附近一家有名的法国餐馆吃龙虾大餐，那次夏先生的精神气色都特别好，一点不像生过重病的样子，那天晚上，又跟我们从前聚餐一样，大家说得高兴，吃得开心。夏先生对人生那份乐观的热情，是有感染性的，跟他在一起，冬天也不会觉得寒冷。

夏先生病后已不便于行，需坐轮椅，那晚吃完饭，夏太太用轮椅推着夏先生回家，我看见夏太太努力地推着轮椅过马路，在秋风瑟瑟中两老互相扶持，相依为命，我心中不禁一阵悯然，深深被他们感动。

二〇一三年十二月二十九日夏先生过世，噩耗传来台北，虽然我已听说夏先生又因病住院，但是还是抵挡不住突来的伤痛，掉下泪来。我打电话到纽约给夏太太，她说夏先生走得很平静，前一天二十八日还吃了我叫Harold & David送过去的皇家梨Royal Pears。近年来我不在美国过圣诞，不过总会预先订好皇家梨圣诞节送给夏先生，那是他最爱吃的水果。

辑

一

## 上海，一九三二年春

　　我六岁进小学，二十六岁来美国深造，这二十年间（一九二七年秋到一九四七年十一月），只有两个时期不天天读书，过着比较自在的生活。修毕高一那个暑假，也有三个月不近书本，那是因为受军训，天天操练，当时不胜其苦，可能真把身体锻炼得结实了。出国以来，一转眼已三十载了，照旧过着读书生活，而且近年来变本加厉，假如翌晨没有课，总要到清晨五六点钟才上床，连我的另一半也觉得我生就的劳碌命，五十七岁了，一点福也没有享过，何苦来哉！我自己虽不觉其苦，有时回想那两段少年时期不读书的生活也是蛮有趣的。

　　抗战胜利时，我赋闲在家，有位亲戚奉命接管台北航务管理局，我也跟他去当了十个月"专员"。日里办公时间，照例读我的书，但住在公家宿舍，人太嘈杂，晚上实在不便读书，只好闲荡。这一段不读书的日子，写来太长，本文要谈的是一九三二年春季的那段日子，那时我十一岁，跟父母避难在上海。

　　很少人知道我生在浦东，黄浦江对岸即是十里洋场的上海。父母亲皆是苏州人，但我出生的前后那几年，父亲却在浦东工作。住宅虽小，印象中客厅天花板正中那个灯泡很明亮。

四五岁那年返苏州居住，住宅没有电灯设备，晚饭后家里黑黝黝的，靠几盏洋灯（石油灯）过日子，我心里就老大不愿意。旧式房子，也无保暖设备，冬天特别冷，普通妇女随时随地抱着个铜手炉或是热水袋取暖；男人则把双手袖起来，即使小学生也给人"少年老成"的感觉。我晚上在洋灯下读书，好像也是把双脚放在铜脚炉上的。

小学五年半，我们寄居在桃花坞母亲娘家何姓老宅。不知何故，到了我要读小学六年级下学期的当口，我们迁居庙堂巷夏家的老宅，我不得不转学到苏州中学附小，每天上学放学要走好长的一段路。我原先读的桃坞中学附小，只收男生，苏中附小却兼收女生，六年级那班好像有五六十人，女生占少数。有些没有家教的男生，常爱说脏话，在黑板上画图取笑女生。我从小生来"侠骨柔肠"，见到有人侮辱女性，心里非常烦。加上自己是转学生，一个朋友也没有，天天长途跋涉，非常不开心。碰巧"一·二八"事件发生，十九路军在淞沪区同日军交战，苏州居民也很恐慌，怕卷入战祸。那时父亲在上海交通银行任职，我上课才两星期，就把我母子二人接到他宿舍去暂住一阵。济安哥早已去江湾立达学园住读，一九三一年想已转学上海中学。

父亲爱看平剧，我们住在浦东的时期，有时他看完戏摆渡过江，母亲总很担心风浪。我幼年时也去上海看过夜戏，看的是小达子（李少春父亲）主演的连台戏《狸猫换太子》，可惜一点也记不得了。十一岁再去上海，停学半年，心里实在高兴。苏州虽也算是文化古城，但我们家里穷，也接触不到什么文化。早晨上学，乡下人进城，正在逐门逐户收集粪肥，各家门前老妈子也正在洗刷马桶，街道又狭，真可谓臭气冲天。苏州人特有的娱乐是听说书，但到了一九三二年，那些弹词名家，诸如夏荷生、李伯康、徐云志以及朱耀祥、赵稼秋，沈俭安、薛筱卿，蒋如庭、朱介生这三对响档早已到上海滩赚大钱去了，他们一方面在电台上广播，一方面也在旅馆附设书场里弹唱，忙是够忙了，但收入也多。留在苏州茶馆里弹唱的，除了少数老艺人外，都是二三流角色。此外城内有几家私人花园，算是很有名的，但看来看去，不外乎那几堆假山，比起上海的西式公园来，气派小得多了。

交通银行总行行址设在汉口路（三马路）口外滩，灰溜溜一幢西式建筑，好像是四方形或是马蹄形的，中间留着空地，可以停汽车。夜里看守大门口的是个壮大虬髯的锡克教徒，俗称印度阿三，我是小孩子，他同我还蛮和善，可以用上海话攀谈。他一人在异国独居，家室不在，也很寂寞。父亲在庶务科任职，办公室面对院子。专供庶务科使用的一辆藏青色的别克牌汽车，哥哥同我都坐过，对它特别喜爱，至今还记得它的牌照号码是三九〇七。我从没有学过开车，但初到美国的时候，对各种汽车的式样很留心注意，一眼就能看出它是哪个牌子的。晚近几年来，每年秋季在杂志上看到新车广告，简直无动于衷，一点也感不到兴趣。

父亲宿舍在二楼，长方形一间房间，三人住可能挤一些，但电灯亮，可能还有暖气，住起来比苏州的破屋子舒服些。房里想来可能无炉灶，附近也没有菜场可供母亲去买菜，但印象中我们并没有到银行公用食堂去吃饭，每日三餐如何打发，简直想起来了。附近南京路（大马路）的五芳斋，原来也是苏州老店，有时有人带我去吃肉心汤团，真是鲜美无比。我在宿舍里，镇日无事，当然也看些书。不知哪里借来的一套《施公案》，一套李涵秋的《广陵潮》，那时做梦也想不到自己会专攻中国小说的，看小说只是"杀时间"而已。每天看一份报纸，想来不是《新闻报》即是《申报》，十九路军英勇作战的消息当然看了很兴奋，但最感兴趣的是二报的《本埠附刊》。那时的《申报》、《新闻报》颇有些《纽约时报》的规模，《本埠附刊》也是厚厚的一份，那些平剧、外国电影广告特别令我神往。那时中国电影水准实在太低，我已看了胡蝶主演的《红泪影》、《歌女红牡丹》，黄耐霜主演的《雨过天青》，对中国电影实在不感兴趣（爱看国片，还是近十年的事），尤其是粤曲配音的哀情片，我那时年龄虽小，已不敢领教。"一·二八"时期有哪几位京派名伶在上海演出，已记不清了，因为父亲没有带我去看。父亲带全家去看的倒是三星舞台新编的连台戏《彭公案》，海派名伶赵如泉演怪侠欧阳德，滑稽突梯，简直堪同《马克思三兄弟》里的葛劳却（Groucho）媲美。演彭公的想是毛韵珂，当家武生已记不清是何人，想来不是王虎辰，此人那时很红，自己已独挑大梁。反正每本《彭公案》里总有我不爱看的老生青衣一对，演受尽冤屈的父女或夫妇二人，哭哭唱唱。此外就是机关布景武打，加上滑稽，让十一岁的男孩看来，实在有趣。离开上海的前一日，又去看了一本，恰巧隔日就要排演一本新的，节目单上预告大侠马玉龙上场，情节热闹，非同小可，真想恳求父亲在上海多留一天，把这一本也看了；回到苏州后，这种好戏再也看不到了。

我初中小学时期，手边从无零用钱，要看电影也得向母亲启口，母亲终日劳苦，有时不好意思向她讨钱，所以我虽是影迷，电影却看得极少。"一·二八"时期情形也是如此，加上年纪还小，父母也不放心我一人去街上乱跑。《本埠附刊》上广告看得烂熟，电影却看得不多。记忆中那时期看过的片子有：弗特·立马区、蜜琳·霍金丝（Miriam Hopkins）主演的《化身博士》（麦穆林导演）；希佛莱、克劳黛·考白、蜜琳·霍金丝主演，刘别谦导演的《驸马艳史》（*The Smiling Lieutenant*）；葛烈菲士导演，华尔德·休斯顿主演的《林肯》；埃第康泰主演的五彩歌舞片《普天同庆》（*Whoopee*）；罗泼·凡丽（Lupe Velez）、约翰·鲍尔士（John Boles）主演的《复活》（托尔斯泰小说改编）；卓别林的《城市之光》，此外还有一部劳来·哈代的闹剧，已不记其中英片名了。

在上海游手好闲了三四个月，只看了七八部电影，不能算多。其中《化身博士》在美国也是一九三二年才发行的，因为我是在首轮影院大光明大戏院（Grand Theater）看的，该院屋顶上竖着一根奶白色方形玻璃长柱，到晚上发出照耀四周的白光。大光明的建筑想是所谓Art Deco型的，内部的富丽堂皇不亚于纽约市的无线电城音乐厅。大光明大戏院在"文革"期间可能改了名，但想来那根白柱没有给红卫兵敲碎，虽然晚上不再发光了。抗战八年，上海新盖的建筑物极少。回去省亲的朋友都说，今日的上海还是四十年前的上海，已是个暗旧不堪的老都市。

《化身博士》外，别的那几部都是一九三〇、一九三一年的片子，因为都是在二三轮影院看的。今春金像奖候选片五部公布后，我自感非常得意，因为其中一部也没有看过。一方面工作忙，一方面大半新片子不对我胃口，可说已把想看新片的瘾戒掉了。"一·二八"时期我看的那几部，且不说麦穆林、刘别谦、葛烈菲士、卓别林都是名垂青史的大导演，即使是制片巨头高尔温监制的《普天同庆》，现在拍起来成本也太高了。为了该片，高尔温特别聘用柏克莱（Busby Berkeley）来设计那些歌舞场面，把那些服饰艳丽的高尔温美女，排列得整齐，凭她们手足之移动，而翻演出如万花筒里的瑰丽仙境。柏克莱后来导演一连串华纳公司《掘金女郎》歌舞片里的舞蹈场面而成大名，但在《普天同庆》里，他拍摄舞女集体表演，不断翻新花样的图案美，在那时还是创举。

那几部电影中，我最想重看的是《驸马艳史》，因为我对刘别谦的导演手法特别佩服，他的好多电影我看过三遍，但该片底片据说已失传人间，从此看不到了，非常可惜。二十世纪三十年代初期，美国有位评论家，好像是 Gilbert Seldes，说过一句话，电影是摄制给十三岁智力年龄的人看的。对一般电影而言，这话没有说错，但刘别谦的影片，却要年龄大、阅历广后才能充分欣赏。我第一次看他导演希佛莱、麦唐纳合演的歌唱喜剧《璇宫艳史》（*The Love Parade*，一九二九），还在"一·二八"之前，只能领略其歌唱之悦耳而已。第二次看，也在大光明大戏院，那时我已在读大学，但片子拷贝太旧，看来不顺眼、不顺耳，虽然喜剧场面已能比较领略其好处。四五年前在纽约重睹该片，才真正击节叹赏，刘别谦初次拍摄有声音乐片，有此成绩，实在难能可贵。凭其聪明和机智（wit），刘别谦实在堪同诗人蒲伯（Pope）、剧作家莫里哀媲美，加上他是拍电影的，另具一种仅凭文字无法表达的visual wit。他的电影里，很多场面，没有对白，但"此时无声胜有声"，导演手法之简洁细致，近三十年来，无人可及。

讲来讲去，又是电影，实在我少年时代少同人来往，电影的形象反而在脑子里留下较深的印象。小学同学的名字连一个也想不起来，老师的名字也只能记起一二，说来自感惭愧。

乔伊斯、普鲁斯特这样的大小说家，可以把童年、青年时期的生活全盘装在记忆中，他们不写小说，也比普通人福气，可以随时把一段事迹追忆起来，连某人某次穿的什么衣服，讲的什么话，也不会漏掉，这样写小说，才能得心应手，容易给人真切感。现今的父母，可以自摄电影，把孩子生活的片段摄录下来。他们长大后，放映这些影片，还可重温一下童年时期的乐趣。我小时候，家里未备照相机，除了两三张照相馆拍的小照外（也不知还在不在），可说一点记录也没有。出国带出一张最早的相片，贴在高三借读生的学生证上，那时平头长衫，还没有戴眼镜。比这更年轻的样子，手边已不再有摄影的记录了。

在桑敦·威尔达（Thornton Wilder）名剧《我们的小镇》里，二十多岁的爱蜜利难产死了，刚做新鬼有些不甘心，特在过去的岁月间，挑选自己十二岁过生日的那天，来重温一下人间的温暖。她已故的妈妈那天清早起来做早饭。煞有介事的叮嘱爱蜜利把早饭吃饱，有些送礼物的人也早已身在鬼域了。爱蜜利想不到母亲曾这样年轻过，家里人却各做各的事，没有时间领略人生的爱和乐趣。爱蜜利激动过度，也就不想把那天的情景再看下去了。我十二岁生日（照传统算法），一定是一九三二年那年在上海过的，小孩子小生日不会有人送礼，但寿面是一定吃的。假如那日的幻景能在我眼前重映，感情上虽有些激动，但我一定会一直看下去。父兄虽已去世，能见到他们当日的神采，心里总是开心的。母亲还健在，能见到她四十六年前的样子，更不知何等兴奋。父亲为了职业，不能同母亲住在一起，那年春天，父母天天在一起，至少也多吃了几次馆子，多看了几场戏，要比往年开心得多了。可惜过去的岁月，不像一部电影，可以重映一遍。自己又不是大小说家，一两年前的经历，回想起来，已相当模糊，更不要提我十二岁那天的小生日了。

离开母亲，差不多已三十年有半了。她认不得几个字，当然不可能写信，我寄往上海的家信都是父亲、六妹读给她听的。信上不能多写什么，主要是寄几张近照。我有位朋友，两度返沪省亲，我都嘱她去看看我的母亲和六妹。凭她美侨的身份，初会那次还带她们到国际饭店去吃饭，对我母亲来说，这也是近年来罕逢的盛事了。普通小民，即令有足够的人民币，也没有法子到贵族馆子去畅吃一顿的。去夏那位朋友从上海回来后，寄给我几张她自摄的彩色照片（家里寄来的都是黑白的），母亲神气精神都很好。入秋后六妹寄来的照片，母亲顿然衰老了，毕竟是八十七岁高寿了。照片上她手抱一个洋娃娃，好像那娃娃已是她不可或离的宝贝，想来已步入了第二个童年。面对照片，我心酸了半天。

"访旧半为鬼"，坐在纽约小电影院里看三十年代初期的旧片，银幕上的男女主角都是青春玉貌，到今天一大半都已是鬼域里的人物了，不死也已老态龙钟了。但我在电影院里，回到一个固定不变已死去的时代，心里还是蛮高兴的。有时看少年时期已看过的旧片，带来的回忆更多。弗雷·亚斯坦、琴逑·罗吉丝主演的《杨柳春风》（*The Gay Divorcée*，一九三四），我是在南京看的，那时已是旧片重映了。因为喜欢这部电影，五十年代初期在纽海文重映的时候，再去看一遍。名曲 *The Continental* 我早已忘怀了，片子里亚斯坦、罗吉丝一再跳舞，伴奏的歌曲就是那首 The Continental，实在使我心花怒放，说不出的开心。五十年代后期我在波茨坦小镇教书的时候，看了场毕利·威尔达（Billy Wilder）导演的 *The*

*Spirit of St.Louis*。主角詹姆·史都华，演少年飞行家林白，一九二七年春季从纽约一人飞渡大西洋，安抵巴黎，这是轰动全球的大事。片子开头，林白住在纽约旅馆里（想必是华尔道夫大饭店），累了一天，收听无线电，播唱的正是《丽娃丽妲》（*Rio Rita*）那首名曲，全曲没有唱完，林白即把收音机关了，但带给我的却是莫大的激动，少说已有二十多年没有听到此曲了，调子是这样熟悉，真想把那支曲子听完。歌舞大王齐格菲一九二七年二月公演歌舞剧《丽娃丽妲》（意译应作《丽妲河》），立刻轰动纽约，韦尔达在影片里播唱此曲，主要是制造一九二七年春季的气氛，纽约人那年都在哼这个曲子："丽娃……丽妲。"此曲在上海流行想必已是该剧一九二九年搬上银幕之后〔约翰·鲍尔士、琵琶·黛妮儿（Bebe Daniels）主演〕。据说当年大夏大学校园里有一条小溪，就取名Rio Rita。我也是在"一·二八"那个春季在电影院看到了《丽娃丽妲》的预告片（当然一定是三轮电影院），故事是墨西哥背景，有放枪的场面，想是爱情悲剧，也听到哀婉悠扬的"丽娃……丽妲"曲，当然预告片上曲子也只奏唱了几句。那时《丽娃丽妲》电影没有去看，想看而未看的电影实在太多，也不大在乎，想不到这支曲子埋藏心头多少年，那年看韦尔达的电影，使我激动得这样厉害。约翰·鲍尔士生死不明，琵琶·黛妮儿早几年去世了，但《丽娃丽妲》在纽约是会重映的，届时不论如何忙，也要去看它一场，在海外异国，重温我少年时代的海上繁华梦。

一九七八年四月十六日完稿
原载同年五月十日台北《联合报·副刊》（下文简称《联副》）

# 读、写、研究三部曲

## 一、初读《三国》

　　我在苏州读小学初中的那几年，父亲在北平、上海交通银行当小职员，家里连一口书橱也没有，更谈不到四壁放满线装书、洋装书的书房了。从小未闻书香，也看不到当代的新文学著作和杂志，当然更未染上"文艺青年"的习气；在那时期我只能算是乖乖读书的好学生，读的当然仅是些教科书，加上《小朋友》、《中学生》这类杂志。

　　我小学读的是桃坞中学附小，虽是教会学校，设备却异常简陋，好像连一间自修阅读室也没有。整个学堂只是一幢较大的二楼住宅房子，所谓操场即是一个院子，点缀了几枝夹竹桃，这是全校唯一的天然绿色，另外更无草地。亏得有两张乒乓球台，课余可以打乒乓球，我生平学会的球艺，就是这一种。学校进门有间门房，再进去穿过一小方天井就是厕所，内仅四只大木桶，供学生小解之用。

　　桃坞中学是家相当贵族的教会学校，周末济安哥常带我去看他的同学在大操场上踢足球。校长梅乃魁（McNulty）脸红红的，戴了金丝边眼镜，也算是当地闻人。不知何故，附设的小学竟如此不合标准。小学校长名叫卡克斯（Cox），会讲

12

些中国话，我只见过他几面，好像学校里根本没有校长的办公室。他人瘦长，脸苍白，虽是传教士，却学会了老子的无为而治，不知他在干些什么。教员当然都是中国人，其中有位体育教员，人很和蔼可亲，至今还记得他的姓名——金坤一。他信奉回教，有一次他说，小便的时候，如把舌尖贴住上唇，可以延年益寿。到今天，桃坞附小所有老师的教诲我全忘了，这句话却还记得，虽然即在当时，也半信半疑。

读小学的几年，亏得暑假的日子长，过得也有趣。每到盛暑下午，我总等不及叫母亲把放在井里"冰镇"的西瓜拿出来，我别的不贪，西瓜总要吃半个。那时早晨吃粥，除了淀粉外，养分毫无。大热天身体需要维生素，自然而然对西瓜特别爱好。此外下棋、读书，日子打发得很惬意。

家里无书陈列在外，但有一次给我找到了一套《三国演义》和一大套林琴南的翻译小说，这可能是父亲仅有的藏书。想来他求学期间，林译小说正在走红，他也买了不少，而且真的读了。家里没有书架，林译小说册数太多，只好放在原处，尘封不动，后来多次搬家，不知搬到哪里去了。那套新式标点的《三国演义》，一共三册或四册，想是亚东图书馆印行的。那时我九岁，刚修完了三年级，读《三国》还有些生字，但故事实在引人入胜，读来爱不释手，这是我生平第一次读完一部文学名著。此后三年，每年暑假重温一遍，一共读了四遍（十多年前，再读了两遍，那是为写书而读的）。年轻时记性好，《三国演义》算是读得烂熟了。

十七年来，一直在美国教中国文学，不少古代典籍，按道理在少年时代即应自加圈点的，步入中年时，才去读它，自己觉得有些好笑。但晚近中国书籍涉猎虽广，我很高兴《三国演义》是我生平所读的第一本名著：对今日国内中小学生而言，这仍是一部必读书。假如有人初中毕业还没有读过《三国演义》，不论他在学校里如何用功，作为一个中国人，他的教育是欠缺的。早期中国文学里没有长篇叙事的整套神话，不少中西比较文学研究者都关注到这个问题。其实，《三国演义》虽是"三虚七实"的历史记载，称之为神话，也没有什么不对。罗贯中也可算是中国的荷马，虽然他的年代要比荷马晚得多了。对古代人来说，"神话"原是信史，奥林匹斯山巅的诸神都是具有人性的，荷马叙述的主要是人间英雄的事迹，虽然其中好几位的母亲或父亲是神仙。

神话也好，历史也好，最主要的，青年学子读了一本家户传诵的名著，应该想进入古人世界里去，觉得它比日常见到的那个世界更有趣，而不想跑出来，这样才能算是"孺子可教"。今日的青少年，身处一个日新月异的电子世界，不易对古代历史感兴趣。科幻小说、科幻电影和电视节目这样流行，表示一般人把他们的想像寄托于未来，十九世纪的人物看起来已是冬烘不堪，且不谈更古的朝代了。美国开国才两百多年，历史实在太短，而一般美国青年对本国的历史所知极浅，对历史人物也不感兴趣，实在是个国家衰弱的征象。不少美国青年不仅无耐心读书，在街上走路也要手携一架无线电，听着闹哄哄的音乐，否则走路也不顺心。有多少西洋古典音乐的唱片、录音带，值得静心听赏，他们偏不爱听，却要成千成万人赶远路，挤在一起，听那些摇滚音乐的演奏会。每逢夏季，露天演奏大会，要在好多地区举行，当地警察、居民莫不为之痛心疾首。

美国当代红作家维达尔（Gore Vidal），虽然是个同性恋者，骂起美国当今社会和文艺来，有些话对我却中听。美国学院文评家一向对历史小说家置之不理，不管他们作品的好坏如何，文学史上是一概不列名的。维达尔认为这是极不合理的偏见。玛丽·瑞诺尔（Mary Renault）二三十年来写了一连串的古希腊神话小说和历史小说——有几种曾畅销过——维达尔认为非常之好，真把古希腊社会写活了，学院批评家却从不提她一字。维达尔自己也写了一部美国史三部曲*Burr*，*1876*，*Washington，D.C.*①——主要想证明美国史也是小说家应注意的题材。台湾报章副刊连载的历史小说显然很受读者欢迎。高阳先生凭他去年发表有关韩愈和李商隐诗的两篇文章，所表现的学问实在了不起，他的历史小说想来是用心写的。但国内的学院文评家，也同美国的一样，要讨论当代小说，就讨论反映当代现实和具有现代意识的小说家，历史小说家是只字不提的。

我国小说向以历史演义小说为主流，但除了《三国演义》外，真正耐读的也不多。四年前幼狮文化公司重印了一部《隋史遗文》，初版仅印了八百册，不知还有没有存货。真希望纸面本早日问世，以便更多读者去欣赏这部艺术水准极高的历史小说。在宋代，日常娱乐间有讲史这个节目，三国和五代史同样最能号召听众。可惜后人编辑的那部《残唐五代全传》文笔极坏，多少英雄人物已被一般读者所淡忘，很是可惜。目前大众熟知的可能只有平剧《珠帘寨》里的李克用和电影《十三太保》里的李存孝这父子两位。比起三国那段历史来，

---

① 维达尔一九八四年五六月间又出版了一部《林肯》（*Lincoln：A Novel*），他的美国史三部曲已是四部曲了。

对一般读者而言，五代史可说已是一片空白了。

中小学生读书，最好不碰文学批评、文学史，凭自己的兴趣，把那些公认的中西名著一本本读下去。少年人有少年人自己的想法，而那些权威、专家都是成年人，假如你把自己的想像和判断，受缚于那些成年人的意见，反而不能培养自己对文学的真实爱好了。文学固然是艺术，但读文学作品主要是充实自己的生命，充实自己的想像，也增加自己对人世的了解——批评家、文学史家所关注的艺术问题用不到少年人去操心。一般人读《三国演义》，不免对其中的人物有所爱憎。我从小就不佩服关羽其人，觉得他待人傲慢，刚愎自用，一点也不可爱，虽然他是民间崇仰的关老爷，关帝庙也到处可见到。论武艺，他同好多名将差不多，实在算不上"绝伦超群"。刘关张三人合战吕布，他招架不住，表示关羽实在不是吕布的敌手。斩颜良、诛文丑，全凭赤兔马快。这两位河北名将我总觉得死得冤枉，武艺同关羽相等的张辽、徐晃，二人合力都战不胜文丑，凭真功夫关羽哪里可以诛他？关羽离开曹营，"挂印封金"，把曹操所赐的金银美女留下，却把那匹也是曹操所赐的赤兔马骑着走了。金银美女对关羽无用，才留下，对他真有用的赤兔马，他就舍不得奉还。他虽托辞，有了千里马，找刘备方便，我却总觉得他不够英雄好汉。

关羽牛皮吹得极大，却偏偏没有人敢揭穿他。所以我在少年时代，读到第七十四回"庞令明抬榇决死战"，实在开心。庞德带了棺材去樊城，同关羽决一死战，誓"挫关某三十年之声价"。偏偏他的主将于禁忌才，怕他立了大功，有一次庞德一箭射中关羽左臂，于禁反而鸣金收军。于禁按兵不动，反中了关羽水淹七军之计：

于禁，庞德，与诸将各登小山避水。比及天明，关公及众将皆摇旗鼓噪，乘大船而来。于禁见四下无路，左右止有五六十人，料不能逃，口称愿降。关公令尽去衣甲，拘收入船，然后来擒庞德。

　　时庞德并二董及成何与步卒五百人皆无衣甲，立在堤上。见关公来，庞德全无惧怯，奋然前来接战。关公将船四面围定，军士一齐放箭，射死魏兵大半。董衡、董超，见势已危，乃告庞德曰："军士折伤大半，四下无路，不如投降。"庞德大怒曰："吾受魏王厚恩，岂肯屈节于人！"遂亲斩董衡、董超于前，厉声曰："再说降者，以此二人为例！"于是众皆奋力御敌。自平明战至日中，关公催四面急攻，矢石如雨。德令军士用短兵接战。德回顾成何曰："吾闻'勇将不怯死以苟免，壮士不毁节而求生。'今日乃我死日也。汝可努力死战。"

　　成何依令向前，被关公一箭射落水中。众军皆降，止有庞德一人力战。正遇荆州数十人，驾小船近堤来，德提刀飞身一跃，早上小船，立杀十余人，余皆弃船赴水而逃。庞德一手提刀，一手使短棹，欲向樊城而走。只见上流头，一将撑大筏而至，将小船撞翻，庞德落于水中。船上那将跳下水去，生擒庞德上船。众视之，擒庞德者，乃周仓也。

　　这节文字，虽然远比不上《项羽本纪》垓下突围那一段有名，在《三国演义》里也算是一段特别生动的描写了。可惜一般评家，总站在关羽这一边，庞德的英雄气概绝少有人赞叹过。关羽生擒庞德后，竟把他杀了。假如诸葛亮在场的话，他一定要把庞德的旧主马超请来，苦苦招降他。后来蜀中无大将，忠勇双全的庞德如肯归顺，该多么好。这些都是我少年时期读《三国演义》的感想。

## 二、练写英文

大学四年，我读的虽是英文系，中学六年对英文也并没有下过苦练的功夫。除了高一上学期在沪江大学附中，由洋人用直接教授法讲解英文外，此外五年半都在离家最近的中学走读，既听不到洋人讲英文，教员的师资也差，得不到多少的鼓励。我在桃坞附小已读了三年英文，一九三二年回上海后，秋季进纯一初中，还是 ABC从头读起，对我来说，至少初一、初二两年，上英文课等于浪费时间。高中在南京青年会中学读了一年半，高三在上海大夏大学附中读了一年。高二、高三的文法教本，都是Tanner的*Correct English*，此书专为美国中学生编的，对中国学生一点也不适用，不知何故当年这样流行。二校读本都采用了中华书局出版，苏州中学几位英文教员编注的高中英文课本。这套书选上了Samuel Smiles的文章，*The Beauty or the Beast*这类小说，都是英美十九世纪流行的东西，二十世纪的英文一点也学不到。记得青年会中学那位英文课老师，常自夸读过一遍《双城记》原文，但狄更斯的英文很难明，我看他一定读得不求甚解。有一篇文章里提到了意大利名诗人阿利阿斯多（Ariosto），书本上特别加注点明他为何人，可是我这位老师说，Ariosto名字拼错了，应作阿理斯多德（Aristotle），他是希腊大哲学家。我当时就觉得好笑。大夏附中那位老师，平日按着课本讲解，有一次教到林肯那篇 *Gettysburg Address*，他特地把课本放下，空口背原文，再逐句讲解。其实这样短的演讲词，花半小时、一小时工夫，普通人都可以背诵，他教了二三十年英文，能背一篇短文，实在一点也不算稀奇。亏得我自己还瞎看些英文杂志书籍，否则仅凭高中三年读的那几篇英文，英文程度还要坏。

大学考上了沪江，是美国南部浸礼会办的，老师一小半是美国人。大一几门课，除了国文课老师用中文讲授外，其余的课程师生都讲英文，虽然生物学、微积分、教育入门这些课程的教授都是地道的华人。大一英文两位女老师和教英国史的韩生（Victor Hanson）则是美国人。沪江半数以上的学生，男的来自沪江附中、圣约翰附中，女的来自圣玛琍、中西女中这两家贵族学校。他们在中学里听了六年洋人教英文，讲起英语来，口齿伶俐，看英文书也比我省力。我说话一向快，从无讲英语的习惯，讲起英语来当然更含糊不清。比起那些洋派学生来，我这样一个平头、长衫的穷学生，实在"土"。六年中学，记忆中也并没有练写过英文作文。刚进沪江，老师满口英文，我的确有些紧张，怕英文跟不上。

英文作文课教授是贝特女士（Juanita Byrd），此人教书很顶真，专治美国文学，那时至少已三十五岁。我毕业后，她同比我低一两班的王君（Claude Wang）结了婚，当时传为佳话。二人早已定居美国，住在纽约市郊区。①大一作文

①　老同学张心沧、丁念庄夫妇留学英国，一直同贝特女士保持通信关系。一九七九年春，他们的长女嘉靖在我家住了两三个月，曾去拜访她。

分了好几组，每组三十人左右。贝特女士要测验我们的程度，第一堂课就叫我们写一篇作文，只许用十句单句（simple sentences），下堂课交卷。我虽无习写经验，英语文法小学里即读了，懂得还不少。当晚在家里，选定南京玄武湖为题目，十句句子里硬加了不少participial phrases之类的片语，务求读起来不单调，句法有变化。第三堂课，贝特女士发卷子，特别把我那篇读了一遍，加以讨论，认为十分满意。全班都是新生，只有我那篇给老师念了，当然受到注意。我自己也等于吃了一颗"定心丸"，对那些身穿洋装，口讲英语的同学也不大怕了。而且得到了老师的鼓励，以后英文作文，特别用心。直到今日，写起英文论文来，在造句遣词方面，总是精益求精，有时写得顺手，真觉得乐趣无穷。现在我中文写得多了，但从小没有下过苦功，总觉得词汇太贫乏，不能把自己的意思表达得更完美。

到了大二，张心沧同我已公认是我们这一班英文系最优秀的学生了。大三那年，毕业班负责校报《沪江旁观者》（*Shanghai Spectator*）的编辑把报务移交，编辑之职归心沧，我任文艺编辑。这份英文报，一两星期出版一次，文艺版投稿不踊跃，我还得多写杂文。另有一个幽默专栏，题名Laugh Last，也由我负责。学校里有什么趣闻，我根本不知道，每期都由我硬编几个笑话。编报耗时太多，大四那年，心沧洗手不干，硬把编辑之职交给我，文艺编辑另由大三学生担任。编了几期，十二月初那一期已送报馆排印去了，不料珍珠港事件发生，报馆被封掉，该期《沪江旁观者》也永远见不到天日。后来，心沧比我早一年出国，也早一年拿到博士学位。他去爱丁堡大学，博士论文写的是伊丽莎白时代早期剧作家庇耳

（George Peele）。沪江大学没有培植过多少文学界的人才，可能学校创办以来，就出了心沧同我这两位英文系博士。

## 三、研究英诗

当年沪江英文系主任是卡佛先生（George A. Carver），他太太也教英文。他自己是耶鲁出身，在哥大师范学院拿了个硕士学位，就来上海教书了。他跟耶鲁大学本部最红的英文教授费尔泼斯（William L. Phelps）读过书。费氏同大学生打成一片，每年秋季耶鲁足球队同长春藤盟校比赛，他必躬逢其盛，为耶鲁球队打气。对他来说，英国最伟大、最现代的两诗人是丁尼生和白朗宁，他的价值标准还是维多利亚时代的。卡佛讲授英国文学史，讲到丁尼生和白朗宁，也眉飞色舞，把二诗人推崇备至。心沧同我，既是好学生，大三那年，心沧就选白朗宁为其学士论文题目，我选了丁尼生。其实全班学生都选定了大作家为研究对象，主要借此机会多读些他们的作品而已。一位思想比较偏左的男同学选了民主诗人惠特曼。上月我去芝加哥开会，有人告诉我，他现在加拿大中国领事馆身任要职。

心沧的论文导师是贝特女士，我的是高乐民（Inabelle Coleman）女士。一九四九年后，她长期在台大教英文，后来患癌症，死也死在中国国土。高乐民女士是个道地的传教士，她教英文练写（creative writing）、新闻学这类课程，对文学一无研究，可说完全是外行。她认为萧伯纳的思想是会引人走入斜路的，其他可想而知了。她硬要做我的导师，我也没有办法，反正从不请教她，到时候缴论文就是了。她同我来往，主要关切我的生活和信仰。每到她家里去，她总规劝我：Jonathan，你心地这样善良，灵魂这样纯洁，能皈依主，多么好呀！她知道我对那个女学生感兴趣，也找机会让我们在她家里多见见面。可惜我太穷，功课再好女生对我也不加青睐，不像后来台大的女生，这样有眼光，见到品学兼优的男生，大家你抢我夺。有时想想，假如迟生二十年，男女关系比较平等（我那时候是女尊男卑），我的大学生活、研究院生活要丰富得多。

我读高三那年，济安哥在光华大学读英文系。张歆海教授也特别看重维多利亚时代，有时济安朗诵丁尼生的名诗，诸如 *The Lady of Shalott*，*Morte d' Arthur* 等，实在觉得音调铿锵，有空我自己也读了一些。修完大三那个暑假，我就专心一意读丁尼生全集。此公活了八十三岁，当了四十多年的桂冠诗人，诗产量非常丰富，到了晚年还写了七个诗剧，我把那册一千多页双栏小字的《丁尼生全集》真一字不放地读了。熟读一个大诗人的十多首名诗是一种乐趣，读他的全集是另一种乐趣。读了全集，你自然想读他的传记，当代人对他的评论和他身后多少学者发表的研究成果——你自己也走上了研究之路。

英美报章上常见的现象是，好久没有人提起的一位名作家，一下子又红起来了，一般读者对他的兴趣又增高了。推其缘由，不外乎有一位或两三位学者花不少功夫对此作家作了些研究，写了新的评传。这些书出版后，报界上不得不评介一番，引起广大注意。这几年哈代大红，他诗人的地位也大为增高，主要是有人出版了两巨册评传。也有英国评家觉得，英国近代两大诗人，叶慈是爱尔兰人，艾略特是美国原籍，哈代可能才真正是最后一个道地英国土生土长的大诗人。加上现代主义已进入低潮，重读哈代那些具有现代意识而形式上未受现代主义影响的诗篇，更给人亲切的真实之感。

我读完了《丁尼生全集》，赶快到工部局图书馆去找研究资料，只找到了两三种专著，实在少得可怜。最重要的是诗人儿子Hallam Tennyson写的《回忆录》（*Memoirs*）。但十九世纪末年，英国人还非常孝顺，纪念伟大的父亲，只写好的方面，不像现代人写作家传记，主要揭发他的隐私，把他的性生活交代得一清二楚。丁尼生四十一二岁才结婚。剑桥同学哈勒姆（Arthur Hallam）英年去世后，丁尼生悲痛异常，写了一百三十一首悼亡诗，总题《悼念》（*In Memoriam*），我当时就觉得有些不寻常。普通中国诗人悼念自己的妻妾友好，每人写一两首就够了，哪里有精神去写上一百首？前几年读了史菊溪（Lytton Strachey）传记的书评，发现史菊溪在剑桥读书的时候，加入一个所谓使徒社（The Apostles）的团体，团员大半是同性恋者。史氏是所谓bisexual，性好男色，但女朋友要来同居，他也欢迎。我忽然想起丁尼生和哈勒姆在剑桥读书时，也是使徒社社员，二人曾同游欧陆两次。岂不是同性爱侣？哈佛教授勃克莱（Jerome H. Buckley）的那本《丁尼生》未提同性恋事，但该书一九六〇年初版，已是十八年前的事了。近年出版的丁尼生研究，可能会提到丁、哈二人的同性恋关系，可惜没有时间去阅读。

我那篇学士论文，题目是*The Mind and Character of Tennyson*，主要是研究丁尼生的心灵和性格。但参考资料太少，自己对文学批评毫无研究，想来是很幼稚的。大四那年，"伦理学"是门必修课，五六十人的大班，教授徐宝谦博士，算是沪江当年唯一国内有些名望的学者。因为丁尼生曾受康德的影响，我想不妨把康德的那本《实际理性批判》读一读，至少自己开开眼界，看看康德的伦理学究竟是怎么一回事。之后，写了一篇二十多页的《康德与丁尼生》的英文论文，徐老师颇为欣赏。徐宝谦后来去大陆，旅途中在卡车上跌下来不幸身亡，《传记文学》月刊上曾有人撰文提到过。

毕业后一两年，有一天沪江政治系同学王君来访，他说他在追求一位圣约翰大学英文系的女生，她也要写论文了，可否把我的论文借去一用？我想论文出借，那位女生可能全部抄录，稳拿学位，我助人作弊，是极不应该的。但再一想，王君献了这样大的一份殷勤，女方可能真会嫁给他，我自己没有女友，玉成人家好事，何乐不为？就把我自己仅留的一份借给他了。王君后来也很少见到，好像他也没有把论文奉还。他的女友有没有把论文照抄，有没有下嫁于他，我更不清楚了。

（选自一九八四年十月台北九歌出版社初版《鸡窗集》）

## 初见张爱玲　喜逢刘金川
——兼忆我的沪江岁月

　　一九四二年六月大学毕业后，到一九四五年十月离沪驶往台北去当一名小公务员，那三年多的时间里我只参与过两个像样的文艺集会：一九四三年秋天我在宋淇兄嫂家里见到了钱钟书、杨绛夫妇和其他上海的文艺名流；一九四四年夏天我在沪江英文系低班同学家里见到了张爱玲和不少沪江、圣约翰大学的学生，他们都是仰慕张爱玲而来的。此外我并未参加过一个文艺集会，说出来不会有人相信，但实情确是如此。

　　毕业后我读书更为专心，只同老同学来往，常见面的四位——陆文渊、吴新民和张心沧、丁念庄这对伉俪——至今尚健在，我想另写一文回忆他们。另两位英文系同班同学——王楚良、王玉书——同我也有来往。王楚良思想比较“前进”，一九四九年后他在中共外交部工作，曾出差加拿大多年。王玉书来自福建，可能家庭环境比我还要清寒，毕业后即结了婚，且考进了邮政局，抱住了一个铁饭碗。一九四八年我进耶鲁研究院后，给他一封信，他回信对我极表钦羡。假如他终身在邮政局服务，我想即在六七十年代王玉书也未曾受到过多少苦难。赴美前我到他家里去辞别，见到他们小夫妻十分恩爱而我自己在上海竟连一个女朋友都没有，对他们的处境也颇为羡慕。

大三那年，张心沧接任为学生自办的英文《沪江旁观报》（*The Shanghai Spectator*）的主编，我当文艺编辑。心沧同我一样是个不爱搞课外活动的纯学者，到了大四那年，他辞掉《旁观报》主编之职，只好由我接任，另请一位大三学生当文艺编辑。一九四一年十二月七日珍珠港事变，翌晨星期一我照旧乘公共汽车、电车到校，才知道上海也有了个大变动。我刚编好的一期《旁观报》，原该星期一分发给老师、同学的，不料承印该报的英文《大美晚报》社已被封锁，该期也就从未见过天日。对我来说，时局大变之后，整个春季学期我不必再费神去编报，倒是个大解放。

但连学校都将改称为"沪江学院"，我们这一届毕业生当然更无兴致去编印一本毕业纪念册了。少了这本留下每人学士装小照的书，原先不熟的同届毕业生也就更容易忘怀了。不过，除上列六位同系同学之外，沪江熟朋友我倒还是有几位的。其中一位名叫王弘之，高一上学期我在江湾沪江附中住读时即同他很熟了。我在《读、写、研究三部曲》此文末段，提到"毕业后一两年，有一天沪江政治系同学王君来访"，借走了我的孤本学士论文，这位同学即是王弘之。

沪江学生要对自己的主修学科、两门副修学科修满了多少学分，才能毕业。一不小心，副修课程学分不够，就有留级之虞。我想王弘之就是这样给拖延了一年的。到了一九四三年，上海局势已比较稳定，沪江的大四学生又要出一本毕业纪念册了。王弘之想必参与其事，知道我英文写得好，就向我来拉稿。我反正在家里读书，为他写了两篇，并亲约张心沧写了一篇，对纪念册的编排方面我也出了不少主意。一九八三年六月我回到上海老家，才知道所有我的藏书被玉瑛妹交给政府后并末发还，想必都给毁了。那本毕业纪念册如尚在，我能看到自己的少作同所有一九四三年毕业生的个别照片，应该是很有意思的。

我在沪江编了一年半《旁观报》，也为一九四三年的毕业纪念册写了两篇文章，比我低一两班的学生，尤其是主修英文系的同学，应该对我都有些认识的。实情确是如此。柯灵夫人陈国容即是一九四三年的英文系毕业生。一九八七年，她趁文评家李子云来纽约之便，托她带给我一册《沪江大学纪念集 *University of Shanghai*，一九〇六——一九八六》，且同我通了好多封信。一九四四年毕业生中，在校时即同我有些来往的要推秦小孟女士。她是有名的好学生，果然毕业后一直在上海教英文，先在中学，后来在上海外语专科学校。她八十年代即已来美，现在南加州定居。一九四四年召集同学、师友在她家里同张爱玲见面的则是同届英文系另一位毕业生章珍英女士。我同她不熟，但当然知道其人。到今天，我已记不清是否她亲自电话上邀我，还是托熟人到我家里来邀我去参与此会的。我想后者的可能性较大。

到了一九四四年七八月，张爱玲最著名的几篇小说、散文都已在杂志上发表过了，只可惜当时我还无缘拜读。早已看过的只是她那篇处女作《天才梦》，因为济安哥既是《西风》的长期撰稿员，赠阅的杂志寄到家里，翻阅是很方便的。大学毕业后，我抱定宗旨不去阅览我国的当代作品，因为自己既在专攻英美文学，兼及从古以来的西洋文学，要精读的经典著作，须涉猎的现代名家，实在太多，连张爱玲这样特别走红的作家，也都不敢去碰了。此外，我交往的沪江老同学，除了丁念庄外，清一色都是男生。如能在一个文艺集会上，见到几位爱好文艺的聪明女子，这也是我所期望的。因之那天下午我去章珍英家里，既非迫不及待的要同张爱玲会面，也不能说是专心为了要见她而去的。

我那时住在霞飞路（后改称为泰山路、林森路，一九四九年后再改称为淮海路）八五五弄十号，斜对过即是国泰大戏院，但弄堂里的房子却十分旧式。我们是三房客，只住三楼一层加一个亭子间，实在不敷应用。父母亲睡在三楼卧房内，济安哥在家时住亭子间，女佣阿二（后改称为"寄好婆"）想是搭地铺睡的，玉瑛妹睡在哪里我已记不得了。我自己则睡在客厅兼书房。每晚阿二同母亲或我自己把棕垫搭在两条长凳上，上面再放褥垫、棉被，翌晨我起床后，阿二再把这些东西收拾好，倒是很费时间的。一九三七年抗战前夕，父亲把我们一家从南京迁往上海法租界，自己再到大后方去，我就每晚搭床睡觉，几近睡了八年。一九四五年初，我们终于有机会搬居邻近兆丰公园的兆丰别墅，面积大多了。我们虽仍是三房客，我终于有了一张床，放在我的书房里。

章珍英住在公共租界巨籁达路六六一号。住惯了纽约市，一九八三年返沪一看，觉得旧日的公共租界、法租界区实在不能算大。章小姐住的是新式洋房，客厅和餐厅连在一起非常宽敞，请了二三十个客人，一点也不觉得挤。我到场时，可能张爱玲还没有来，我为孙贵定教授所吸引，跟着五六个人听他讲在英国爱丁堡大学读英文系博士学位的经过。他学成返国才两三年，一直在光华大学当教授，济安哥自己在光华教英文的时候，即同我讲起过他。那天不管他讲古英文、拉丁文如何难学，我倒也从他那里得到一些精神上的支持。家里无钱，留学的事不能去想，只有自己继续努力用功这条路。孙贵定风度极好，但未听说过他有什么著作。后来张心沧、丁念庄都去爱丁堡留学，心沧拿到英文系博士学位后，还写了本以中国观点看大诗人史本塞（Edmund Spenser）的书；念庄研究四川方言有成果，也拿到了语言学的博士学位。

我在《超人才华，绝世凄凉》这篇悼文里，提到过那天下午的集会，谓张爱玲"那时脸色红润，戴了副厚玻璃的眼镜，形象同在照片上看到的不一样"。我在哥大教书期间，知道哪个女生是戴隐形眼镜的，总私下劝她不要为了美容而伤害自己的眼睛，还是戴普通眼镜较安全。现在的隐形镜片比过去的进步多了，有些女子，在我看来天生美目，想不到却是一直戴着隐形眼镜的。早在四十年代，爱玲的近视眼少说也有八九百度，厚玻璃的眼镜把她脸部的美都掩盖起来，后来她改用隐形眼镜是没有错的。但她在五十年代即有眼疾，严重的时候眼睛会出血，我想同她戴隐形眼镜总有些关系的。

爱玲那天的谈话，原先只记得她提到了那篇新文艺腔的少作《牛》。五十年代初期，我开始研读张爱玲，看到《流言》里《存稿》那篇散文，才想起那天下午张爱玲也讲起过《理想中的理想村》、《霸王别姬》这些作品的。张子静、唐文标所供应的张爱玲著作表里，都没有提到过《存稿》，想来因为他们不知道该文原刊何处。作为红作家，张爱玲学了乖，不仅要应付拉稿的编辑们，也得留几篇有趣的文章，当谈话的题材在不同场合口头开讲。《存稿》的发表日期，一定在我那天听讲之后。美国的名学者、名批评家也如此，写了一篇讲稿、论文，不立即拿去发表（高级的文艺季刊、学术期刊都是不给稿费的），假如有时间到各校巡回演讲一趟，就发了个小财。记得名批评家阿伦·泰特（Allen Tate）曾于一九四八、一九四九年来耶鲁演讲，题目为*Our Cousin，Mr. Poe*（《我们的表兄弟爱伦坡》），很惹人注意，我当然到场去一睹他的风采。但这篇讲稿正式发表于《党派季刊》（*Partisan Review*），好像已是两三年后之事了。

张爱玲穿的是一袭旗袍或西服，站着谈话，笑起来好像给人一点缺乏自信的感觉。听众围着她，好像也都是站着的。谈话前后，我必然同她讲过几句话。但只看了她一篇《天才梦》，除了介绍我自己以外，实在没有什么话好说的。我一直想问她：那天初会，你留给我很深刻的印象，但不知你有没有注意到我这个人？但一共只见了几次面（上海一次，华府一次，纽约两三次，波士顿一次），不会同她这样去叙旧的。但我们长期通信，叙旧的机会倒多得多。凭爱玲一九六六年十一月四日那封信，表示我已在上一封信上提到了二人一九四四年的初会了。

对我来说，爱玲信上提到的那位宁波小姐才是那天下午真正的明星，我一见了就喜爱，而且永远忘不了她，虽然连她的形象也早已模糊了，若同当代明星相比，我想她的笑容、脸型、身材都有些像《莎翁情史》（*Shakespeare in Love*）的主角葛妮丝·派特洛（Gwyneth Paltrow）。我当年的爱情观，同但丁在《新生》里所表扬的差不多。我爱上了一个女子，不管她对我反应如何，她已充实了我的生命，这是我的运气，我的福分，我该多么虔诚地去感谢她！即使为了她，我增添了不少痛苦，那痛苦的日子也比平平凡凡读书的日子好得多，有意义得多。因之从大三开始到离沪赴台的那五六年（一九四〇——一九四五）间，虽然从未同任何女子有过单独约会，萦绕我心头的总永远有一两位自己爱慕女子的美丽形象。我从不同她们约会看场电影，原先是穷，后来因为自己缺乏实际恋爱经验，反要表示脱俗而以交识男朋友的方法去交识女友，同她们谈学问、交换书籍看，可说非常愚蠢。到了一九四四年，我已考进海关，在外滩江海关工作。虽然月薪一半都交给母亲去贴补家用，请女友吃饭看戏的钱当然是足够的。但电影、京戏我总是一人去看，晚饭总在家里吃，赴台以前，连自己做东，请朋友在小馆子吃顿饭的经验也没有过。

那位宁波小姐是章珍英的好友，名叫刘金川，英文名为Nancy，刚从圣约翰大学毕业，读的也是英文系。我一向喜欢比较娇小的女子，刘的高度却同我相仿，但她如此和蔼可亲，我在她面前不感到一点拘束、紧张，同她谈话非常投机。后来我在给她的一封信上写道："What from the very first attracted me irresistibly， was and still is，your all naturalness，your radiant spontaneity， so Shakespearian and so feminine."莎翁剧本里叫人难忘的女主角实在太多，聪明活泼同她最相像的要算是喜剧《如愿》（*As You Like It*）里的罗塞琳（Rosalind），但我自己哪里有福气当她的情人奥兰多（Orlando）？刘金川对待我态度上如此潇洒，可能因为她自己的爱情问题早已解决了。半年后的一个星期天下午，我一人去皇后大戏院看童芷苓演唱全部《王宝钏》，散戏后见到金川同她的男友也从戏院里出来，我们说了几句话。男友（也是她的表兄，丁念庄后来对我说）比她高半个头，人长得很挺，凭其仪表配她应该是很合适的。后来我又发现她手指上戴了钻戒，想一定同男友订了婚了，当然我更是伤心异常。

到了那时，刘金川脾气虽好，心肠虽软，实在也有些不耐烦我在吃午饭的空当，跑到她的办公室（离江海关不远）去同她谈话了。于是她托丁念庄转话过来，我听到了当然伤心，却一点也不怪她。但既不便同她再见面了，总得表明一番心迹，于是在念庄转话的那天下午（六月十日星期天），我在新居书房里写了一封五页英文长信寄到她的家里，但此信看后，金川也把它交给念庄退还给我，这不免让我对她有些失望。但她的照片我都没有一帧，这封信对我来说倒有永久保存价值。此外，我无意在一本杂志上看到了她翻译的一则"简洁"而"深刻"的故事《父亲》（ *The Father* ），原作者系挪威大作家巴乔生（Bjornstjerne Bjornson）。一九四七年十一月我乘船来美，把这篇译作同我的信连信封一起带了出来，所以至今我还知道她当年的住址（上海西摩路六四三弄八号）和同她来往的主要情节。这些情节上文加以简述后，我可能给人一个可笑的形象。重读旧信给我的印象却是完全不一样的。但活到了七十八岁，自己写的中文都觉得生硬无味，要把二十四岁时所写的那封真情流露的英文情书，译成同样感人的中文，也殆非易事。但我还想试试，让读者多少看到我青年时代的真面目。

那天散会后，我一人走回家，孙贵定、张爱玲的谈话都不在我心上，因为我已完全给刘金川迷住了。到家天还没有黑，我却叫阿二帮我把床搭起来，要躺在床上无休止地去回想伊人，回想一个我为了她甘心堕入情网的神奇下午。

（原载一九九九年七月《万象》第一卷第五期）

# 红楼生活志

## 一、日常生活

我同济安哥是一九四六年九月底乘船北上，十月初从天津乘火车抵达北平的。同船还有联大高材生马逢华，可惜当时互不相识。北京大学表扬学术自由，行政方面也自由得近乎马虎。我们兄弟报到得早，红楼好多单人宿舍都空着，济安就选定了一间阳光充足、面对沙滩的大房间四六三号，我就在隔壁四六二号那间住定。济安房间左手那间归赵全章，再过去一间归袁可嘉，二人都在外文系教书，袁可嘉任某报文艺副刊编辑之职，颇有诗名。靠近楼梯那一间，则为一对夫妇所占有，他们还有一个婴孩。四楼未备女厕所，大家公用的男厕所，水龙头里只放冷水，根本没有洗澡设备，洗涤尿布就非常不方便，不谈其他。但男的也是外文系教员，可能分配不到宿舍，自己租房子住太贵，校方竟让他在红楼住下，这就是北大的"自由"。

我是江南人，加上早一年刚在台北住了十个月，习惯于亚热带气候，初到北平，反觉太干燥。虽是十月晴秋，嘴角上也生了热疮。交冬以后，天气转冷，红楼晚上九点就不供暖气，我是熬夜的人，只好穿了西装大衣读书，实在不方便。济安哥中西服装俱全，夜间穿了棉袍、丝绵袍子，既温暖又方便。我大三那年就改穿洋装了，这次北上没有把旧的中装带来，后悔莫及。每晨校工手提水壶，逐室满注一热水瓶开水，供一天之用。济安清早有课，盥洗之后，就赶出门去吃油条豆浆。我是助教，只教一门先修班大一英文，不必早起，生活悠闲得多。济安教三门课，虽然薪水多一些，比我辛苦何止三倍？我懒得出门吃早饭，订了一瓶新鲜牛奶，自备一罐ground咖啡，起床后即在煮水锅里放些咖啡，再注入牛奶，在电炉上煮咖啡喝，饮完牛奶即把咖啡颗粒倒掉，倒很可口。星期二、四两天我得乘三轮车去国会街教先修班，就在那处跟学生一起吃午饭，别的日子则等济安教书回来，一同到沙滩对面食堂去吃。

沙滩名副其实是个沙滩，北大大门口这条街道，按理铺条柏油路也不算过分。但那时国难当头，市政府也穷，大家想不到这一点。冬季没有风沙，沙滩上铺了冰雪，倒也光洁；一到春天，塞外的风吹来，飞沙走石，实在吃不消。妇女春天上街，头上都笼了一块绸布，满盖脸部，像我这样的未婚男子，逛街连女孩子的脸也看不到，实在煞风景。我自己星期二、四两天，教书回家，非得洗脸洗发把那些沙土洗掉不可。学校大门对面只有两家小馆子，一曰大学食堂，一曰小小食堂。大学食堂也只备有七八张小桌子，比小小食堂大不了多少，老板娘人高脸白，相当能干，可供应些最简便的热炒。小小食堂则一无新气象，桌面油腻脏黑，到那里平常叫一碗炸酱面，有时来一小盆酱肉。江南人爱吃鱼虾，那年差不多每日两餐都在这两家食堂吃，实在乏味之至。亏得当时我不懂营养，吃饱肚子就算了。炸酱面这样咸，长期吃对身体实在是不宜的。学校里有食堂，可以包饭，便宜得多了，但济安哥不主张包饭，同学生挤在一起，情愿天天吃馆子，多花些钱。常在两家食堂见面的有好友程靖宇，袁可嘉同他的女友（住在灰楼，也是外文系助教）同潘家洵教授。潘也是苏州人，他主管大一英文，可说是我们兄弟的顶头上司，不好不敷衍他。我们兄弟在上海住得太久，讲的苏白已带有上海腔，潘家洵则是一口纯正的苏州话，当年能在异乡听到，也真不容易了。

两家食堂之外，校门对面还有一家洗衣店，我穿西装，衬衫不得不交他们洗。红楼没有热水，那家小店也没有热水，严冬期间他们洗衬衫根本不用水，领口袖口都用酒精擦，擦破后，再用缝衣机密针补牢。我去北平时，带了好多件司麦脱牌子的新衬衫，一到冬天都已遭了殃，当时又买不起新衬衫，穿那几件领子密针缝满的衬衫，实在很痛心。我西装根本没有几套，刚到北平还没有上课，有一天兄弟逛街，济安怂恿我在地摊上买了一件人家穿过的上装，所谓sport jacket，既不美观，又不合身，穿起来总有些疑心，买了放在衣箱里，同别的衣服放在一起。有一天要换冬装了。开箱子一看，这件上装里有不少坚甲利齿的虫，把我别的衣服也咬破了，真是伤心透顶。衣服实在不够，只好到王府井大街去定做一套厚呢双排扣子的西装，所费不赀。北平裁缝做西装，上身特别宽大，里面可以多穿毛衣御寒。一九四八年初，我已在耶鲁，这套西装只穿了一年，还算是新的，穿起来这样肥大，加上那时美国根本不流行双排扣子的西装，实在自惭形秽，三十年前耶鲁学生穿着特别讲究，哪里见过我这样的怪物？上海做的那几套旧西装，虽然较合身，但上装都太短，实在也不像样。我初到美国，一无自卑感，就是那几套西装害得我好苦。

北大只有灰楼女生宿舍，盥洗室有淋浴设备（当年有无热水，待考），所以住在里面的女生，还可以冲洗一番。男生就不同了：他们如去不起澡堂，只好长年不洗澡。红楼头三层都是教室，四层以上才是单身教员宿舍。有时不凑巧，我下楼刚刚下课，楼梯上挤满了学生，简直是奇臭难闻。北平人爱喝白干，有时乘公共汽车，人挤的时候，除了乘客身上、衣服上发出的臭气外，还加上那股酒味，也实在不好闻。

上海苏州都有澡堂，我是从来不去的，尤其是大家一起洗澡的混堂，想想就可怕，多少人有皮肤病、白浊、梅毒，这里面的水怎么可以把身体泡进去？但住在红楼，没有办法，每隔两星期，我们兄弟只好到澡堂去一趟，我们当然是洗单人浴盆，但事后总有人来伺候。北方人又客气，"您您您"的实在令人生厌，照例浴后他送来一杯香片。茶叶是劣等货，加上香片，实在不好喝。上海苏州一带不流行喝香片的，不知怎的，香片在台湾这么流行。常有不太熟的人来纽约看我，不好意思空手，总带一两罐茶叶，客人走后，打开一看，若是香片，只好备而不用，我藏有的香片茶叶真有好多罐（品质较好的已转送了朋友）。我每晚冲一杯全祥茶庄的特超级龙井，前天在朋友家喝了一杯全祥超级南岩奇香，觉得味道更醇更香，当年大陆也没有这样好的茶叶品种。

在台北那一年，在办公室无聊，学会了抽纸烟，真是贻害终生。假如当年报章上不断有人警告，抽烟会生癌症，我是绝对不会去碰纸烟的。去了北平，饮食不佳，生活上没有调剂，兄弟两人都抽上了瘾。当时美国烟四大名牌是Camel, Lucky Strike, Philip Morris, Chesterfield。其中我最爱抽的Philip Morris（北平人简称"飞利浦"），味道实在好，可惜价格太高，实在抽不起，只好改抽美国杂牌Marvel。六十年代美国有家机构调查各种牌子香烟所含尼古丁和焦油的成分，却是Marvel牌成分最低，这是我意想不到的。红楼四楼那几位同事，劣牌香烟也买不起，有时他们来坐坐，不知真正目的是来闲聊还是抽烟。赵全章总要抽完三支，才心满意足地回到自己房间去。

我是新人，英文系年轻同事不知我实力如何，谈话时不免有些戒心，不易建立深交。我们兄弟的看戏朋友是历史系研究生程靖宇，我同他交往关系将在另文提及。另外一位朋友也是研究生，印度人许鲁嘉，此人早两年前被印度政府派来西南联大跟汤用彤先生研究孔子思想。初到昆明的时候，自求清静，住在和尚庙里，不料庙里厕所太脏，竟染上了淋病，大呼负负。这次北大复原，他也跟了北上，虽然汤用彤远去柏克莱加大，根本无人理睬他的研究。他是吃长素的婆罗门，我们兄弟吃完晚饭，走上红楼五楼，他总在电炉上煮大锅菜，里面黄萝卜、大白菜之类蔬菜甚多，其实比我们两家食堂里的饭菜营养丰富。他不断在无线电上收听印度电台广播的家乡音乐，同我们三人造"桥"，玩玩纸牌，有时讲讲家庭往事。我总觉得东方社会太不人道，二次大战期间，他哥哥早亡，留下一位年轻嫂子，叔嫂见面总不免脉脉含情，但婆罗门教是不准寡妇再醮的，许鲁嘉只好跑到中国来向孔子问礼，留下老母寡嫂相伴过日子。许鲁嘉体格健美，春秋时分，常在操场上长跑，竟有人钟情于他。那位女生钟小姐，也是济安的学生，跟R．E．同班。我在耶鲁的时候，看到济安寄来他们二人婚后小照，说不出的高兴。中印交恶后，想来许鲁嘉全家早已被遣送回国了。

## 二、读书生活

我印象中，在台北那十个月，晚上无法读书。当年航务管理局同事，老友范伯纯兄去岁来纽约，谈起我晚上常在蚊帐里读书的事，想来他没有记错。最近无意间重翻一遍四十年代我在上海、台北、北平所记的一本备忘录，发现在台北期间也读了二十多种书，包括小说名著《汤姆琼斯》、《块肉余生述》、《白鲸》，陀思妥耶夫斯基的长篇《少年》等六种，柯勒律治的《文艺生涯》，华兹华斯的长篇自传诗《前奏曲》，布莱克的预言诗篇，莎翁时代剧作家密德尔登（Thomas Middleton）的剧本三种。在北平时期，虽然冬季不可能熬夜太久，有时晚上还要停电，书当然要比留台期间读得多了。那几个月我致力的范围有四方面：（一）重温德文；（二）当代英美批评著作；（三）莎翁时代的戏剧；（四）布莱克研究。此外赫胥黎四十年代的几种新作，威尔逊（Edmund Wilson）一度遭禁的那本短篇小说集，劳伦斯《查泰莱夫人的情人》，也是到北平后才读的。

我德文在大三那年读了一年，大四那年因需必修"会计"、"银行"这两门课程（否则辅修科学分不够，不能毕业），无时间读第二年德文。毕业后，在家里自修，修到某一程度后，就专读名著：歌德、海涅的诗，席勒的诗剧。最后决定，看样子今生不可能读荷马、但丁的原文，非把歌德《浮士德》上下部读通原文不可。就这样的英、德文对照地读下去。有一段时间日里读《浮士德》，晚上读但丁《神曲》（当然是英译本），这样醉心欧西古典，自感非常得意。去台北一年，德文当然荒废了不少，返上海那个月即重读《浮士德》，红楼期间把它读毕。一九四七年七月返沪，十一月才来美国。这一段时期，定不下心来作研究，有空就读德文，看了托玛斯·曼《威尼斯之死》之类的中篇，也读了他早期的一个长篇《殿下》（*Königliche Hoheit*），再读了大半本艾克曼的《歌德谈话录》，看来竟毫不费力。当时我想，如能精读一遍托玛斯·曼最有名、最具现代意识的长篇《魔山》（*Der Zauberberg*），德文就不可能再忘了。出国反正乘船，带了一箱子书，其中放了上下两册《魔山》，预备来美后再读。到耶鲁，一下子把德文考过后，除了"古英文"、"古代冰岛文"这两门课写报告，非看德文资料不可，哪里再有时间去碰德文？现在这两册《魔山》束之高阁，要看也看不懂了。三十年来，学问在某些方面大有进步，在某些方面反而比不上蛰居红楼的时代。这是读书人没有超人记忆力最大的悲哀。

北平有一两家像样的西文书店。太平洋战争发动以来，在上海再也看不到英美学术界新出的书籍，在北平书店看到新书，岂不心痒？北大图书馆，由助教、讲师推荐买新书，事实上是不可能的。美国四五元一本书，等于我半个月份的薪金，但有两三本书，对自己研究有用，非买不可，也只好忍痛买了。这种情形下，我买了一册休勒（Mark Schorer）的 *William Blake：The Politics of Vision*，休勒那时可能还只是柏克莱加大的助理教授，现在人已物故了。另一本济安同我觉得非买不可的是勃罗克斯（Cleanth Brooks）评析几首英诗的《精致的骨坛》。当时一般学者公认，评析诗篇最具巧思的，英国人间首推燕卜荪（William Empson），美国人间首推勃罗克斯。可是燕卜荪当时在北大教书，也相当清苦，不免孤陋寡闻。我们兄弟看了《精致的骨坛》后，就借给燕卜荪看。他看后，竟自动写篇书评寄美国的《垦吟季刊》（Kenyon Review），编者兰荪（J.C. Ransom），大为高兴，这是燕卜荪初次同美国"新批评"家有了联络。翌年（一九四八）兰荪即请他去"垦吟文学批评专班"教一个暑假，那几位新批评健将，加上屈灵（Lionel Trilling），都聚在一处，可谓盛况空前。但燕卜荪最讨厌上帝、教会，兰荪等人都是虔诚的基督徒，关系没有搞好。燕卜荪乘船返北平，他爱喝老酒，所赚的美金竟在船上给人偷掉了。

我既私淑艾略特为我的老师，他文评里讨论的作家，我尽可能去读他们。艾略特写过一连串莎翁时代剧作家的评论，我也跟着读他们。譬如说艾略特写了篇马璐（Christopher Marlowe）的短篇，二十分钟即可读毕了，但要真正领略其见解之精深，你自己也非读马璐不可。我在上海期间，马璐全集早已读了，彭强生剧本差不多也全读了，莎翁全集也读了一大半，别的剧作家也零星读了些。读出味道来，实在认为莎翁时代的戏剧是英国文学的顶峰，不仅莎翁超群绝伦，詹姆士一世时代好多位剧作家的文字同样圆浑有力，畅写七情六欲，无所忌惮，同时代抒情诗人约翰邓比起来，也不免近乎纤巧，不够雄伟。我在台北读了密德尔登的三出剧本，叫好不已。在北平我继续攻读莎翁全集，也读了Webster，Tourneur，Ford，Chapman的代表作品。现在长期阅读我国的传统小说和戏剧，实在很难得到同样的乐趣。我留学志愿书上写的是专攻莎翁时代的戏剧，到耶鲁后，虽然剧本读得更多，那位莎翁专家普劳狄教授（C.T. Prouty），剑桥出身，专讲版本考据，道不同不相为谋，我只好把原定计划放弃。普氏自己未受耶鲁同侪重视，郁郁不得志，早几年前即已故世了。

胡适之校长上任不久，消息即传出来，纽约华侨企业巨子李国钦先生答应给北大三个留美奖学金，文、法、理科各一名。北大全校资浅的教员（包括讲师、助教在内）都可以参加竞选，主要条件是当场考一篇英文作文，另交一篇英文书写的论文近作，由校方资深教授审读。文科当然包括哲学系、历史系、中文系，不仅是外文系。这些资浅教员在联大吃苦多少年，重返北大，通货膨胀，收入更少，想去美国深造的当然大有人在。济安非联大嫡裔，我靠他面子进了北大，人事上更一无关系，但既有此出国机会，当然不便放弃。我在四十年代初期即对布莱克特有偏爱，留台期间也还在读他难懂的"预言诗"，就决定写篇布莱克的论文。北大图书馆藏有牛津版两巨册《布莱克全集》，参考书也有三四种（似略胜上海工部局图书馆），就这样先读全集（不少诗篇已是重读、三读了），把《弥尔顿》、《耶路撒冷》等怪诗都读了。但春季要交卷的前几天，也不免紧张一番，把二十多页的论文誊清打出，作了些文句上最后的改动。济安哥当然也参加了竞考，他选定华兹华斯为题目，但他功课忙，华氏卷帙比布氏更为繁重，不可能读全集，论文专检讨《汀潭寺》这首诗，虽然写得很好，分量不免轻些，也可说受"新批评"之误。作文考试由一位客座教授真立夫（R.A. Jeliffe）主持，当时会考的确人数不少，他出的题目是《出洋留学之利益》，真可谓"八股"之尤，实在很难按题发挥，写篇像样、有深度的文章。作文时间限定一小时或两小时，我已记不清了。反正大家都得写虚假的八股文。我那篇拿到八十七八分，有没有人拿到九十分以上的，我也不清楚。外文系的论文由燕卜荪看卷，但历史系、哲学系的论文总也不能由他看卷，最后决选，文科得奖人是我，法科是经济系的孙祀铮、理科是数学系的程民德。评选委员会是哪几位教授，我也不清楚。总之，得奖人名发表后，文科方面，至少有十多位讲师、教员联袂到校长室去抗议，夏志清是什么人，怎么可以把这份奖由他领去？胡校长虽然也讨厌我是教会学校出身，做事倒是公平的，没有否决评选委员会的决定。那些抗议的人，我一个也不认识，也无所谓；只要风波不闹大就好了。但济安哥年龄比我大，我比他早有出国机会，为此不免耿耿于怀。七月二十五日那天下午，济安哥一人送我到机场，我去上海同父母六妹团聚，把他一人留在局势日益恶化的故都，上机临别，真不免有断肠之感。

一九七八年七月二十一日完稿
原载同年八月八日《联副》

# 我保存的两件胡适手迹
## ——为《传记文学》银禧之庆而作

有一次宴会上，刘绍唐兄说起他也生肖属鸡，我看他容光焕发，还以为他比我年轻十二岁，想不到他同我都是一九二一年生的，我正月生日，比他大几个月罢了。今年二人实足年龄都是六十六岁了。二十五年来绍唐兄倾全力主编《传记文学》，三百期合订成精装五十巨册，凭第三〇一号封底照片为证，这五十巨册看来真有些"民国史万里长城"的气概。我于一九六二年七月搬居纽约市，在哥大执教也整整四分之一世纪了。廿五年间，读书无数，自己编写的中英文书籍，加起来也不过十二种；学生教了不少，但真正从事中国文学研究而有专著出版的高足，人数也不算多。绍唐兄每月要出一期厚达一百五十页的《传记文学》，比我辛苦得多，但廿五年间集合众人之力为民国史建一座长城，丰功伟业实在是值得钦佩的。绍唐身体比我壮健得多，但年龄已不轻了，最好也能戒烟少饮酒，这样才能确保廿五年之后，在《传记文学》金禧庆祝大会上出现的野史馆长，还是一个"精力弥满"（沈云龙语）的老青年！

我双鬓早已转白，到今年十一月，旅美定居也已整整四十年了。一九四七年春季，我还在北大当助教，同胡适之先生初会也是四十年前的事了。我是因为考上了李氏留美奖学金才有资格到校长室谒见胡先生的。第一次拜见，大有前清举人、进士拜谢主考官的味道，同时我也得略述一下自己的经历和抱负，以便开口请校长为我写封申请入学的介绍信。英人燕卜荪（William Empson）除外，北大西语系那几位教授海外一无名望，说话是没有力量的。

胡校长那时才五十六岁，看来很年轻。他见到我，当然和颜悦色，表示欢迎。但问答没有几句，听说我是沪江大学毕业生，他脸就一沉，透露很大的失望。我那时还不知道胡校长偏见如此之深，好像全国最优秀的学生，都该进北大、清华、南开才是正路。后来适之先生在纽约见到唐德刚，知道他是中央大学学士，也不免有些失望。但无论如何，中央大学也是国立大学，再加上德刚兄是他的安徽小同乡，情形到底不同。我既是沪江学士，从无名师指导，学问一定很差，因之听我自言有意申请哈佛、耶鲁，胡校长立即表示大大的不赞成。他说北大新聘的王岷源教授，在耶鲁读了四年，才拿到一个硕士学位。李氏奖学金期限两年，我连硕士学位也不一定拿到，不如在小大学进修较妥。

胡校长接着说，美国大学英文系的正派教授，最讨厌艾略特（T.S.Eliot）、庞德（Ezra Pound）这两位现代派叛徒。我留学美国，得规规矩矩做学问，不要听从二人之邪说，以免自己吃亏。我一向讨厌庞德之为人，他的巨著 *The Cantos* 我从无耐心去细读。但艾略特一直是我最崇拜的现代诗人和诗评家。我自藏的那本《四首四重奏》（*Four Quartets*），扉页上写明是一九四七年四月十四日在北平购置的。我助教的收入少得可怜，想已确知拿到李氏奖金后，才到西文书店买此薄薄的一本书来奖赏自己的。初谒胡校长，他不鼓励我去哈佛、耶鲁读学位，我觉得就不应该；他更不应该把我心爱的艾略特乱骂一顿。敌视艾略特的英美英文系教授，在二三十年代人数不少，但到了四十年代中期，他已公认是二十世纪英美文学的大宗师了。胡校长早同英美诗坛脱了节，实在没有必要在我面前冒充内行，以专家自居。

再说那位王岷源，抗战八年，他在耶鲁修了四年英国文学硕士，再到哈佛教了四年中文，才算是学成返国的。想来胡校长任职大使期间即同他相识，因之虽无博士学位，未返国即已拿到北大西语系正教授的聘书了。一九四八年起，我在耶鲁读了三年有半，再加一个暑假，即把博士论文缴进，真难想像王岷源修个硕士学位，竟花了四年工夫！王教授算是乔叟专家，想来胡先生早在他那里听到了耶鲁英文系之难读，因之毫无犹疑聘他为正教授，而且不赞成我去耶鲁读博士学位了。

二进校长室，我是带了朱光潜教授为我写的一封信去的，让胡先生看一遍，也供他自己为我写介绍信之参考。朱光潜乃西语系主任，济安哥曾带我去他府上拜谒过一次，那晚谈及的不外是屈原、陶渊明等朱先生有兴趣的题目，我无法插嘴，济安在他面前也只能以下属自居，我们坐了半小时，也就告辞了。朱光潜一九三一年学成返国后，难得有机会用英文写作，到了一九四七年写些英文来当然更不顺手了。他为我写的那封介绍信，我先看了，发现有一个动词下面，忘了加个to字，不合英语习惯。胡校长看信当然也看出毛病，竟忍不住抱怨一声，孟实的英文怎么这样坏！（我千真万确记住"孟实"二字，这句话究竟怎么说的，当然记不清了。）那次我在校长室时间很短，约定日期再去领取校长自己为我写的推荐信。

三进校长室，胡先生把信交给我后，就同我讲李氏奖学金的事。他给我一张只有我可动用的八百元美金支票（他不可能给我一叠美钞），再用蓝墨水钢笔在一张适合毛笔书写的八行信笺写了"此款"二字，发觉信纸吸墨水太快，书写不自如，乃改用一支粗铅心的蓝色铅笔把他要我记住的话写下：

> 此款系旅费五百元，余三百元为第一二个月的钱。到纽约时，可与Mr. Hirst接洽，领取第一个半年余款。又证书一纸，可为领护照及护照签字之助。
>
> 适之
>
> 可将证书上的姓名地址记下。

那张证书是什么样子，我早已记不得了。护照签准很方便，申请护照却花了我不少时间，还得亲自到南京跑一趟。因之我手续办妥，买到船票，已在十一月了。

赫斯特先生（Mr. Hirst）是李氏基金会管理金钱出入的人，想也是李国钦华昌公司的机要助手。胡校长既要我到纽约去领款，也就兴来，再写封信给纽约华美协进社（China Institute in America）的主持人孟治先生。此信写于薄薄的洋式信纸，利于钢笔书写，胡校长也就执笔一路写下去，写他清秀的行书：

> 君平兄：
>
> 本校西方语文学系讲师夏志清君得李氏基金之奖学金之助，今来美国进修。敬为介绍来奉访。倘蒙吾兄随时赐以指导，不胜感谢。

匆匆敬问

双安，并问

社中同人安好

弟胡适上

卅六、九、廿五

　　此信最妙一点，即是胡校长钢笔一挥，把我连升两级，从助教跳成讲师，那时济安哥还只是教员。李氏奖金文科得奖人发表之后，"至少有十多位讲师、教员到校长室去抗议"（请参阅《红楼生活志》，载《鸡窗集》），想来胡校长也觉得有多少讲师尚无出洋机会，派一员助教出国留学，有些说不过去，不如在信上称我为讲师罢。信上的年月日也很妙，我是七月二十五日下午乘机返沪的，怎么胡校长会把日期写成九月廿五日的？那时美国大学九月下旬秋季开学，胡校长想定我去谒见孟君平先生，必在九月廿五日之后，因之大胆写下了"九、廿五"三字。假如信上直写四月或五月某日，可能孟先生会怪我，怎么隔了几个月我才去拜见他？胡适之不必作假而在信上两次作假，主要给我、也给北大、孟治面子。大家脸上好看，信的任务也就完成了。胡适之先生一向痛恨官场陋习，想不到自己写封介绍信，也会弄些不必要的玄虚。

　　这封信附有英文地址的信封，我于同年圣诞假期抵达纽约后，亲手交给孟先生的。胡先生介绍后进的信，孟先生看得多了，过目之后即交还给我，我因为珍视胡适的手迹，把北平带出来那张便条，那封极普通的介绍信，一直保存至今。

　　出国前我拿到俄亥俄两家大学的入学许可证。十二月初在欧柏林学院（Oberlin College）住了几天，再去邻近的垦吟

47

学院（Kenyon College）拜谒名诗人兼"新批评"元老兰荪教授（John Crowe Ransom）。回到欧柏林，才决定假如一时进不了著名研究院，留在欧柏林不如去垦吟跟兰荪读书好。后来兰荪写信给他的门生兼好友勃罗克斯（Cleanth Brooks，那时新任耶鲁教授才一学期），再附上燕卜荪那封推荐信，勃氏马上回信，欢迎我去，我才于二月初及时赶上耶鲁的春季学期。但未去新港之前那个圣诞假期，我一人待在俄亥俄，感到无聊透顶，想起胡校长要我去纽约与赫斯特先生接洽，"领取第一个半年余款"，也就不找友伴，一人乘火车到纽约观光了几天。我到李氏基金会，见到赫斯特，也见到了以后一直通信而转成朋友的Arthur Young。这位李国钦的亲信秘书乃原籍West Indies的美国华侨，他听说我特来纽约领款，便说美国金钱出入，支票邮寄极安全方便。假如我在加州读书，难道也花一大笔钱，乘火车来纽约领款吗？听了这几句话，乃知自己大外行，真会听了胡先生的话去纽约领款的！李氏奖学金一千八百元一年，每月只有一百五十元派用场，我的火车票加上小旅馆房钱，再加上看戏吃饭之钱，玩上三四天早已超过此数了。但我对曼哈顿、百老汇心仪久矣，也亏得胡校长这个指示，我才舍得花钱，观光几天。进了耶鲁研究院后，功课如此之忙碌，新港离纽约虽近，也就没有闲情逸致去玩了。

一九八七年六月廿六日
（原载一九八七年八月台北《传记文学》第三〇三期）

# 耶鲁谈往

## 北平、上海、俄亥俄

一九四六年九月底，我随济安哥从上海乘船北上，到北平北京大学去当一名西方语文系的助教。那年秋天，胡适之先生也从美国返北大任校长之职。"上任不久，消息即传出来，纽约华侨企业巨子李国钦先生答应给北大三个留美奖学金，文、法、理科各一名。北大全校资浅的教员（包括讲师、助教在内）都可以参加竞选，主要条件是当场考一篇英文作文，另缴一篇英文书写的论文近作，由校方资深教授审读。"

上文引自《鸡窗集》里我那篇《红楼生活志》。凡是看过该文或另一文《我保存的两件胡适手迹》（载《传记文学》一九八七年八月号）的，都知道那次竞考的文科得奖人是我。但我是教会学校出身，胡校长竟认为哈佛、耶鲁简直不必去申请，我的奖学金限期两年，连个硕士学位都拿不到的。新任北大西语系副教授的王岷源想是个国立大学毕业生，在留美期间即同胡校长相识。他在耶鲁读了四年才拿到个硕士学位。我在北大时并未申请耶鲁，而终于一九四八年春季进了该校研究院的英文系，在本文里此事先得加以交代。

一九四六年英国名诗人批评家燕卜荪（William Empson，

49

一九〇六年至一九八四年）重返北平，在北大任教。同秋美国欧柏林学院（Oberlin College）真立夫（Robert A. Jeliffe）教授也来北大客座一年。欧柏林是俄亥俄州的名校，真立夫一定是个好老师，但算不上是个名学者。我听了胡校长的话，为保险起见，请真立夫帮我申请了欧柏林。该校规模较大，是设有硕士班的课程的。后来我同真教授重会于欧柏林，他说年轻时曾写过一部小说，标题即雪莱一首名诗的首行*When the Lamp is Shattered*。日后我发现耶鲁图书馆果有此书，但哪有闲情逸致去看它？美国教授来中国教书，表示他对中国或东方有一份感情。果然老妻亡故后，真立夫再去菲律宾教书，娶了一位华裔女郎，度其晚年。

为了参与留美考试，我写了一篇英国诗人布莱克（William Blake）的论文。大学毕业后不出一两年，我即对布莱克大感兴趣，把他的预言诗读了不少，也看了名批评家墨瑞（John Middleton Murry）论他的专著。在北大图书馆我也找到两三种专论，但也都是二三十年代的著作。有一天专访一家高级西文书店，看到了一本一九四六年刚出版的布莱克专书，题名*William Blake：The Politics of Vision*，着实兴奋，虽然书价美金四五元等于我月薪的一小半，还是把它买了。作者休勒（Mark Schorer）那时才是柏克莱加大的助理教授，不出两年他写了篇名文*Technique as Discovery*传诵一时，也算是"新批评"派的健将了。休勒早已去世，他的生平巨著乃是一九六一年出版的《辛克莱·刘易士评传》（*Sinclair Lewis：An American Life*）。

五十年前，加州真是人间天堂，柏克莱加大的声望也比哈佛、耶鲁差不了多少。我想何不写封信给休勒，对他的新书恭

50

维几句，表达一番自己想去柏克莱进修的诚意。休勒获信，知道连中国的学人都在看他的书，当然高兴，立即拿了我附寄的沪江成绩单（可能未附燕卜荪为我写的推荐信），去见英文系的主任或研究生主管（Director of Graduate Studies）。他的回信转达了系方的意见，谓我的成绩虽好，但还得补修几门大学本部的课程，才能进得研究院。看了回信，我觉得系方无从考察我毕业后自修苦读的进境，有些冤枉，但单凭我的大学成绩单，我主修的英美文学课程实在太少了。沪江全校没有几个有Ph.D.的教授——英文系一个也没有——各系的高级课程都开得太少，每个学生都得选定两种副修学科（minor subjects），在此大范围内多选几门课，才能凑满学分毕业。主修、副修的课程又不准全是文科的，因之我选修了历史、哲学这两类副修的课程却又不合格，大四那年不得不加修两门商科的课程（会计、银行学），把我自己的计划打乱，连第二年德文这门课也只好不念。

看了休勒教授的那封信，我也不想凭自己的努力去申请其他第一流的研究院了。现在想想，当时济安哥同我一样的外行。早在五四时期北大即已送学生出国留学了。到了一九四六年，辅导学生出国留学的办事处一定有的，否则与我同届的两位李氏奖金得主，数学系的程民德怎么会去普林斯顿，经济系的孙祀铮怎么会去安娜堡密西根大学的?当然他们有其老师、同事们帮忙。我则虽同胡校长见了三次面，却从未看到过一本美国研究院的章程（bulletin），填写过一份研究院的申请表格，只是在得不到校方任何指导的状态下暗中摸索而已。

我对美国南方文学进入二十世纪后繁荣的情形早已略有所知，在北大那年我看了凯辛（Alfred Kazin）一九四二年出版的成名作《土生土长》（*On Native Grounds*），专论美国近五十年的文学发展（诗歌不在其内），其中有一章畅论三十年代以来"批评界之两极"（Criticism at the Poles）。假如马克思文评家占据了北极，占据南极的则为比较守旧、代表传统文化的南方文艺批评家。凯辛以兰苏（John Growe Ransom，一八八八年至一九七四年）为此派的领袖。他也是位名诗人，早年在田纳西州的范德比尔大学（Vanderbilt University）任教，教出了大徒弟诗人、批评家兼小说家阿伦·泰脱（Allen Tate），诗人、小说家、剧作家兼批评家罗勃·华伦（Robert Penn Warren），批评家勃罗克斯（Cleanth Brooks，一九〇六年至一九九四年）等人。后来兰苏转往俄亥俄州甘比亚村（Gambier）的垦吟学院（Kenyon College），创办了一份极具影响力的《垦吟季刊》（*Kenyon Review*），照旧有年轻诗人如洛威尔（Robert Lowell）等到垦吟去跟他学习。

我当年自己也算是专攻英诗的，名校的研究院既觉得我还要补修大学课程，何不直接去垦吟？兰苏很快就给我回信，表示欢迎，但也警告我，垦吟通常是连硕士学位也不给的（特殊情形例外），我还得再三考虑。收到信，已该是七月二十一二日，我也准备买机票返沪了。手边只有两张小大学的入学证，讲出去自己没有面子，心里也不太高兴。

七月二十五日回到上海，只当自己要进研究院的，有空就看德文书。看了一本托玛斯·曼早期的长篇小说，大半本艾克曼（J.P. Eckermann）记录的《歌德谈话录》，觉得自己德文真有了进步。但申请出国护照，不知何故倒很麻烦，我得亲自到南京去一趟。那时钱钟书的《围城》刚出版，我已看了一小部分，上火车后继续津津有味地看下去，倒是难得的经验。事后想想，领取护照延迟了我出国的日期，也是我的福气。否则九月下旬刚开学即缴了学费，不管去欧柏林或垦吟，对我都是不适合的，换校就很困难了。

事实上十一月十二日我才在上海码头乘船驶美，二十八日抵达旧金山。在那里住了几天后，再乘火车于十二月五日到达欧柏林。翌日我在该校的Graduate House吃晚饭，有两位杨姓女子，一名Miriam，一名Grace，也都是得到真立夫帮助而来欧柏林深造的。我同她们见面倒有些亲切之感。但在该校听了几堂课，就不想听了。讲得同沪江老师一样浅，我是无法忍受的。亏得寒假就要到了，我于十五日乘火车到纽约去领取李氏奖金（亲自到场领钱的笑话见《我保存的两件胡适手迹》），也就在曼哈顿度假五六天，看了一场在百老汇已上演多年的歌舞剧*Oklahoma!*和夜总会的歌舞表演。十八日晚上也特去新泽西州看看当年沪江英文系主任卡佛（George A. Carver）及其夫人，二人都在一家私立中学教书，儿子倒已进了耶鲁的法学院了。

到了欧柏林不多天，我即乘火车到垦吟学院去谒见兰荪教授，他那时五十九岁，是个很慈祥的老人。真的迁居甘比亚，住在垦吟神学院的宿舍里，已是一九四八年正月五日的事了。倒不是我想跟兰荪念一学期书，而是一方面听他一门课，一方面请求他托人给我机会去进研究院，实在不甘愿在一个小大学再留下去了。欧柏林男女同学，环境比较宜人。垦吟全校都是男生，晚餐后陪几个文艺青年喝啤酒，觉得一点意思也没有。我可能是全村唯一的华人，养犬的人家不少，那些狗闻到我的气味同白人的不一样，就会叫起来，连我散步的权利都丧失了。兰荪只看过我布莱克那篇论文，我长日无事，就再写一篇评析约翰·邓一首长诗（*An Anatomy of the world: The First Anniversary*）的论文请他审阅，报谢他提携之恩。

兰荪是全校声望最高的一位教授，却同一位英文系同事合用一间在楼房低层（basement）的办公室，我初次拜访，觉得好奇怪。他给我的每封信都是自己打出来的，连一个书记也没有。那天我同他谈到读研究院的事，他说没有问题，我先替你找爱荷华大学（University of Iowa）的奥斯丁·华伦（Austin Warren）好了。华伦同韦勒克（Rene Wellek）合撰的《文学理论》（*Theory of Literature*）于一九四九年问世后，才大大有名。那时他的声望不算高，爱荷华在我心目中也只能算是一家农业区的好大学，但我知道华伦是《垦吟季刊》的顾问编辑，兰荪的好友，哪敢同他争辩？只要能跳出垦吟苦海我就满足了。

差不多十天之后兰荪才收到回信，华伦已就聘于密西根大学，明年要移家安娜堡，不能再在爱荷华收留学生了。兰荪对我说，我再给哈佛麦西生（F.O.Matthiessen）写信如何？我当然高兴，麦西生之成名作《艾略特之成就》（*The Achievement of T.S.Eliot*）我早已拜读过；他的 *Henry James: The Major Phase* 我在上海研读詹姆斯的晚期小说时，也曾翻阅过。他的辉煌巨著《美国文艺复兴》（*American Renaissance*，一九四一）我尚未拜读，却早在《时代》周刊上看到过对它大加赞扬的书评。我希望兰荪给他的信生效，麦西生的回信却说，英文系研究生名额已满，不便再添新生云云。兰荪安慰我道：不要紧，我去试试勃罗克斯罢。

勃罗克斯任教耶鲁还不到一年。他看到兰荪老师给他的信并燕卜荪的推荐信，立刻去找英文系的研究生主管曼纳

（Robert James Menner，一八九二年至一九五一年）教授。曼纳认为有空额，欢迎我去。勃罗克斯也就写了封亲笔信给兰荪。兰荪看到信也很高兴，马上打了封信，并附勃罗克斯手札，寄我宿舍。见信后，我也立赴兰荪办公室拜谢，并听从勃氏的指导，写封正式的申请入学书给耶鲁研究院的教务处。据我当年记载大事的日记本上所载，那是元月三十一日的事。我收到研究院副院长辛泼生（Hartley Simpson）的回信后，即于二月八日由兰荪教授亲自开车送我到 Mt. Vernon小城的火车站。我乘车到俄亥俄的首府Columbus，再换一班车，于九日中午直达纽海文（New Haven）。我乘船来美，带了一铁皮箱书。抵达旧金山后，又买了一架打字机，没有人接送，简直难以行动。留居美国已五十三年，还没有第二个长者诗人学问家为我这样服务过，至今每想到兰荪，还是不知如何报答他。

　　不过五十年前，学者们还没有打长途电话的习惯，我为了等候兰荪三友的回音，一个月心神不定，十分难受。再说，兰荪为了我的紧急大事，同时寄出三封信，也不能算对不住他的朋友。但兰荪是个老派君子人，一封信有回音后，再寄第二封。亏得我吉人天相，录取我的耶鲁，也是我最想去的学校。我原无意去爱荷华大学跟任何人念书。假如麦西生肯收我而我去哈佛跟随他，也会后悔不止的。

　　一九五〇年五月三十日晚上，麦西生在波士顿一家旅馆开了一间房间，留下几封关照亲友的遗书，然后开窗纵身一跳。一两天后我在《纽约时报》首版看到了此段消息，着实吃了一惊。麦西生自杀前，我只知道他是个大学者，哪里知道他是个同性恋，且是个反美亲苏的左派分子？他的死因较复杂，当时我功课太忙，未加深究。麦西生曾来耶鲁演讲过一次，我觉得他阴阳怪气，无精打采，一点也不喜欢。假如当年真去哈佛，我一定同他合不来，而去另找一位导师的。

## 耶鲁头半年

我想勃罗克斯并未看过我那篇布莱克论文（五十年前，复印文件不太容易），而他如此热心帮我忙，主要因为他看重兰荪、燕卜荪二人的意见。兰荪同他有师生之谊，二人早已在文坛上合作多年，后来都算是"新批评"派的主将。兰荪早于一九四一年即写了*The New Criticism*这本书，评了艾略特、瑞恰慈（I. A. Richards）、温脱斯（Yvor Winters）等人。燕卜荪一直可说是勃罗克斯最佩服的英国诗评家，因之他为我写的那几行推荐信，也就特别有分量。一九四八年夏季二人同在垦吟暑期专校里教课后，勃氏才发现燕卜荪如此仇视基督教，二人的关系反而转劣了。勃氏同兰荪一样，都是牧师的儿子。

曼纳教授也欢迎我去耶鲁，我想因为那两三年正好有两位来自中国的研究生在攻读学位，他们的成绩都很不错。一位是武汉大学的吴志谦，他于一九四八年拿到硕士学位回国时，即已同我建立了较深的友谊，因之到达上海后，曾在我家住了三个晚上。另一位是联大出身的李赋宁，我进耶鲁时他已考过了口试，在跟曼纳写篇有关古英文的博士论文。韩战爆发后，他怕与未婚妻失去联络，即匆忙返国，一直在北大任教英国语言、文学的课程。

我保存了一册耶鲁研究院一九六五至一九六六年的章程，春季学期于正月三十一日开始。一九四八年的春季开学日期想必相仿，我赶到纽海文，耶鲁已开学了一个星期了。二月九日下了火车后，即乘计程车开到市中心教堂街（Church Street）一家小旅馆下榻。晚上房间里水汀当当作声，再加上忍不住寂寞，即到隔壁洛氏博览戏院（Loew's Poli Theater，Poli按法文音译应作"博丽"、"玻璃"，但一般纽海文居民早已把li误读为长音），看了泰隆鲍华、Jean Peters主演的古装片*Captain from Castile*。翌晨到约克街（York Street）的研究院（Hall of Graduate Studies）去注册，才知道先得考过一门外语，才能登记为英文系硕士学位的候选人的。可能当天我即返旅馆再把德文恶补一番，翌晨才去赴考的。我翻译了一段德文，当场由曼纳教授审阅及格。

即已开学，我很快就选定了两门课，一门是英国戏剧，一五五八至一六二五，一门是所谓英国文艺复兴时代的诗歌，其实两门课所涵盖的都是十六七世纪的英国文学，表示我那时候受艾略特影响太深，迷醉于这个时代。跟同系大半教授一样，教英诗的那位马兹（Louis L.Martz，一九一三年生）也是在耶鲁读的博士学位。他是宾州的德裔人，即所谓Pennsylvania Dutch——美国人早把 Deutsch（德意志）此字误读成Dutch。其实与荷兰人无关。马兹那时年纪轻，还是个助理教授，到退休前几年他已升任为全系 rank最高的史德林讲座教授（Sterling Professor of English）了。约翰·史德林（John W. Sterling）大律师一九一八年死后留给母校破天荒的一笔大财源，所有冠其名所建造的图书馆（Sterling Memorial Library）、法学院、医学院、神学院，甚至未冠其名的研究院，都是动用了史德林这笔赠款去盖成的。每系资望最高的那位教授所支取的薪金也是同一财源，故称之为史德林讲座教授。

教英国戏剧的那位教授普劳迪（Charles T. Prouty，一九〇九年至一九七四年），脸色红润，人胖胖的，上课时烟卷不离手，所以过世也较早。他留学剑桥，专治莎翁时代及其前后的戏剧，学会了版本学、考证学这些硬功夫，成名作写的是伊丽莎白早期的一位诗人兼剧作家葛斯柯恩（George Gascoigne），原先想是他的博士论文。普劳迪原在南部一家大学教书，一九四七年秋刚应聘来耶鲁当教授的。但考证学当时在耶鲁不太吃香，他在耶鲁那几年，好像并未走红。

那年春季学期我只选了两门课，原想晚上修一门拉丁文的。但上了两堂，觉得进展如此之慢，也就不去上了。再说我选的那两门课，比以后两年间，每学年修的三门课还要繁重。从此学了乖，不再选马兹这样教导方式的课程了。假定他班上一共有十二个学生，马兹关照我们下两星期应读的课程外，也派定六个学生各写一个题目，下星期在课堂上宣读，由老师、同学发问，共同讨论。另六位学生则另给六题，于再下一个星期宣读他们的报告。研究生学问有限，在seminar班上听爱出风头的学生乱发言，实在得益不多。老师发问比较有意思，但我总觉得在作业上多写批语比当场审问你，好受得多。再者，耶鲁当年的美国学生从小写惯了报告，两星期写一篇不觉得吃力。我是讲究文章的人，写一篇论评花的时间较多。上马兹的课，宣读自己论评的前夜，整夜不睡在打字的情形也有过。那门课可能好学生太多，我只拿了个High Pass（耶鲁研究班的成绩，只分Honors，High Pass，Pass三等）。也很可能，马兹教授年纪轻拿不定主意，给新来的外国学生一个High Pass，总没有错。事实上我在耶鲁的其他课程，都拿了Honors。

普劳迪上课（研究院英文系课程都是每周上一堂两小时的课，只有古英文这门课分两堂上）开场先讲几句轻松的话，主要讲到尚未在百老汇演出，而在纽海文休勃（Shubert）戏院试演的新戏。接下来话归正题，讲詹姆斯一世时期的戏剧，好多是不见书本，教授自己的心得，我听得极为满意，比那些由学生乱发意见的课程，精彩有趣得多了。后来我在哥大开高级课程，除了那些学生读了原文，在课堂上逐字逐句讲解给我听的外，差不多都是我一人独讲，把自己的心得、意见授予学生。普劳迪每周关照学生读的剧本通常四出，多至六出。每星期看四部电影，还能忍受，看四场话剧，不管戏多么精彩，就很累人了。我们读的都是詹姆斯一世时代的戏剧，比目前的话剧要长出一倍，情节复杂，人物众多，读了一遍，要想牢记，实在是很困难的。

上普劳迪教授那门课，伊丽莎白女王时代的戏剧都在秋季那学期讲过了。我得在春季学期写篇学术研究报告，普劳迪给我的题目偏偏是位伊丽莎白早期的剧作家乔治·丕尔（George Peele），但我哪敢提出抗议？我写了一篇长达四十七页的报告，总题《丕尔剧作之结构》。另附一纸参考资料，表示我参阅了两种丕尔全集，十五位二十世纪专家的专著和论文，有些专家写过多篇丕尔研究，分载于六七种英美学术期刊上。但生平第一次写美国式的学术论文，并未想到要找人给我些指导，连写脚注都不合规则，因之给扣掉些分数。普教授给我的grade是Honors／High Pass，可当A⁻算。但学期的grade是Honors，因为我大考的成绩实在太好了，两三个大题，都答得详尽，二三十个小题目只有一个未答，因为在我的印象中，那个专门名词未见参阅资料，教授上课时也并未提及。很可能他在头一堂课或上学期即已讲起了，而我都不在场。

那个春季，我住在曼殊斐尔街（Mansfield Street）一六八

59

号二楼一间厢房，月租二十元左右，那学期的学费二百五十元是我自己付掉的，以后三年的学费，因为我是好学生，都给免了。那学期的膳费可能只包了每日两餐，早餐由我在寓所厨房里自备，每天跑三次研究院的食堂，时间实在太浪费了。从寓所出门一箭之遥，即见到了耶鲁神学院的几幢房子，再绕过一大片墓地，即是约克街。街的右边即是研究院，左边则是法学院同史德林纪念图书馆。研究院是一座双口形的大建筑，双口相吻合处即是条走廊，大门对着约克街。小口的西北两部分以及大口之弯曲部分皆为研究院单身男生之宿舍。小口南部以及大口东南部分沿着高楼大道（Tower Parkway）和约克街的那几层楼则是研究院的行政地区，也供其文科各系办公、教书之用。

我的房东是个爱尔兰裔的老处女，名叫奥白伦（Catherine O'Brien），记性非常之坏，想已八十岁出头，我同她相处还不错。春季学期结束了，我立即搬进研究院宿舍，觉得一切更方便舒适。但整个暑假，我的唯一任务就是学通拉丁文这一件事，十月份要通过系里的考试，不用字典翻译一段中世纪的拉丁文，谈何容易？不少同系同学早已在中学、大学读过了五六年拉丁文了。在研究院住了几天，晚上总有中国同学找我上小馆子吃饭聊天，散步回院也浪费不少时间。我过的是寸阴必争的日子，哪里有时间同人闲聊，决定重理行李，乘计程车搬回老太婆家。从此不再有人来找我，除了父兄来信必复以外，差不多每两星期看场电影，调剂调剂精神，余下的时间，从早晨到深晚，都在读拉丁文。当然，暑期食堂不开门，自理三餐，也得花掉些时间。但鸡蛋、牛奶、面包、水果、现成熟食、乳酪买起来都很方便。有一天我买了一只小小的整鸡，不料老太婆翌晨要溶化老式冰箱里的冰霜，也不通知我一声，把我那只鸡也拿了出来。天热，晚上我煮一锅清汤鸡，吃起来味道已不对。但我哪还有时间去买其他食品？只好把鸡烧得烂一些杀菌，也就把"怪味鸡"吃了一小半果腹，亏得没有生病。

四个月间，我先把一本文法教科书*Latin Fundamentals*读得烂熟，记得所有的生字，了解一切动词、名词、形容词字形上的变化。再读一部分凯撒的著作（正像初学文言文的外国人，非读《孟子》不可），然后再读些英国人、欧陆人在中世纪所写下的文章和故事。那些故事都是为了宣扬基督教而写下的，我在五十年前初读，即觉得相当幼稚、无聊。但中世纪拉丁文学既然是英国文学的一部分，耶鲁英文系博士班的学生，至今还得先通过法、德、拉丁文三种语言的考试。可憾的是，不像在五十年前，更没有第二家美国大学的英文系，包括哈佛在内，对学生要求如此严格的了。

## 拿到了硕士学位

考我拉丁文的也是曼纳教授。他在我的译文里找到了两三个小错，也就让我通过了。一九四八至一九四九那年，曼纳也教我"古英文"（Old English），这是门新生必修课，这位研究生主管也可有充分时间去鉴别他们之优劣。耶鲁英文系好像特别爱惜自己的名誉，成绩不够好的研究生是要他们走路的。我那班上成名最早而对英美现代文学研究最有贡献的当推休·肯纳（Hugh Kenner）。他跟勃罗克斯写了篇庞德（Ezra Pound）的论文，很快就出版成书。有位常给曼纳老师难倒的学生罗勃·彭（Robert Bone），果然只好改读比较容易的美国研究系（American Studies）。我进哥大的那一年（一九六二），彭君早已在师范学院（Teachers College）教书了。他以一本评介美国黑人小说的书，成了名。他古英文没有学好，倡导研读黑人文学，倒也有些先见之明的。

曼纳有心脏病，但教书很卖力，很严格，也很让人喜欢。我这班好学生很多，而我拿到Honors，表示我在全班前三四名之内，是很难能可贵的。曼纳大概每天午时即回家。纽海文计程车不太多，他必在办公室打电话叫了车，才站在研究院门口等车的，所以我也常在大门口见到他。他当了研究生主管多年，曾于一九四九年至一九五〇年休假了一年，但到了一九五一年四月五日，想因心脏病转劣，他即去世了，才五十九岁。曼纳一九二〇年为中古英文诗《纯洁》（*Purity*）出了个详加注释的新版本后，好像并未出过第二本书，只发表了些学术论文。研究古英文、中古英文的学者很难写出一本大书，只能凭翻译出些风头。一两年前，荣获诺贝尔奖的爱尔兰诗人希尼（Seamus Heaney）又为古英文史诗《贝奥武夫》（*Beowulf*）出了个新译本。曼纳教我们古英文，第二学期就专门研读这首古诗。

柳无忌一九三一年即拿到了耶鲁英文系的博士学位，华籍学人间可能没有人比他更早了。（柳先生早对我说过，另一位华人在三十年代即拿到耶鲁英文系博士的是陈嘉，他原先一直在中央大学执教。我想知道他是何年拿到Ph. D的，耶鲁英文系给我的回信却说，耶鲁Alumni Records上并无Chia Chen此人，想是我把他的英文姓名拼错了。在我之前，耶鲁英文系的华裔博士就只有柳、陈二人；在我之后到六十年代为止，也只有一位：现在香港任教的孙述宇教授。）我到耶鲁不太久，柳先生也重返母校作研究。一九四八年秋有一天我对他说，这学年选了乌塞史本（Alexander M. Witherspoon）密尔顿这门课。柳说正巧，他也上过乌教授的课。乌塞史本当然是好学生，同曼纳一样留校任教，博士论文也同《纯洁》新版本一样由耶鲁、牛津二校的出版所同时出版。更了不起的，他那篇论文专述法国剧作家Robert Garnier对伊丽莎白时代戏剧之影响，艾略特曾在其论古罗马剧作家Seneca的长文里加以赞许（见艾氏*Selected Essays*一九三二年初版，页六二），自应身价不凡。但乌氏不争气，在母校任教而不作研究，反而跟几个同行朋友编了上下两册英国文学读本，因之他到老还是一个副教授，说起来是难为情的事。他也终身未婚，办公室与寓所合在一起，都在耶鲁的Berkeley College内，一九六三年退休。

那年我选了"古英文"和恩师勃罗克斯的"二十世纪文学"，两门课都非得出人头地不可，所以另选一门非名师教授的课程，反而减轻些精神上的负担。密尔顿的诗篇当然我早已读过，他的散文却只读过一两篇，那一年读了他好多有关政治、宗教、言论自由、婚姻改革的大文章，一点也不喜欢，跟着对那个保王党同清教徒斗争的十七世纪中期兴趣大减。我为乌教授写了九篇评论，都拿A。作业积了两三篇，他总期望我们到他办公室去听他指点一番，才发回给我们。有一次我去拿回我的作业时，顺便也告诉他我早知道艾略特称许他著作之事，他不禁心花怒放（大半学生没有像我这样熟读艾略特），走进他内房去拿出一本*The Influence of Robert Garnier on Elizabethan Drama*来签名赠我，日期是一九四九年二月二十三日，此书一九二四年初版，二十五年之后还有存货，可见向他索书的人不多。

一九四七年勃罗克斯受聘耶鲁当正教授，才四十一岁，却已写了两本名著：《现代诗与传统》（*Modern Poetry and the Tradition*），《精致的骨灰坛》（*The Well Wrought Urn*），且同罗勃·华伦（Robert Penn Warren）创办了极具影响力的文学季刊《南方评论》（*The Southern Review*）。二人也采用了"新批评"的方法合编了两部广为采用的大学教科书：《了解诗》（*Understanding Poetry*）和《了解小说》（*Understanding Fiction*）。但华伦还得忙于写诗、小说和剧本，关于二人合编的好多种教科书，我想勃罗克斯出的力应该多得多。后来华伦也来耶鲁，主要因为勃氏要和其至交仍在同校教书。勃、华二人友谊之深真可和我国古代的管仲、鲍叔牙相提并论。二人同其老师兰荪都无Ph. D，但他们在念完大学前，都已申请到了一大笔罗兹奖学金（Rhodes Scholarships），可去牛津大学进修，比只在本国读个博士学位神气得多了。

我上他课的那年，勃罗克斯已很近视，到了太太过世后的晚年，差不多双目全盲，他并无子女照料，生活实在是很困难的。因为勃师号召力大，那年选修"二十世纪文学"这门课的有三十人左右。他们在课堂上提出问题，发表意见，弄得教授也很紧张，香烟一支未熄，再抽一支，一堂课下来，红色包装的King-size Pall Mall已抽掉了大半包。当然学生抽烟的也不少，连我自己在内。近十多年来，美国一般大学校室里已无人抽烟，真是天大的进步。勃师后来对我说，医生说他的血压稍高，他即把香烟戒掉了，实在很有毅力。

"二十世纪文学"这门课，上学期讨论海明威、福克纳、叶芝三人。此外，教授指定我们每人读本二十世纪名著，另安排小组五六人个别讨论。我派到一本伊夫林·沃（Evelyn

Waugh）的早期小说，特别对我胃口，后来看了他六七本小说，成为一个我喜爱的作家。下学期只讨论乔伊斯、艾略特两人，原想也讨论劳伦斯的，但已无时间，主要因为解读《尤利西斯》的书籍当年还不多，最主要还是当年乔伊斯供应资料，教他朋友们写的那三四种。原先讨论每个作家，勃氏都要学生发表意见的。《尤利西斯》难懂，学生们的外行意见，更是一无道理。所以讲解《尤利西斯》那四五堂课，都是老师亲自授经，学生都带了现代文库巨型本上课堂（我那册乃吴志谦所赠），老师讲到哪里，我们就翻到哪页，听他讲此页有哪个词语，哪个象征物又出现于某页某页，而说明其关联性。听了那几堂课真的受益匪浅，对勃师治学之细心，更为佩服。

一九四八年秋刚上此课，我听到同学们众声喧哗，有些吃不消，即去勃师办公室问他，课堂上我不发言可否。教授说当然可以（学期之grade主要凭所写报告、论评之优劣）。我从此上课，一言不发，倒有些后悔。因为参加讨论，可以一抒己见，对那些幼稚不通的言论也可表示不甘同意，心里舒畅得多。话最多也最让我讨厌的是一对法国夫妇，男的名叫白朗贝（Victor Brombert），到了八十年代早已是普林斯顿的讲座教授，对法国十九世纪的作家很有研究。我廉价购得一册他所写的雨果评传。翻看其插图，才知道雨果也会画画，其画作墨色很浓，也很有力道。

一九四八年秋，我搬到研究院宿舍之三楼，房间号码为二七七一。乘电梯或走下楼梯到一楼，即是餐厅——在春秋两季开学期间，我每日三餐皆在此处，五六年来，交到不知多少朋友——和一间很大的休息室，饭后可在那里看《纽约时报》或同友好们打牌作乐（那时桥牌还很风行，数学系研究生许海津可说是个桥牌迷）。但美中不足，二七七一室对向街道，虽非沿街，开了窗也听得见高楼大道上车辆驶行之声。我那时神经太紧张，颇以为苦。到了一九四九年春季末梢，住在我对过二七七八室的那位学生考博士口试不及格，无法补救。他在盛怒之下，立即收拾行李，离校他住。我见他人去室空，也就马上跑到研究院管理此类事务的Ruth Feineman那里，告知她二七七八室已空着，我可否立即搬进去。请求照准，我在这间房间住了五年，直到一九五四年六月结婚后才搬出去。房间虽小，住在里面听不到一点城市闹声。推窗一看，四周都是二三十年哥特式（Gothic）的古雅建筑。朝下看则是一大片点缀着花卉的草地，再加上几棵树。五十年前四季分明，每季都有其独特的情调和景色，不像今天，气候变化莫测，美国多的是水灾、旱灾。一九四九年夏天，我稍为有些空闲，也真跟了宿舍三楼同学到纽海文附近海边去晒晒太阳、泡泡水。

一九四九年六月，我就拿到了硕士学位。举行典礼的那天，我同吴纳孙兄恰巧排在一起，步行至毕业生的集合处，留下一帧合影。已曾发表于《智慧的薪传：大师篇》第三卷（台北，一九九八）有关我的部分。吴纳孙原也是联大西语系，抗战期间进耶鲁，从大学本部读起，改修艺术史。退休前一直在圣路易市华盛顿大学教中国艺术史，且以《未央歌》一书名噪于国人间。

那年暑假我主要的任务是通过法文考试。同学习拉丁文一样，我先学通文法，死记生字，再找一本书来看——两个法国学者写的英国文学史。我对英国文学非常熟悉，该书读来一点也不难。六月初开始学法文，八月间即去赴考，把评述拜伦的一段法文译成英文，一字也未译错。但我这样不讲究发音、不练习会话式的无师自通，实在是靠不住的。隔了一长段时间未念法文，也就把它忘了。

## 英诗课程

那年夏天曼纳还在休假，考我法文的乃是暂时代任研究生主管的帕德尔（Frederick A. Pottle，一八九七年至一九八七年）。他于一九四四年升任为史德林讲座教授，主教十八世纪中期至十九世纪初期的那段英国文学，他也曾教过"诗的理论"（Theories of Poetry）这门课，后来由威姆塞特（William K. Wimsatt）加以发扬光大。

一九四九年秋季开学，我选了帕德尔的"华兹华斯时代"同寇克立兹（Helge Kökeritz，一九〇二年至一九六四年？）的"乔叟"这门课——寇氏一九四四年来耶鲁当教授，比勃罗克斯、普劳迪早了三年。我的第三门必修课应选自"英国语言史"、古代英语以及其他欧洲古代语言这些课程。除了上过"古英文"、自修一暑假拉丁文外，我对古代欧洲语言一无研究，只好凭我德文根基比较深厚，选了一门"古北欧文"（Old Norse），即是古冰岛文。我在上海时即读过一本古冰岛的《聂耳传奇》（*Njal's Saga*），极为欣赏。

研究院原是十九世纪几家德国大学首创的玩意儿，代表其人文学科，看家本领的乃所谓是"语文学"（Philology），即以研读任何古代文字记载而去了解其字面上的意义，且进一步了解其所代表的种族、国家、历史上种种文化意义的这门大学问。教我古冰岛语文、文学的瑞哈脱（Konstantin Reichardt）即是一位原籍德国的德语系统语文学教授（Professor of German

Philology）。他有神童之名，据说看了半本荷马史诗的原文，即能背诵（丘吉尔也有此本领，中学期间读了半本密尔顿的《失乐园》，即能背诵如流）。他对待学生非常客气，我们班上一共九个男生，他上课时统称我们为gentlemen。英文系的学生倒有四位，老师要凶也凶不起来。瑞哈脱讲授对象是那五位德文系学生，我听来有趣，但无意学习德系语文学。自己不做功课，听了也忘了。到第二学期，我看了好多种英译冰岛传奇，写了篇文艺批评性的报告，照样也拿了Honors。

班上那三位英文系同学都可说是优等生，但拿到博士学位后，其前景如何，真不可逆料。一位叫David Vieth，我上普劳迪那门课时即和他同班。他父亲是位英文系教授，他自己后来也是，想已退休。另一位Walter King来自地广人稀的蒙大拿州（Montana），能进耶鲁研究院非常了不起。他在"古英文"班上表现得很出色，拿到博士学位后留校当了几年英文教员（instructor）。到了六十年代，他早已回到蒙大拿州教书去了。第三位家世比Vieth的更好，其先父乃哥大英文系名教授，至今Philosophy Hall英文系某厅里还挂着他的油画像。他哥哥后来是康乃尔名教授，在《纽约书评双周刊》（*New York Review of Books*）常见其文章。他自己钟意我同Walter King二人，请我们到他康州家里住了一个晚上。其母烧给我们每人一大碗蛤羹（clam chowder），至今还记得，我这位同学爱书，隔不多天在餐厅里见面，他会对我说，今天又在Yale Co-op买了一本书，教我们传观。后来Yale Co-op查出，原来他是个偷书贼，看到喜爱的新书，就不假思索地拿了走出店门。他有了这个罪名，即使拿到博士学位，也不可能为人师表去教书了。后来他搬居芝加哥，在大英百科全书公司任编审之职。

那时期，帕德尔是英文系唯一在研究院同时开两门课的教授。一九四九年至一九五〇年，我上他的"华兹华斯时代"，他也开一门"约翰生时代专题研究"（Special Studies in the Age of Johnson）的课。下一年他则开"约翰生时代"和"华兹华斯时代专题研究"这两门。其实他本性最喜爱浪漫诗人，尤其是华兹华斯、雪莱这两位。偏偏他一九二九年出版的博士论文《鲍士威尔的文艺生涯》（*The Literary Career of James Boswell, Esq*），大为英国学者重视，因为该书特别注意到研究鲍士威尔本人的传记资料。原先大家只以《约翰生传》的作者视之，现在鲍士威尔自己，也是传记家注意的对象了。鲍氏记性好，下笔快，留下的日记、书信、游记之类的资料不知有多少。有些在收藏家手里，帕德尔及其夫人Marion早已为之编目，一九三一年由牛津大学出版社出版。耶鲁图书馆一向以收藏英美十八世纪政治家、文艺家手稿资料自傲的。大约我刚到耶鲁的那一两年，图书馆即已把所有鲍士威尔的手稿资料都购全了，只待帕德尔教授，亲自去编校整理。

鲍氏日记首册《伦敦日记》（*Boswell's London Journal*，一七六二年至一七六三年）一九五〇年由纽约McGraw-Hill，伦敦 Heinemann同时出版。纽约版即销售了百万余册，可称大为轰动。但日记二册销路当然不如首册，三册更差，对帕教授这样自己有志著书立说的人，终生与其夫人整理编注鲍氏遗稿，我想不会对此真正心满意足的。当年编书的压力如此之大，他自己数易其稿的鲍士威尔传，只完成了六百多页的上册*James Boswell：The Earlier Years*，一七四〇年至一七六九年，下册则由其学生（也是我的同学）Frank Brady续成。

帕德尔开的"华兹华斯时代"那门课，除了司各特的两部小说以外，所读的全是诗，司各特原先也是以其长篇叙事诗出名的。其余的诗人，差不多等于读全集。帕教授推荐我们去备置的诗人全集都是一页双栏的小字本。除了柯尔律治的那册诗歌与诗剧全集归麦克米伦（MacMillan & Co）出版以外，其余的全集都属于Houghton Mifflin书局所出的麻州"康桥诗丛"（Cambridge Poets），当年读起来很方便，现在觉得字太小，简直难以阅读了。我读诗，边读边画线，重翻那些诗集，除了华兹华斯晚年一大部分外，很少地方没有看到我的钢笔线条的。

帕德尔给每个研究生一个讲课的机会，一堂课两小时，先后两个学生把该星期应读的诗篇，平分讲授给老师、同学听。假定一班二十个学生，头四五堂由老师讲解，余下十堂则由学生当老师，一人一小时。未作准备的学生一定讲得很坏，但一般人都作了充分的准备，比在课堂上自由发言有意义得多。

对我来说，学生当老师，选题非常重要。讲解一组小诗不如讨论一首长诗占便宜，但一首公认伟大的长诗和一首不太吃香的长诗，应选哪一首作你的讲题，也该细加考虑。华兹华斯两首最长的诗，《旅游》（ *The Excursion* ）在那小字本全集里占一一四页，《序曲》（ *The Prelude* ）占九十八页，长度相仿，但二诗所得之评价却大不相同。《旅游》可说是诗人听了柯尔律治劝导之后才写的，但柯氏第一个就对此诗大表失望。维多利亚时代最推崇华氏的诗人兼批评家要算是阿诺德（Matthew Arnold），但他对此诗也有轻嘲之意。《序曲》诗人亡故后才出版，一直公认是华氏最伟大的作品，也可说是英国诗里面最难得的一首自传体的史诗。此诗我在上海时早已读过，对其评价一无异议。《旅游》我从未读过，倒想发表些新鲜的意见，引起老师、同学的注意。我讲话较快，也不能把握时间，倒不如把我的讲辞写成一篇论文，这样文章前后照应，我要想说的话都说了，要引的学者、评者也都引了。全文十六页，正好供我在一小时念完。

到了那个星期一，我带了文稿进教室，从容不迫地宣读了近一小时。帕德尔对学生的讲课一向不在教室里加以褒贬的。听了我那篇，破例大加赞赏，谓此文他要交给研究院英文系办公室去多打两份，供同学参阅之用。Mr.Hsia见解之精辟实在难能可贵。原来帕教授一向喜爱这首长诗，却说不出其道理来。我公允道出其缺点、优点，并谓虽然全诗不能让人满意，至少其首四章是可列入华氏的伟大作品的。帕氏不仅对我表示佩服，甚至有份感激之意，溢于言表。

研究院英文系的秘书一人唱独角戏，实在太忙，到了下学期才把我的讲稿打出。帕德尔收到两份后，一份叫同学参阅，一份立即投寄给《耶鲁季刊》（*The Yale Review*）的执行编辑匹克瑞尔（Paul Pickrel，也是本校英文系博士，我在餐厅里常见到他），一问是否适用。那编辑写封钢笔回信（手写才表示尊敬）谓文章虽好，惜《旅游》此诗比较冷门，对本刊不太适用云云。

隔了五十一二年，最近重读这篇旧文，觉得当年的我审阅这样一首长诗，不为学者、评家所左右，而自有一套独到的见解，同后来评审古今小说的我，实在是同一人，其批评原则完全是一致的。但我也同意匹克瑞尔的看法，拙稿原是要读给至少名义上已看过《旅游》此诗的同学听的。投给《耶鲁季刊》或专研英国文学的学术期刊，我得顾及读者的需要，至少增添十页篇幅才对。帕教授热心过度，未嘱我把原稿加以增改，即寄一份给全国性高级季刊的编者，无怪得不到他的青睐了。

帕德尔喜爱雪莱是出了名的。在这门课的第二学期我选择了雪莱一首六百行的长诗*Episychidion*为我演讲的题材。我冷静地分析这首诗，虽并无任何重要的发展，也还算是不错的。那学期终了，我就不再上课，要准备博士班的口试，然后写论文了。我想一定是听了我那篇讲辞之后，帕师才问我有无兴趣跟他写篇为雪莱翻案的博士论文的。帕教授自己就在两年之后发表了一篇《雪莱此案》（*The Case of Shelly*），反驳了艾略特、李维斯、勃罗克斯等一向轻视雪莱的批评家。但他自己忙于编注鲍士威尔的日记，实在分不出时间来写本辩护雪莱的大书，因之他一直在找一位特别优秀的学生来完成他这项工作。但我自己也是个新批评主义的信奉者，对艾略特、李维斯二大师一向服膺，勃罗克斯也是我的恩师，不可能作违心之论而去大捧雪莱的。再加上李氏奖学金两年满期后，我已获准延期一年。但研究雪莱是件大工程（有关他的书籍、文章实在太多了），非花两三年工夫是无法完成的。即使我对雪莱有兴趣，我的经济条件也不容许我为写论文而从事长期研究的。

不出两三年，帕德尔又收了一位特别优秀的研究生布鲁姆（Harold Bloom）。他在康乃尔读大学时，即已是浪漫诗学大师艾勃鲁姆斯（M.A.Abroms）的得意门生，雪莱、布莱克正是他要研究的诗人。他跟帕德尔写的雪莱论文于一九五五年完成，他的第一本书《雪莱创造神话》（*Shelley's Mythmaking*）一九五九年问世。到了那年，"新批评"在名大学的英文系已渐失势，布鲁姆重估雪莱的新书因之也大受重视，我想帕师自己翻阅此书，也会感受到一份骄傲与满足罢。

一九四九年秋季我上的第三门课是"乔叟"。驰名世界的北欧语言学家、语文学家为数不少。研究英国语音学大有成就的Otto Jespersen乃是丹麦人。研究我国古代语言、文字最有贡献的高本汉（Bernhard Karlgren）乃是瑞典人（马悦然原也是语言学家、乃其门生）。教我乔叟的寇克立兹也是在瑞典生长而受了高等教育的。他最拿手的课程是古、今英国语言史这两门。他最重要的一部著作乃是《莎士比亚之发音》（*Shakespeare's Pronunciation*），一九五三年耶鲁大学出版。他去世很早，一九六五年至一九六六年那本研究院章程上就不见其名了。

寇克立兹对英国中世纪语言非常内行，但他非文学批评家，那年上乔叟这门课的只有我同两位新来的研究生。头几个星期我们在教室里上课，后来即在他寓所的客厅里上（他同帕、勃二师都是Dayenport College的Fellows，但寇师既是单身，他配给到的办公室兼寓所也就较大。乌塞史本在另一College情形也同此）。再者，帕师听了我的第一次的讲辞后，觉得我的发音还不够完美，请寇师加以改正。因之在那上学期，我也单独去他寓所几次，关系益发改善。寇师是唯一的英文系老师我可以请他到中国馆子吃顿午饭，随便谈谈的。

我们在头两星期学会了中世纪英语的发音之后，接下来就是阅读乔叟长短诗篇的原文，读来实在是很多趣味的。一般美国大学生，因为老师们怕教他们中世纪英文，只读乔叟的现代译本，领略不到原诗的真趣，实在是件莫大憾事。再者一般老师只从《坎城故事集》（*The Canterbury Tales*）选几则教教，而从不碰那首长篇叙事诗《特洛伊拉斯与克莱西德》（*Troilus and Criseyde*），也是不应该的。在双栏小字的《乔叟全集》里，该诗占了一百一十一页，比见于同一版本《华兹华斯全集》里的《序曲》多了十二三页。二诗都是最伟大的杰作：英国文学里再没有第二部像《序曲》这样真切感人的诗人心灵成长过程之追叙了，也更没有第二部像《特洛伊拉斯与克莱西德》这样精致细腻地道出男女恋人心理上错综复杂变化的叙事诗了。其实英国最著名的爱情小说也比不上。乔叟采用了七行诗体（rhyme royal）的Stanza为其基本形式，这样一节一节的写下去，写成了一部中世纪的长篇小说，而其人物还是古希腊时代的。台湾大学外文系主办的《中外文学》去年出了一期"中古英国文学专号"（第二十九卷第九期），看到后让我感到欣喜。我想在不久的将来，总会有人把《特洛伊拉斯与克莱西德》也译成中文的。

## 博士论文

一九五〇年三门功课圆满结束后，暑期唯一任务即是为了对付写博士论文前的口试作准备。到了今天，念文学的博士生好像都预定了口试的范围，对三个大题目以外的文学作品就不必关心。我那时的耶鲁英文系博士生，美国文学则免考（一共只开了一门课）。乔叟以降、二十世纪以前的英国文学则全考。我已读过的乔叟、密尔顿、浪漫诗人当然要考，但我未曾选修的课程——斯宾塞、十八世纪上下两期、维多利亚时代——都在被考之列。所有的经典小说家，同所有的大诗人一样，都得精读其代表作。李赋宁主修上古英语文学，博士论文是要跟曼纳教授写的，他名正言顺地提出了免考小说的请求，也就照准了。我是硬汉到底，《格列佛游记》《汤姆·琼斯》等名著都加以重温，虽无法全读也得多看些新出的论评。

维多利亚时代的小说家，狄更斯、哈代早已读过多种，重温一两种萨克雷、乔治·艾略特的作品也可以过关。特罗洛普（Anthony Trollope）、梅瑞狄斯（George Meredith）我从未读过，只好各读其一本代表作，硬记其人物与情节。最多时间当然还是放在诗人上。斯宾塞同乔、莎、密三氏公认是英国四大诗人。《仙国女王》（*The Faerie Queene*）在斯氏每页双栏小字的全集里占五百四十一页，比《特洛伊拉斯与克莱西德》差不多长了四倍，乃英国文学史上最长的一首必读诗。早在上海时我即已读了《仙国女王》的首三卷，一九五〇年暑期我把后三卷也读了，并把全书主要人物以及每卷情节都牢记心头，再读两本权威性的参考书，才放心。十八世纪大诗人蒲伯（Alexander Pope）我也新读、重温了全集的一大部分。我在另文里早已说过，英国大诗人间我并无企图读其全集的只有德莱顿（Dryden）、白朗宁二人。

口试只考一小时，考些作品内容的小题目。这样的考试，老师如要刁难你，实在是无法准备的。但我既是好学生，知道自己一定通过的，尽心准备，只想考得好一些，不让老师们失望而已。十月那天下午，帕德尔、曼纳、马兹、普劳迪都在场，勃罗克斯未出席可能因为他在研究院只教二十世纪的关系。有没有第五位考员在场，我已记不清了。我烟卷在手，无题不答，自感很得意。口试结束前，普劳迪开玩笑式的想难倒我，问及一位微不足道的十八世纪诗人，但我也答得出来，他不免感到有些惊讶。考毕后我走出考场，等待了几分钟才回去，主要因为考员们讨论了一下要不要给我一个Distinction（特优及格）。

考过口试，在准备写论文以前，应该给自己一个假期，但我舍不得时间，只买了一台增你智（Zenith）牌子的长短波收音机，至少可以在饭后听听音乐。那时候耶鲁学生宿舍房间连电话都不装的。假如有人给你电话，研究院大门口的传达室会用图钉把给你看的字条揿在软木制的布告板上。有一晚上我在收音机上听到博览戏院要上映弗雷亚斯坦歌舞新片 *Three Little Words*（原系流行曲名，意指："I love you" 三字）的广告，并谓你如知道弗雷亚斯坦影片里的舞伴有哪几位，可录其名寄戏院，有获奖的希望。我对美国电影一向很内行，除了老搭档琴述罗吉斯外，我把琼克劳馥、琼芳登、宝莲高黛等七八位女星的名字也抄上，结果只拿了个二奖，不免有些扫兴。多年之后，我已买了不少电影参考书，才知道我把琼莱·丝莉（Joan Leslie）的名字漏掉了。一九四一年她配演贾利·古柏的《神枪手》（*Sergeant York*）出了名，一九四三年又同弗雷亚斯坦合演了一部歌舞片 *The Sky's the Limit*。可是珍珠港事变后，美国新片不再在上海放映，因之我对此片一无所知。

戏院给我的二奖只是两张戏票。可是我一个女友都没有，那晚带去看弗雷亚斯坦新片的乃是个七八岁的女孩。她母亲来自大陆，一直在耶鲁教中文。那晚她跟同事们吃饭打牌，我把女儿带走，对她也方便。不料不出三四天，这位教员同另一位国内有太太的中文教员出了事。男的不要女的了，女的一时想不开，在家里开煤气求解脱。结果她未死，只是从此行动不方便罢了，倒把好好的一个女儿送了命。

我在耶鲁天天用功，并无情感生活可言。那天晚上，一路来回同小女孩讲话，倒是很有情趣的。数天之后，她竟因母亲想死而无辜遭殃，带给我相当大的震惊。十多年前我常写散文，真想把这件事好好的写下来，但到了今天，连小女孩的英文名字也想不起来了。

　　大概在帕德尔找我写雪莱论文的前后，勃罗克斯也问我有无兴趣跟他写篇马维尔（Andrew Marvell）的论文。虽不能算是一代诗宗，马维尔是十七世纪中期才情、成就仅次于密尔顿的重要诗人，艾略特一九二一年刊出一篇马维尔新论后，响应他的英美评家如燕卜荪、李维斯，以及勃师自己都已把马维尔的名诗一一评析，后来者要超越他们的成就，非得研讨其全部作品——诗歌、文章、书信——不可，且能欣赏影响马氏最深的古罗马诗，并熟知查理一世、二世以及克伦威尔摄政期间的那段政治和历史。我对古拉丁文所知太浅，多读密尔顿的文章后，对十七世纪中期那段英国史反而不感兴趣，只好对勃师直说，我的学问不够，写马维尔这个题目，可能吃力而不讨好。马维尔（一六二一年至一六七八年）去世后三年，才由其夫人出了本诗集，题名《杂诗》（*Miscellaneous Poems*，一六八一）。这是本很完整的集子，所有他的名诗皆在其内。密尔顿早于一六四五年即为自己的短诗出了本集子，题名*Poems of Mr. John Milton*。勃罗克斯和一个年轻一代的密尔顿专家John Edward Hardy，一九五一年为此书出了一个新版，给所集各诗都写了评析（essays in analysis），再加上一长篇总评。此书完稿后，很可能勃师也有意为马维尔《杂诗》出个评析新版，才于一九五〇年找我，以马氏为题写篇博士论文的。写了论文，同勃师合编《杂诗》，就很顺理成章了。假如他没有这样一个计划或类似的计划，为什么不让我自选一个论文题目呢？勃、帕二人曾有过一次笔战，见《精致的骨灰坛》附录一。勃师明知我是"新批评"派而反跟帕德尔去写论文，当然对我失望。但我也不能让帕师失望，这实在是件没有办法的事。

我的论文题目最后决定写乔治·克拉伯（George Crabbe，一七五四年至一八三二年）。主修英国文学的都读过他那首早期的名诗《乡村》（*The Village*），因之一般人都同梁实秋先生一样，称他"是一位人道主义和写实主义的诗人，是为穷苦不幸的人们说话的诗人"。（梁氏《英国文学史》第二卷，页一一四〇）克拉伯活到七十八岁，寿命很长。他虽公认是十八世纪后期的作家，进入十九世纪后，凭其两种说故事的叙事诗集，*Tales*（一八一二）同 *Tales of the Holl*（一八一九），他才大受欢迎。克拉伯早年时学过医道，后来当牧师，故其去世后出版的全集称为 *The Poetical Works of the Rev. George Crabbe*，Rev. 为 Reverend 之简写。全集共八册，一八三四年初版，首册为诗人之子写的传记，第八册载了生前并未发表的故事诗（*Posthumous Tales*）二十二篇。出版人乃墨瑞（John Murray），他为拜伦出了多种诗集而发了大财，且名扬欧陆。他也因为克拉伯是拥有读者的名诗人才为他出全集的。版面虽同我旧藏的英国"人人文库"（Everyman's Library）相同，但每册之卷首页和书名页都印有镌刻的图片，算是很精致的。我于一九五一年三月在纽海文一家旧书铺竟以七元半美金购得此套八册原版全集，真是便宜得要命。但这也证明克拉伯不值钱，并无读者。华兹华斯、柯尔律治合作的那本小册子《抒情歌谣集》（*Lyrical Ballads*），今天如能购得，当值美金数千元。

这套全集保存至今已有一百六十七年，纸张仍颇坚洁，我所藏的中西书籍中，要算这部略有古色古香，因之备而偶一用之。另一套三厚册《克拉伯诗集》（*Poems by George*

Crabbe），剑桥大学一九〇六年初版，由华德（A.W.Ward）
这位学者所编校，属于"剑桥英国文学经典"（Cambridge
English Classics）这套丛书，凡一千六百多页。这套看来是全
新的书，我于一九五〇年十二月五日购得之，仅花了八元两角
五分，实在也非常便宜。我读诗既有在书上画线的习惯，表示
整个十一月份我还在图书馆把有关克拉伯的参阅资料搜集齐
全，且阅读其最主要的评传和研究。克拉伯最厚的一本传记倒
是法国人写出的，一九〇七年即有英译本。另有两部专书则是
德文著作。当年美国各大学培植的英文系博士都得通晓法德两
种语言，主要也为了他们治学之方便。

　　我决定写克拉伯，主要想在一年之中把论文写就，不再向
李氏基金会或耶鲁英文系请求经济补助。另一考虑，研究克拉
伯的学者文人从来不多，正好给我机会把他的诗集全部审阅一
遍，再决定可否给他一个更公正的评价。不习惯读诗的人，想
到要读一千六百多页都是押韵的诗，一定会感到头痛。我在耶
鲁英诗看得太多了，读并非双栏小字的《克拉伯诗集》实在不
当一回事，大概不出三个星期就把诗集细心阅过了。

　　在他并非大诗人的大前提下，诗人、评家称赞克拉伯的
为数不少，包括艾略特、庞德、温脱斯在内。但对我最有启发
性的则是李维斯在其论英诗的经典名著《重估价》（Revaluati
on: Tradition and Development in English Poetry，一九三六）
里讲到克拉伯的那几页（页一二四至一二九）。他说其实凭其
故事诗集，克拉伯也是个小说家。当然没有一篇他的作品可
同简·奥斯丁的长篇小说相提并论的，因为他写的是短篇小
说，可他自己也称得上是个短篇小说大家（his art is that of the
short-story writer, and of this he is a master）。我曾在《中国

现代小说史》中文本序里提到了李维斯对我治学的影响。其实早在上海时我即已读了《重估价》及其早在一九三二年即已出版的论现代诗名著*New Bearings in English Poetry*。在我的博士论文里，其影响已很明显化了。

于是我读完《克拉伯诗集》，即把简·奥斯丁的六部小说全读（有些已是重温）。接着我又重读了几种华兹华斯可与克拉伯相比较的叙事诗。大家都知道克拉伯所承受的是个以蒲伯为中心人物的十八世纪英诗的传统，但此传统在克拉伯手里有何新发展，仍是个值得探讨的问题。于是我把克拉伯与蒲伯以及十八世纪其他名诗人相比较，发现至少在人物描绘（Portraiture）、景物描绘（setting）、对白处理（dialogue）这三方面，克拉伯都代表了重要的新发展。详情见论文第二章"蒲伯、克拉伯与其传统"（Pope，Crabbe and the Tradition）。

写论文进度很快，到了一九五一年六月底，大体上已完成了，除了第二章外，其余三章为：

第一章Crabbe's Poetry：Its Limitations

克拉伯诗之历代评语，为什么它受限制，称不上伟大。

第三章Crabbe in the Romantic Periold

在形式上克拉伯未受浪漫诗的影响。但其大部分诗作出版于《抒情歌谣集》之后，在主题和思想上可与华兹华斯的叙事诗相比。克拉伯所写的诗体短篇小说与同时代简·奥斯丁的长篇小说相比之处更多。

第四章Structure and Meaning：The Poems and Tales

此章评析《乡村》、《梦的世界》（*The World of Dreams*）以及六七篇最具代表性的诗体短篇小说。

到了七月一日，我已开始在耶鲁总图书馆一间房间里办公，为饶大卫（David N. Rowe）教授编写一部《中国手册》（*China：An Acea Manual*）（详情见《小说史》原作者序），晚上才有时间去整理我的论文。但印象中，我并未在暑期中为了赶写论文而大忙过。"论文大纲"我于正月间即交帕德尔教授过目而顺利通过。以后逐章完稿后交他审阅。也都顺利通过，往往一字不改，我想不是老师不严，而是他觉得我的文字清通流畅，不必改动。克拉伯诗篇里提到的当代人物中有两三个我不知其底细，请老师代查，他熟知英国十八世纪后期、十九世纪初期的历史人物，一查即查到了。至于论文第四章何月何日交帕师审阅的，我既不记日记，也就难以确定了。

记得清楚的倒是请人为我的论文打字受气的事。我实在不应该去找了一位最便宜的业余打字员。不说她的打字机看来已很旧式，这位中年妇人读书不多，在我论文上见到apposite这个她不认识的字，就自作主张，把它打成常见的opposite，见到disparate就改成desperate。此类错字我得细校才能找出。后来此人恼羞成怒，不肯把有错字的那几页重打了，我只好自己动手改正，我打字机的字体同她的不一样，一份一百九十六页博士论文，有几页的字体竟同整本书的字体不一致，我总觉得有些丢脸。两册论文的精装本——书名为*George Crabbe：A Critical Study*——由耶鲁图书馆永久保藏，想至今还在。

那两册论文我是于一九五一年九月十五日之前呈送给研究院的。过了那一天，我就算是一九五一年秋季学期的研究生，还得多付一学期的学费。我算是一九五一年十二月拿到博士学位，故在我自编的履历表上，我一直写着Ph.D（一九五一），而校方则把我算成是一九五二年的Ph.D，因为我在那年六月才参加毕业典礼，戴方帽子的。其实对一般博士而言，他最开心、最值得纪念的日子应是他顺利通过博士论文口试的那一天。四五位教授特别花时间看了你的论文来考问你，你经过了舌战群儒的ordeal，自己也真有资格做学者、当教授了。

当年我指导的学生们，通过了论文口试后，我总请他们在附近馆子吃一顿，师生同乐，永留纪念。我的最后一位博士生黄祖华（Martha Huang）跟了她的英国丈夫，一直遥居北京、上海、香港、莫斯科诸地，一九九八年春才通过论文口试。那晚我在百老汇大街的蜀湘园（Empire Szechuan Gourmet）设宴庆祝，她的双亲——同我一样，一九四九年前即来美国留学了——也从密歇根州赶来参与宴会，且向我亲自致谢，真是猗欤盛事。

偏偏哈佛、耶鲁这两大历史最悠久的美国学府，至今尚未采用博士论文口试的制度。我的论文帕师通过后，系里另请一位老师审阅，帕师既是英文系的首席教授，别的教授又哪敢顶撞他，所以一定通过。这位教授是谁，他对论文的评语如何，我一无所知。最有可能的应是文学理论家威姆塞特，十八世纪、十九世纪初期的英诗也是他的专长。到了一九五二年六月，我编写《中国手册》已将一整年，心境大变，连毕业典礼也参加得很勉强。

假如我同其他英文系新博士一样，到了参与毕业典礼的那天，我一定已找到了下学年的教职，而且准备把论文当整本书或一系列文章去发表了。偏偏我得为了研究中国文学而作另一番的努力。在耶鲁已写就的单篇论文和博士论文都搁着不去动它。另一位留美的英文系博士——颜元叔教授——于一九六六年学成返台后，创办了两种学术期刊——《淡江评论》（*Tamkang Review*）和《中外文学》。那时我还不常写中文文章，国外文名较响，颜元叔为《淡江评论》拉稿，谓我的任何文章都很欢迎。于是我的博士论文首章终于登上了它的创刊号（一九七一年四月）；第二章则见其第一卷第一期。对我英文著作也有兴趣的读者，不妨到图书馆去借看这两期《淡江评论》。

## 预告与后话

本文写到这里，已与《中国现代小说史》原作者序里的自传部分连接起来。假如身体保持现状，我真想多写几篇童年、少年时期的回忆录，以补充《鸡窗集》所载那三篇（《读、写、研究三部曲》、《上海，一九三二年春》、《红楼生活志》）之不足。至于我于一九四七年十一月十二日离沪驶往美国直至济安哥于一九六五年二月二十三日病故加州的那十八年岁月，我倒不必详加追忆，我们兄弟最真实的生活记录也就是我们鱼雁来往的书信。早在一九八八年二月七、八日，《联合报》副刊登出了我离沪后寄给哥哥的《四十年前的两封信》。此文于同年五月十九日至二十三日又见美国《世界日报》副刊，表示很受欢迎。趁我近来身体还不错，想把并未遗失一封的全套兄弟手札整理好后，再影印一份以便抄录。我以前校注的《夏济安日记》颇受欢迎，女性读者尤其深爱此书。先兄同我通信，等于记日记一样的讲真话，流露真情。我的中文字汇较少，信里常用些英文字来表达自己，但读起来还是很流畅的。从我离家赴美到我获得博士学位，那四年间我给哥哥写了多少封信，一时尚未去作统计。四年间济安人在北平、上海、香港、台北，要对我说的话可能更多，因之信也更多更长。我在追叙耶鲁求学的这篇长文里作此预告。主要想鼓励自己，及早把这部巨型的书信集编排出来。

过了二〇〇一年二月十八日，我已是个八十岁的老人了。本文追忆了帮我出国、进耶鲁的三位恩人和所有教过我的耶鲁老师。他们皆已物故，除了同我年龄相差不太多的马兹教授。他于一九八四年从耶鲁退休后，有好多年一直在别的大学客串，至今著述不断，仍致力于十七世纪诗和现代诗这两方面。我那三大恩人早已不朽。在韦勒克巨著《近代批评史》（*A History of Modern Criticism*，一七五〇年至一九五〇年）里，燕卜荪的专章见卷五：*English Criticism*，一九〇〇年至一九五〇年，兰荪、勃罗克斯在卷六：*American Criticism*，一九〇〇年至一九五〇年里也各有专章。大学者帕德尔为了鲍士威尔发掘了、编校了不知多少新资料，也该是名垂不朽的。

一九六二年七月我正式受聘于哥伦比亚大学为中日文系（那时尚未改称为"东亚语文系"）的中国文学副教授。八月间我即飞英在牛津大学附近参与了一个中国文学研讨大会。燕卜荪早于一九五二年离开了北京，翌年即聘任为英国希非尔大学（Sheffield University）的英国文学教授（在英国制度下，通常每系教授只有一名）。他既在中国大陆住了多年，那次中国文学大会上他也被邀出席。在北京时我同燕教授一共见过四五次面，想都是专教文学批评的钱学熙教授带我去他家的。大会上有一次晚餐，我适坐在他旁边，他同我大谈叶公超，我也不便告诉他，我非清华、北大嫡系，同叶先生也从未见过面。在台北的学术会议上，有机缘同他相谈、同餐已是多年之后的事了。

燕卜荪晚年有厚福，一九七一年退休，一九七九年即被英国女王封为爵士。近三十年来，英国男女演员被尊称为Sir、Dame的为数不少。文艺批评家被封为爵士的，除了燕卜荪外，我一时只想到了李德（Sir Herbert Read）一人。人缘最坏的李维斯，至死在本国连教授都没有当过。燕卜荪一九八四年去世前，即已把《利用传记资料》（*Using Biography*）这本文集差不多已准备就绪。一九八七年另有人为他集了生前发表过的文章、书评一百十八篇，总称之为《论辩》（*Argufying*: *Essays on Literature and Culture*）。二书我皆备有。不论什么题目，燕氏在《论辩》里谈起来都很有味道。《利用传记资料》载有论马维尔的文章三长篇，论乔伊斯的一短篇、一长篇，论艾略特的一篇，都该向本文读者一提。

一九六二年春，我先来哥大作一次演讲，题目即是《论中国短篇小说里社会与自我》的那一篇，后来在《中国古典小说》里当附录刊出的。我从匹兹堡大学来哥大，先与中日系的同事在Faculty House吃了晚饭才演讲，翌晨还去拜见了哥大教务长巴顺（Jacques Barzun）。系主任狄百瑞（Wm. Theodore de Bary）原是巴顺的学生，已先把我的讲稿给了他一份。巴顺看后，显然十分满意，对我说他自己是《美国学人》（*The American Scholar*）季刊的顾问编辑，哥大教授屈灵（Lionel Trilling）则是《垦吟季刊》的顾问编辑，请我自作决定，尊稿交哪份季刊去发表。《美国学人》当然资望更高，读者更多，但我自己尚无经常翻阅该刊的习惯，只好对巴顺直说，请他烦屈灵把拙稿寄《垦吟季刊》去发表，虽然到了一九六二年，七十三四岁的兰荪先生早已不教书，连季刊的编务也已卸掉了。

　　《垦吟季刊》于同年夏季号即刊出了拙文，一无拖延。为了要吸引更多西洋文学的读者，正标题已改用我在讨论一篇《三言》小说时所引克莉赛德在乔叟名诗里责问自己的那句话："To What Fyn Lyve I Thus?"（我这样活着为了什么?）同期正巧也刊有兰荪的一首新诗*Master's in the Garden Again*，其实是根据他的旧作*Conrad in Twilight*改写的。老诗人收到该期，一定也会看了我的那篇的，并从"撰稿人简介"上知道我已是哥大的中国文学副教授，且是耶鲁出版《中国现代小说史》的作者，表示当年他推荐我进耶鲁，并开车送我到火车站，在我身上所花的时间、精神没有白费，应该是很高兴的。

　　（原载二〇〇二年一月至六月《万象》第四卷第一期至第六期）

# 桃李亲友聚一堂
## ——退休前夕的庆祝和联想

哥伦比亚大学（不包括医学院在内）址设纽约市的晨边高原（Morningside Heights），校园不大，树木也不太多，但每届春季，木兰花领先，接着群芳争艳，红白相映，也颇可观。连贯东西校门的College Walk是进出校园必经之路，每逢大考季节路旁两排樱桃树刚刚盛开，当然最受人注意。今年春季来得早，四月下旬校园里的樱花即已盛开，到了五月四日那一天，College Walk上可能已是落英缤纷了。但到了那天，我不会去注意校园里花开花落的情形的。大概九时许，王洞和我即要从家出门，穿过一一六街的小铁门走往坐落在晨边驰道（Morningside Drive）和一一七街之间的哥大教职员俱乐部（Faculty House），去参与庆祝我光荣退休这一整天的节目了。百余来宾之间，不少是我哥大的同事和我们纽约地区的友好，但我既算是告老杏坛，那天最让我感动的当然是能见到不少二十九年来我亲自教导过的哥大学生，也还有不少是当年先兄济安的台大老学生。这两类学生之外，更多人我从无机会教过，但他们读了我的著作后自承是我的学生，多年来一直以师礼待我，日子久了，也真的转成我的知交了。五四那天此三类桃李满聚一堂，大半自费远道而来，要亲自同我致敬道贺，带给我做人一世最大的快乐。

所谓"洞房花烛夜，金榜题名时"，都是年轻人得意之事。但婚姻不一定幸福，一位进士、博士拿到学位后，主要凭自己的努力，一小半也凭机缘和运气，才能在仕途上、在学术界春风得意，有所建树。到了七十岁，亲友间有人替你祝寿，你的工作单位郑重其事的给你开一个荣退大会，你自己也真应该跟着兴奋的。这些祝贺的举动不一定证明你有什么了不起的成就，但漫长的七十年给你活过来了，日常生活上还看不到什么衰老的征象，一家人同舟共济，真是值得庆贺的。你在工作单位上并无实权也无显赫的地位，而参与你荣退大会百余人之间，竟有近三十人是远道乘机赶来的，凭这一点，你也可以安慰自己说，至少你做人是成功的。

我提拔后进、乐于帮忙早已出了名，因之一年到头忙着为学生、同事、朋友写推荐信，让他们拿到奖学金、研究费，再不然给他们机会升级跳槽，换到更理想的教职。在美国写封敷衍了事的八行书是没有多大用的。既要帮人家忙，信要写一整页，甚至一页有半，人家得奖、升级的机会也就大得多了。我爱做好事而不求报，到了庆祝我退休的大日子，好多受惠于我者当然乐于赶来向我道贺致敬了。

筹备一个庆祝大会，总要有人出面办事才对，我这个会得到众人支持，最先要感谢三位自告奋勇的好友：哥大新任中国文学副教授王德威，密西根大学东亚语文系主任肯尼斯·狄华斯根（Kenneth De Waskin），哥大东亚语文系理事琪那·卜古（Adminstrator Gina Bookhout）。王德威才三十七岁，已著有《从刘鹗到王祯和》、《众声喧哗》二书，国内早已公认为小说专家、评论家之中最杰出的新秀。他的英文巨著《中国现代写实主义：茅盾、老舍、沈从文》（*Modern Chinese Realism：Mao Dun，Lao She，Shen Congwen*）一两年内出版后，其中国现代文学专家之国际地位也必然高升无疑。德威早已任职哈佛为助理教授。两三年前我就不时提醒系主任安德勒（Paul Anderer），王德威乃我最理想的继承人，现在海外名气还不太大，再隔几年，各校争聘，哈佛也会给他终身职，我们就悔之晚矣。安德勒教授专治日本现代文学，后来真的细读了德威的英文书稿，才同我一条心，力排异议，把他请来。三十一二年前，我的哥大前任王际真教授在耶鲁出版所看了几章《中国现代小说史》的书样，就去游说当时的中、日文系主任狄百瑞（W.Theodore de Bary），一定要他把我请来；三十年后我也不论私交为德威说项，同样维持这个"走马荐诸葛"的优良传统。

一九八六年暑期，我和德威同在联邦德国小镇参与一个研讨当今世界各地的中国文学大会才相识，以前真的并无交情可言。虽然如此，他是台大外文系高材生，出国后去威斯康星大学深造，跟刘绍铭教授写论文。绍铭弟既是先兄济安的得意门生，讲师承关系，德威也算得上是夏门三传弟子的。我同他当然都是新脑筋，不讲究这一套，但他既知道我即要退休，去秋一来哥大即为这个大会作准备，首先向中国时报基金会请到一笔钱，这样贵宾远道而来，下榻哥大旅馆那两三天，就不必自己花费了。德威也同我商议，选定五月四日星期六为庆祝大会的日期。秋冬期间德威也经常同绍铭师、洛杉矶加州大学李欧梵教授等同行前辈通电话，以便听取他们有关此会的建议。

同时期，我的好几位老学生也在互通电话讨论此事。老师即要退休了，他们应该有些举动以谢教导之恩。狄毕斯根公推为此事之代理人，他也就很快同王德威取得了联络，从此二人电话不断，合作无懈。庆祝大会的第一封邀请书是由狄教授从密西根大学分发给我的学生、亲友、同事的，发信的日期是二月二十五日。

狄华斯根原是哥大本部的学生，我在一九六三年秋季即教过他"东方名著"这门课了。那时对他印象不深。到了一九六六年秋，我在台北休假，正好狄氏夫妇（肯尼斯和茱迪斯）那年也在台北，因之同他们过往较密。到那年，肯尼斯早已决定主修中文（文学与文化）了，那时正在师范大学进修语文方面的课程，读得很起劲，连茱迪斯也会上街用普通话讨价还价了。我同前妻卡洛每同他俩饭后谈话，发现肯尼斯对中文之了解，悟性极高，不免对他另眼相看。一九六七年初返哥大后，即为他写了封非常坚强的推荐信，校方也就给他一个四年为期的校长奖学金，以便他顺利念完博士学位。博士论文他写干宝《搜神记》和志怪小说之传统，后来浓缩成一篇论文，载浦安迪（Andrew Plaks）主编之《中国叙事文学论文集》（*Chinese Narrative*，一九七七），极受内行重视。之后肯尼斯出了两本书：《一二知音》（*A Song for One or Two：Music and the Concept of Art in Early China*，一九八二）同《方士列传》（*Doctors，Diviners，and Magicians of Ancient China*，一九八三）。前书探讨古代中国之音乐和艺术概念，非常难能可贵，因之大获好评。后书选载了好多类似左慈、华佗、费长房诸人的传记，皆译自《后汉书》、《三国志》、《晋书》这三部正史，也极见功力。狄氏夫妇生有二男一女，皆已长大。女儿Rachel现读哥大大一，犹忆初教其父时，肯尼斯也不过是大三学生，时间过得真快。

狄、王二友策划了一个对我表示敬意的讨论会（Symposium in Honor of Professor C. T. Hsia），此会上午九时半开到下午四时半（午餐休息一时半），为了此会他们就得同好多人接洽，忙得可以。外埠的同事友好被邀五四大会者原先不太多，但消息传出去，不少人自动要参加，当然对这些贵宾，同样要表示欢迎。连讨论会上自愿发言的人数也超过了预算：有些人报名太迟，四个panels早已排满，狄、王二友只好心领其诚意而向他们道歉不迭了。二人忙，系务理事琪那·卜古当然也忙碌异常。一切金钱出入，都得由她收管，同学校旅馆、俱乐部接洽事宜，也都得靠她。连来宾如何分排各桌，让每人感到两旁都有可谈之酒伴，也是桩相当头痛之事。但琪那处理此类节目，已有二十多年之经验，而且真肯花心思把这个宴会办得众口交誉，自己也有面子。琪那系越南华侨，来美后嫁给一个荷兰种的美国人，名叫佛兰克·卜古，女儿现已进了卫尔斯理女子学院了。自己是华侨，琪那对我和王德威这两位华人教授也就特别感到骄傲，为我们做些事，也就特别卖力。五四大日子过后，真要请琪那夫妇大吃一顿，聊表谢忱。

上文提到了称得上是夏门桃李的三类贵宾。但王德威以外，所有参与此会的哥大教授、讲师都只是我的同事、朋友，真的没有什么辈分可讲的。哈佛的韩南（Patrick Hanan）教授，专治我国传统小说与戏剧，我对他的治学成就一向尊敬，这次他也来参加宴会，我感到非常光荣。前两天我终于看到了一份尚待修改的讨论会节目表，十四位发言人之间，高克毅（乔志高）、梅仪慈（Yi-Tsi Mei Feuerwerker）都只是我的朋友，同我无师生关系的。

我在中学期间，即已拜读了克毅兄报导美国生活的幽默文章，一直目之为前辈。想不到我来哥大后常有机会同他相叙，一下子转成无所不谈的挚友了。克毅兄比我大九岁，照中国人算法已是八旬老翁，虽然看起来比我还年轻。这次为了我的庆祝大会，他先从佛罗里达飞回马利兰寓所，再乘火车赶来纽约，于五四上午宣读一篇幽默文章之翻译让我高兴，真怕他要累坏了。梅卿嫂原要一起来的，但临时香港有亲戚来访，只好留在家里候驾了。两年前克毅的侄女儿Gloria也曾上过我的课，他也要带她和她的未婚夫一起来参加宴会。也在两年前，我教了佘素丽这位来自柏克莱加大的研究生。她对我说，她母亲曾在台大上过我哥哥的课，因之也关照她一定上一门我的课，虽然她是主修中国史的。这则故事太美丽了，附带记下以备遗忘。

除了我家玉瑛妹外，这次宴会来宾中，要算梅仪慈我认识最早了。五十年代初耶鲁女同学刘天眷在校园教堂里结婚，来宾之一即梅仪慈。她是梅光迪先生的女公子，正在哈佛读比较文学，我自己可能已拿到英文系的博士学位了。那时来自中国的哈佛耶鲁研究生人数非常之少，念文学的更是少之又少，我同梅仪慈教堂初会当然有讲不完的话要讲。可是以后并无机会再见面。七十年代初期二人安那堡重逢，她早已是中国经济史名教授Albert Feuerwerker的太太了（二人原是哈佛同学），在他们家里看到的那个男孩也已八九岁了。

梅仪慈在密西根大学任教中国现代文学已很久。一九八二年出了本《丁玲小说》（*Ding Ling's Fiction*）专论后，她在学界非常活跃，我也常在学术会议上同她见面了。去年五月间，威德茉（Ellen Widmer）教授同王德威在哈佛召开一个中国现代文学大会。会毕我总结发言半小时，好多朋友都当面加以谬奖，认为我说了他们想说而不敢说的话。梅仪慈回安那堡后竟也写封信来盛赞我这段总结，且附寄一篇梅光迪先生回忆恩师白璧德教授的英文文章。此文已罕见，拜读之余，感触颇多，但虽然如此，我同仪慈信札来往一向很稀，五四宴会也就不敢去惊动她。但她自动要参与此会，且写了篇比较"三言"与《十日谈》的论文要在会场上宣读，真的再度为其友情所感动。到了退休的年龄，按常情朋友应该逐渐减少，但这次五四宴会却证明了一个相反的事实：世上关怀我的桃李友好（且不说那些不知名的读者），真比我自己估计的多得多。我同仪慈相识四十年，友情如酒一样愈久而愈醇，真是十分难得的。

讨论会上高克毅、梅仪慈要宣读论文给我听，九点半开幕致辞的罗郁正兄也是我最亲密的朋友，至少也该写他一段。一九六六下半年恰好郁正兄嫂也在台北度假，我同二位年龄相仿，背景相同（他们读上海圣约翰大学英文系，我读沪江；出国后郁正先去哈佛，我留在耶鲁），在台北时常见面，一下子转为至交。回美后，我就同郁正兄嫂经常交换幽默信件，此类英文信件，十年、二十年后重读仍带给我极大的喜悦。十多年前我写了篇散文，谓朋友间克毅、郁正二兄写的英文信要比海明威的书信好得多多（那年《海氏书信集》刚出版，我看到的一些，文笔非常蹩脚）。台北编者们从不改动我的文字，校阅我那篇散文的某编者，看到我把自己的朋友同美国大文豪相比，简直太荒唐，就自作主张把此句删了。现在有机会把旧话再说一遍，希望"联副"编者不要颦眉。英国怪才柏吉斯（Anthony Burgess）曾写过篇短评，也认为海氏书信实在写得很马虎的"Hem Not Writing Good"，载柏氏*But Do Blondes Prefer Gentlemen*（纽约，一九八六）。

郁正兄比我年轻两三岁，但前年五月即已退休，我也曾飞往Bloomington向二位祝贺一番。这次他们来纽约，希望能住上两星期，同我们多有畅谈机会。仅凭书信互通款曲还是不够的，何况我的写信冲劲不如当年，收到郁正兄的长信后，总得隔一段时间，才有闲情逸致去写封回信。

讲了自己的几个朋友，再讲先兄门下的那些台大桃李。有两位——张婉莘、石纯仪——我未来哥大前即已相识了，但所有台大出身的文坛名流都是一九六二年我来哥大后才逐一交识的。第一个相识的当然是丛甦，因为她当时正在垦德堂东亚图书馆工作。第二个应该是印大比较文学系研究生刘绍铭，因为六月间我们刚搬居纽约，即飞往Bloomington去参与该系所主办的一个东西文学比较大会了。回纽约后即收到绍铭一封长信，从此二人通信不断。绍铭情愿写便条短简，也不打电话。偶尔有事打电话找他，讲完正事他即把电话挂断，我想主要为我节省些电话费。但这次他特地带太太一起来祝贺我退休，所费不赀，更让我看到他对我情谊之深厚。绍铭为人正直不阿（丛甦也如此），很多文坛、学界的名人，他觉得他们品行不正而不加以理睬，偏偏一直对我另眼相看，我想不止因为我是他恩师胞弟的关系。

刘绍铭、李欧梵在大学期间即是最要好的朋友，这次二人都要在讨论会上宣读与我有关的论文，好不让我感动！绍铭近年来与闵福德（John Minford）合编一部二巨册的中国文学英译读本，出版后必为各校采用为课本无疑。欧梵则勤于英文著作，三年前出了部专研鲁迅的*Voices from the Iron House*，备受各国专家之推崇。

白先勇跟李欧梵是同班同学。他们台大外文系那一届毕业生——包括陈若曦、王文兴、欧阳子在内——不论创作、治学都建树卓越，非常难得。先兄教了他们一年即飞往美国，但有人认为他们如此出众，多少得力于济安师之启导，至少白先勇自己是一直如此肯定的。先勇深爱济安师，连着跟我的关系也非常亲。这次来纽约之前，他先寄我一套《最后的贵族》录像磁带。我习惯于在电影院看影片，去年虽买了一架VCR，从未动用过。但妹妹、妹夫也想看这部名片，有一天晚上我们在附近馆子吃了饭后，即回家叫外甥焦明试用这架VCR，《最后的贵族》居然映出无误。该片是根据《谪仙记》改编的，但我认为不见小说的那段威尼斯情景，拍得最为动人。我曾花了好几个晚上修改先勇自译的《谪仙记》英文本，少说也该是二十年前的事了。

我请了李欧梵、白先勇，却未托王德威也给陈若曦寄一份请帖。不是忘了她，只想起近年来她并无固定收入，为了从旧金山来一趟纽约，耗费很多，还是不去惊动她罢。再说，远道而来的桃李友好都是教授，若曦知情也会原谅我的。但想想还是不妥，前几天写了封信给她，希望她不会生我的气。不知为何，我对济安台大最后这一班学生如此有情。四月中旬我去新奥尔良市参与亚洲学会的年会，见到了长住德州奥斯丁市的张颂圣教授（原也是台大外文系毕业生）。她说欧阳子有只眼睛真的瞎了，获讯好不难过。隔一天晚上，我在宴会上见到了谢文孙、杨美惠夫妇，又大为高兴。谢文孙（笔名"江南书生"）原也是先兄的得意高足，杨美惠乃是陈若曦、欧阳子的同学，因之十年不见面也没有联系，见面总是兴奋得要跳起来的。

略谈了济安门下的桃李（五四大会，庄信正夫妇也要来一整天，我曾有专文讲及信正为人之可靠和可爱，这里也就不赘了），接着我要讲二十九年来，我自己在哥大训练的学生了。硕士的人数记不清了，博士十四名，平均每两年培植一个。但每篇论文，从初稿看起，少说要审阅三遍。碰到中文英译的片段，还得逐字校阅，是相当吃力的。普通一般中国文学教授，各有专长，不在自己研究范围内的论文题目，他就不想指导。学生投其所好，只好写他欢喜的题目。一位教授，一二十年来连续指导三四篇元曲论文或者三四篇《金瓶梅》论文，是常见的事。

对我来说，除了《易经》、《大藏经》、《道藏》这几类我不爱读的书籍外，古今中文书籍——不仅是文学——都不太难读，也都感兴趣。一般人都以为我是小说专家，其实唐诗、宋词、元曲、明清戏剧，这些课程我都开，一方面充实自己，一方面也为了研究生的方便。因之学生写博士论文，全凭其兴趣决定，只要题目不太空泛不实，我总会通过的。我教出的四位最有建树的美国学生——高友工兄戏称之为夏门"四大弟子"——上文已说过狄华斯根论文写的是晋代《搜神记》、华府乔治·华盛顿大学教授齐夫斯（Jonathan Chaves）写的是北宋诗人梅尧臣，圣路易华盛顿大学东亚语文系主任何谷理（Robert E. Hegel）写的是清代《隋唐演义》，康乃尔大学亚洲系主任耿德华（Edward Gunn）写的是抗战期间的京沪文学（"京"指北京）。四人所写的文学时代都是不一样的。

中国学生我教的不多（可能哥大学费太贵），只训练了三位博士：哥大同事吴百益写白蛇传说之演变（他是我学生之中最早拿博士的一位，近著 *The Confucian's Progress*，论及民前

96

中国之各种自传作品，很受学界重视），陈李凡平写见于文学名著的杨贵妃，唐翼明写魏晋清谈，题目也各自不同。我也教出两位日裔女博士：松田静江（Shizue Matsuda）写李渔，吉田丰子（Toyoko Yoshida）评析清代女子所写之弹词数种。英国女博士毕瑞尔（Anne Birrell）也是华兹生（Burton Watson）的高足，但她写《玉台新咏》论文时，华教授已移居日本，等于由我一人指导。

耿德华之后我也指导了四名美国博士：何思南（Richard Hessney）的论文研讨明末清初的才子佳人小说、汉孟德（Charles Hammond）研讨《太平广记》里的唐代故事、史华德（Catherine Swatek）评析了冯梦龙改编之汤显祖戏曲三种、索希基恩（Diran Sohigian）为林语堂写了评传。索君要到五月三日才为其七百页的论文作答辩。当天通过考试后，我们先在系办公室，开香槟庆祝，翌日就是我的大日子了。

十四人之间，只有远在温哥华（史华德）、英国（毕瑞尔）、日本（吉田）、台北（唐翼明系新任文化大学中文系副教授）的四位不克参与盛会，乃意料中事。余子皆能出席不稀奇，其中倒有六位特别准备了讲稿——而且大半是要谈到我治学、做人、教书各方面的讲稿——真教我感激万分。早在一九八五年，何谷理、何思南已奉献给我他们辛辛苦苦合编的一本学术论文集——《中国文学里的自我表现》（*Expressions of Self in Chinese Literature*，哥大出版）——参与写稿者还有上文已提到过的桃李友好（毕瑞尔、齐夫斯、史华德、韩南、李欧梵、耿德华、刘绍铭）。我要退休了，更多的人要以宣读论文的方式来表示他们对我的一份敬爱，我多少可以安慰自己，我的教学生涯是成功的。

指导写论文，学生和老师都甘苦自知，但时间久了，留下的只是甘味，而把那苦味忘掉。每个学生，我凭记忆都可以写一段，但指导期间不胜其苦而回想起来甘味无穷的要算是去年协助唐翼明写论文的那大半年了。翼明来自大陆，绝顶聪明，早在武汉大学读硕士学位即已发表论文多篇了。但他的第二外语是俄文，来美国后虽先在哥大苦修了一年英文，要达到写博士论文的水准还是不够的。好在我是英文系出身，在美国教过五年大一英文，改作文也是拿手。我把翼明的论文一字不放逐页改来，连改三遍，整篇论文果然清通可读了。我那时的快乐，真像Higgins教授（瑞克斯·哈里逊饰演）在《窈窕淑女》里发觉到Eliza（奥黛丽赫本饰演）已会讲标准英语时一般无二。翼明易稿三次，当然英文写作能力也大为进步了。

执教哥大二十九年，不止是我训练出来的博士，任何聪明用功的学士、硕士，只要他们同我保持联络，到头来都是我的好友。梁恒只读了硕士，他跟我念书时即是我家里的常客了。还有一位杨庆仪，她同梁恒一样要来参与五四整天的节目，也是我们最亲密的朋友。她原是台大中文系的优秀学生，来美国后先去耶鲁，再跟我读了一年，终因经济困难而改习图书馆学，多年来一直在波士顿市立图书馆身任要职。

再说寇志明（Jon Kowallis）读了四年大学即离开哥大了，也一直同我保持联络。他先去夏威夷大学，再去北京大学苦修多年，最后去柏克莱跟白之（Cyril Birch）教授读博士，论文写清末民初的好几位旧体诗名家。去岁我同他在哥大重会，对他说，你的论文题目至少在美国从无人写过，很有意思。他的回答连我也不敢相信。他说题目不是白之给他的，而是多年前我给他的指点。一九八三年夏季，我出国后初访大陆，行踪不定。寇志明知道我已去上海，即从北京乘快车南下，到我妹夫家问讯，才知道我已偕妻、妹、妹夫早一天去了杭州了。寇志明再从上海赶到杭州，同我们游览西湖半天，傍晚再上楼外楼吃鲤鱼。妹妹、妹夫绝想不到洋学生会如此尊师崇道，对寇志明敬佩不已。我自己也深爱其人，五四那天的节目特写信去威廉学院（Williams College）通知他，以便同他多一个重聚的机会。

文章已太长，所谓我的第三类桃李实在不能举例多写了。近年来每年都有不少大陆学生读了我的著作，写信来表示有意申请哥大跟我念书。这些仰慕者我面也没有见过，实在不能算是我的学生，否则真的要"桃李满天下"了。五四那天杜迈可（Michael Duke）、金介甫（Jeffrey Kinkley）、孙筑瑾（Cecile Sun）都要在讨论会上宣读论文，若称之为我的学生，他们是不会否认的。但杜、金二人勤奋为学，我也从他们著作里学到不少东西，我同他们只能以平辈身份兄弟相称。犹忆多年前金介甫刚拿哈佛博士学位，即把厚厚的一本沈从文论文寄给我，我翻看之下，大为惊奇，从无人研究湘西的地理历史如此透彻的。杜迈可治中国现代文学，的确受我影响，但我自己无暇专研八十年代的大陆小说，也就只好依赖他的判断了。

孙筑瑾比我年轻得多，信上一直称我为"老师"、"吾师"，也就只好默认了。筑瑾原是台北师大外文系高材生，深为余光中老师所赏识。有一次他在给我信上誉之谓"玉洁冰清"，一点也不假。她来美后去哈佛念东亚语文系，那些汉学教授对她未加赏识。筑瑾郁郁不得志来纽约，先在哥大东亚图书馆工作一暑假，旋即考进联合国为口述翻译员，待遇颇丰。

筑瑾性爱音乐艺术，在联合国那几年有空即去听音乐演奏、看芭蕾舞，不免光阴蹉跎。我就一直劝勉她重进研究院，读一个博士学位。她终于听话，我才把她推荐给印大比较文学系，先兄高足刘绍铭、庄信正、胡耀恒三人都是该系博士。筑瑾用功三四年，果然博士到手，早已在匹兹堡大学讲授中国文学多年。匹大文学院长同我素昧平生，在作最后决定之前，深夜打电话给我，谓孙筑瑾和某女士都是我大力推荐的，究竟孰强，更适合匹大之需要。某女士亦为我所器重，但不如筑瑾才女这样的兼通中外古今，乃在电话上详陈她的种种优点，果然说服了对方。那晚上床，我睡得又甜又香，多少年像自己子女一样的栽培了筑瑾，现在她可以独立了。三星期前电话上邀请她来参与我的盛会，她当然一口允诺，顺便也告诉我，她那本中国诗学专著早已完成，出版有期了。

我在哥大的教书生涯已告结束，但身为中国文学退休教授（Professor Emeritus of Chinese Literature），我的研读写作生涯当然是不会停顿的。不教书了，反可多有时间去完成那些自己预定的写作计划了。但面对这个属于自己的五四佳节，心里充满了激动和兴奋，先把本文写出至少可以对来自各地的桃李友好以及住在纽约地区的亲友、同事、学生们及早表达我由衷的谢忱。大日子过后，我和王洞还得大忙两三星期搬个家。我办公室四壁的书籍家里无法安置，一一三街的新址要比一一五街的旧址宽敞些。有人说人生七十才开始，六月初搬进新屋后，至少可以说我退休后的新生命已经开始了。

纽约，一九九一年四月二十六至五月二日完稿
原载五月四日至六日《联副》

100

# 书房天地

我年纪愈大，在家里读书的时间也就愈多。刚来哥大的那几年，每天在校的时间较长，即便无公可办，我也定得下心来在自己办公室里读书的。到了今天，早已不习惯全套西装（领带、皮鞋）坐在办公室或者图书馆里读书了。十多年来，读书简直非在家里不可——一星期总有三四天到离家仅一箭之遥的垦德堂去教书、看信、开会、会客，但回到家里即迫不及待地脱掉皮鞋，穿上旧衣裤，这样才有心情去读书、写作。我在家里，从起床到上床都是穿着台制皮拖鞋的（王洞有机会去台北，总不忘多带几双回来），情形同英国大诗人奥登居住纽约期间相仿，但他穿的想是西式拖鞋，质料太软太厚，我是穿不惯的。平日熟朋友来访，我也不改穿皮鞋，只有自己请客，或者有远客来访，只好打领带、穿皮鞋把自己打扮起来。但真正不熟的同行，我还是在办公室接见的时候较多。我的办公室每晚有人略加打扫，而且环壁皆书也，看起来既整洁又神气，不像我家的书房和会客室，到处都是书报杂物，再加上脱下后即放在大沙发上的大衣、围巾、帽子，见不得人。

我穿了旧衣裤，带了闲适的心情去读书，但却不爱看闲书。即使读了所谓"闲书"，我还是抱着做学问的态度去读它的。好多留美学人，日里在学校做研究、做实验，回家后把正经事丢开，大看其武侠小说——这样泾浊渭清地把"工作"和"消遣"分开，对我来说是办不到的。三十多年来我一直算是在研究中国小说，新旧小说既然都是我的正经读物，也就不会随便找本小说，以消遣的态度把它看着玩了。同样情形，我看老电影，也是在做学问。在电影院里聚精会神地看部经典之作，同我在家里看部经典小说一样，态度是完全严肃的。《时代》周刊大概可算是我每周必看的消遣读物，但目的也并非完全消遣：我对美国新闻、世界大事有兴趣，也真关心，读《时代》总比每天看《纽约时报》省时间得多了。

年轻时我爱读英诗，后来改行治小说。现在中国旧小说读得多了，发现此类小说所记载有关旧中国的情况，大同小异，真不如读二十四史、读古代文人留给我们的史实记录，近代学人所写之中国史研究，反而更让我们多知道旧中国之真相。但到了将退休的年龄，再改行当然是太迟了，尽管我真认为若要统评中国旧文学，就非对旧中国的历史和社会先有深入的了解不可。有一个问题最值得我们注意：为什么历代正统文人、诗词名家接触到的现实面如此之狭小，为什么朝廷里、社会上能看到多少黑暗而恐怖的现象，他们反而不闻不问，避而不谈。

假如有人以为我既身任文学教授之职，就该一心一意研究中国文学，连旁涉中国史学也是不务正业，那近年来我看的闲书、做的闲事，实在多不胜言了。我自己却从不把自己看成一个单治中国文学的专家：年轻时攻读西洋文学，到了今天还抽不出时间到英、法、德、意诸国去游览一个暑假，真认为是莫大憾事。但纽约市多的是大小博物馆，具有欧洲风味的历史性建筑物真也不少。我既无机会畅游西欧，假如平日在街上走路，不随时停下来鉴赏些高楼大厦、教堂精舍，也不常去大都会博物馆看些古今名画同特别展览，也就更对不起自己了。因此近十年来，即在街上走路，我也在鉴赏建筑的艺术。哥大的晨边校园原是大建筑师麦金（Charles F. McKim）于十九世纪末年开始精心设计的。那座洛氏图书馆（Low Library），以及周围那几幢意大利文艺复兴式的高楼，二十五年来天天见到，而且真的愈看愈有味道。

自己兴趣广了，藏书也必然增多了。譬如说，洛氏图书馆既同我相看两不厌，我对麦金、米德、怀特（McKim，Mead & White）这家公司所督造而至今公认为纽约市名胜的那好多幢大小建筑物早已大感兴趣了。前几年在《纽约时报星期书评》上看到了一篇评介两种研讨这家建筑公司的新书，虽然价昂无意订购也很兴奋。去年在一份廉价书目广告上看到其中一种已在廉售了，更为高兴，立即函购了一册。此书到手，单看图片也就美不胜收。

我对西洋画早已有兴趣，近二十年来收藏名家画册和美术史专著当然要比浅介建筑学的书籍多得多了。其中我参阅最勤的要算是约翰·华克（John Walker）所著《国家美术馆》（*The National Gallery of Art*）、已故哥大教授霍华·希伯（Howard Hibbard）所著《大都会博物馆》（*The Metropolitan Museum of Art*）这两种。在家看书里的图片，有空跑大都会，自己对西洋名画的鉴赏力真的与日俱增。华府的国家美术馆我只去过两三次，但最近大都会举行了法国十八世纪画家弗拉戈纳（Fragonard）的特别展览，我又有机会看到国家美术馆收藏的那幅《少女读书图》，真是欣喜莫名。华克书里复印的那一帧，虽然色泽也很鲜明，但同原画是不好比的。

我从小研究美国电影，近二十年来电影书籍充斥市场，我少说也买了百种以上了。此类书籍良莠不齐，那些老明星请捉刀人代写的传记、回忆录看不胜看，大多没有阅读价值。那些学院味道较重的研究、批评，真正出色的也不多。对我来说，反是那些巨型的参考书最有用。其中有一套纽约皇冠出版社（Crown Publishers）发行的英国书，详列好莱坞各大公司自创立以来所发行的无声、有声长片（feature-length films），差不多每片评介都附有剧情插图，图文并茂，最对我这样老影迷的胃口。此套丛书首册乃约翰·伊姆斯（John Douglas Eames）所编撰的《米高梅故事》（*The MGM Story*，一九七五年初版，一九七九年增订本英美版同时发行），载有一千七百二十三张影片的图片和简介，米高梅公司一九二四年至一九七八年间所发行的长片，无一遗留，真为全世界的影迷造福。伊姆斯曾在米高梅伦敦办事处工作四十年，对其所有出品了如指掌，写这本《故事》真是驾轻就熟，报导一无错误。之后，他又出了一部《派拉蒙故事》（一九八五），同样让我看到他编书之细致和学问之渊博，虽然派拉蒙历史比米高梅更为悠久，出品更多，不可能每张长片都有图文介绍。华纳、环球、联美、RKO这四家公司的《故事》也已出版，它们的编撰人若非英人，也是久居伦敦的美国人，好莱坞的知识同伊姆斯差不多渊博，写的英文也算得上漂亮，远胜美国书局策划的同类书籍。当年好莱坞八大公司，只有二十世纪福斯、哥伦比亚这两家尚无《故事》报导，但想也在编写之中了。

讨论绘画、建筑、电影的巨型书，因为图片多，通常也算是coffee-table books，放在客厅咖啡矮桌上，供客人、家里人饭后酒余翻阅消遣之用的。我自己则并无坐在客厅沙发上看书的习惯。即使看中英文报纸，也得把它放在书桌上，坐下来看的。一来，客厅灯光不够亮，坐在沙发上看书伤眼睛。二来，绘画、建筑、电影每项都是大学问，自己虽非专家，只有把书放平在书桌上，认真去读它，才对得起自己，也对得起这项学问。不少中外学者只关心某项学问的某一部分，有关这一部分的专著、论文他们看得很齐全，对其他学问则不感兴趣。这样一位专家，可能在他的小天地里很有些建树，但本行之外的东西懂得太少，同他谈话往往是很乏味的。我自己的毛病则在兴趣太广。每两星期翻阅一份新出的《纽约书评双周刊》（*The New York Review of Books*），差不多每篇书评（不论题目是宗教、思想、政治、文艺、名人传记，不论是哪个时代、哪个国家的事情）读起来都很津津有味，只好克制自己，少读几篇。孔子劝老年人，"血气既衰，戒之在得"。我不贪钱，从不做发财的梦，想不到即届退休的年龄，求知欲竟如此之强，每种学问都想多懂一点，多"得"一点。这，我想，也是"血气既衰"的症状。年轻的时候专攻文学，我忍得住气，并不因为自己别的学问懂得太少而感到不满足。

一九四八年初抵达新港后，我在一个爱尔兰老太太家里，租居了一间房间，住了八九个月。我的书桌右边放了一盏极小的旧式台灯，事后发现那几个月左眼近视加深了一点，非常后悔。假如老太太给我两盏台灯，左右光线平均，近视就不会加深了。但是旅美四十年，搬出老太太家后长年熬夜读书而至今目力未见老化，实在说得上是有福气的。这同我每天必服维生素、矿物质当然很有关系。但五十年代初期我读了A·赫胥黎刚出的那本小册子《看的艺术》（*The Art of Seeing*），更是受惠终身。赫氏童年时患了一场大病，差不多双目失明，因之他对保养眼睛之道大有研究。他认为书房的灯光应明亮如白昼才不伤眼睛，因此三十多年来我在书桌上总放着两盏一百支光的台灯，天花板上那盏灯至少也是百支光的（二十多年来，我早已改装了荧光灯），果然保持了我双目的健康。美国华裔小学生，好多患近视，想来在家里伏案做功课时，灯光不够。希望贤明的家长们，不要为了节省电费而吝惜灯光——子女很小就戴了眼镜，做父母的看到了，心里也该是十分难受的。

读书不仅光线要充足，衣鞋要舒服，在我未戒烟之前，"鸡窗夜静开书卷"，当然少不了烟茶二物作伴。每晚散步回家，沏好一杯龙井坐定，也就必然点燃一支烟卷，或者一斗烟丝，一口口地吸起来。这样眼睛忙着看字，手忙着端茶送烟，口忙着品茗吐雾，静夜读书，的确兴趣无穷。到了七十年代，靠了茶精、尼古丁提神，我经常熬夜，假如翌晨无课，五六点钟才上床。但虽然入睡了（尤其在冬天，窗不能敞开），呼吸的还是充满烟味的空气。我吸烟近四十年，原先烟瘾不大，但少说也有三十年，天天在烟雾中生活，如此不顾健康，现在想想实在可怕。

烟终于在三年半前戒掉了，而且早在戒烟之前，连早餐时喝咖啡的习惯也戒了。只有书房里喝中国茶的习惯没有改——戒茶并不困难，但明知饮茶对身体无益而可能有害，我却不想去戒。留美四十年，我生活早已洋化，思想和我国古代文人不一样，连饮食习惯也不太一样。王洞在我指导之下烧的中国饭——不用白米、猪肉、牛肉，绝少用盐和酱油——古代文人一定皱眉头吃不下去的。但假如苏东坡、袁子才有兴游纽约，来到寒舍，我给他们每人一杯新沏的龙井或乌龙——虽然自来水比不上泉水、井水——他们还是觉得清香可口的。因此我一人在海外书房读书，读的可能是西文书，也可能是当今大陆、台湾学者痛批中国传统的新著作——但一杯清茶在手，总觉得自己还是同那个传统并未完全脱节的读书人。而且戒烟之后，下午读书也得冲一杯，我的茶瘾也愈来愈大了。

一九八八年四月十七日
原刊《联副》同年五月一日

辑
二

# 亡兄济安杂忆

　　三月一日①从旧金山飞回纽约，随身带了五只手提箱，所装的差不多全是济安哥的遗物。其中最珍贵的一部分是我自己和许多朋友一二十年来寄给他的信件和他一九四六年正月至七月所记的一本日记。济安对朋友给他的信件特别珍惜，每一封都连信封保存着，即是仅具署名的贺年卡也舍不得扔掉。好多老朋友的信都是一九五九年三月出国时带出来的，我自己的旧信重睹后感触最多的是一九四六年五月十三日从台北寄出的那一封。那时济安才三十岁，在昆明西南联大教书，对他大一英文班上的一位女生产生了强烈的爱情，但因为他从来没有好好交过女朋友。为了此事不免手足无措，还没有追求先存了退却之心。我在信上鼓励他不计成败，努力去追，想不到济安竟把这封信当做座右铭，从昆明带回上海，从上海带到北平，后来逃出北平，重返上海，从上海转飞香港，去台北，两度出国，这封信一直在他身边。济安同他最亲密的朋友也避免讨论自己的恋爱生活，他情愿自己受苦，也不愿意诉苦求助，增加朋友们精神上的负担。他给台湾、美国好多朋友的印象是明朗愉快的性格和与世无争安命乐天的态度，只有在他自己的日记上和

---

① 一九六五年。济安同年二月二十三日故世。

给我的信上才能看到他内心生活的深刻和求爱专一无我无邪的精神崇高处。我所见到的济安高足（现在都是我的好友）他们都把他敬为诲人不倦的良友益师，把自己在文艺创作和学术研究上的努力都归功于夏老师的启发；曾与济安同事的好友，因为日常接触机会更多，想起他的谈笑风度，机智才华，学问人品，更是如丧了自己亲人一样的哀悼他。他们所留下的一个济安生前的印象是正确的，但我总觉得假如济安没有一个充实的内心生活，他不可能成为众人所景仰的良师挚友，更不可能成为促进文坛繁荣的领导人物和在学术界有特殊成就的学者。济安发表的创作不多：一首诗，两篇中文小说，一篇在《宗派杂志》（*Partisan Review*）上所发表的《耶稣会教士的故事》（*The Jesuit's Tale*），但凡读过他近年发表的英文专著的，都知道他是创造力极强的传记家。他那几篇中国现代文人研究（将由美国华盛顿大学出版）[①]，一贯法国大批评家圣伯甫和美国当代批评家威尔逊（Edmund Wilson）的传统，把那些文人的作品和生活打成一片，抓住中国近代社会的复杂性，夹议夹叙地道出他们内心的苦闷和病痛。那些作家自己的作品可能是幼稚粗糙的，但在济安细腻的文笔素描下，他们都变成中国社会大转变时期的不朽的典型。

　　济安对那些现代作家特别寄予同情，因为他自己也是过渡时期的人物，对新旧社会交替下的生活现象特别注意，对这种社会中所长大的青年所面临的问题特别敏感。济安二三十年

---

　　① 该书一九六八年出版，题名《黑暗的闸门》（*The Gate of Darkness：Studies on the Leftist Literary Movement in Chind*.University of Washtngton Press），正文前有Franz Michael教授的《前言》和我写的长《序》。

前就有志写一本英文长篇小说，记录他自己在抗战前后中国所有的印象。一九四六年他曾寄两章给我看（可惜那些早期的文稿和信件都留在上海家里，不知何时再能看到），一九四六年至一九四七年我们在北大同事一年，没有见他续写，想这个写作的计划，一直没有完成。我奔丧回来，不断地重读他的旧信，忽然想到他二十年来给我的一大束书信，实在比那本假以年月可能写成的长篇是更好的生活实录，更可为传世的文学作品。在我所读过的文人书简中，只有英国诗人济慈的信件给我同样的真切感觉。济慈对诗的创作和文艺的欣赏，悟力特别高，这是任何以书简闻世的文人都不能和他相比的。济安同济慈一样，能把自己的灵魂在书信中表露出来：任何感想，率直道来，没有半点虚伪；任何琐事，在他的笔下，变成了有风趣有代表性的人生经验。济慈的弟弟乔治结婚后移居美国，他那贫病交加而不断为恋爱苦恼着的长兄竟一封一封长信写给他。我自一九四七年十一月来美国后，每两三星期济安总有一封长信寄来，带给我安慰和喜悦，也让我分担着他生活上的烦恼。和济慈的弟妹一样，我从小有这样一位长兄照顾我，信托我，这是我一生最大的福气。济安早年也生过肺病，抗战初期在上海他身体一直不太好，但后来到了内地后，把身体锻炼得结实了，第二次来美国，我更觉得他精力充沛，远胜当年。想不到天不假年，济安竟因脑出血倒地后，神志不清，永远不能再醒过来了。

童年时代我们常在一起。"一·二八"事变前后，济安曾在上海立达学园、上海中学读过一阵书，但我那时不在苏州，即随父母逃难避居上海租界，还谈不到通信。我读小学时，他在圣公会办的桃坞中学读初中。高中时期济安最崇拜的思想家是尼采，他受了他超人哲学的影响，要打倒偶像，在自己的书上爱签着"耶和华·夏"的英文名字。我那时在初中读书，尼采根本看不懂，但我模仿性极强，在高中二三年竟把罗马主神周必特（Jupiter）的名字当做我的英文名字，后来想想觉得自己幼稚可笑。

济安在苏州中学读高中三的一年，我们有一天逛玄妙观，吃了不清洁的点心，回家后济安竟染上了猩红热，这一场病相当严重，复原期间体重不能恢复正常，种了后来患肺结核症的根苗。因为爱好哲学，高中毕业后他考进了中央大学哲学系。那时父亲也在南京，济安想锻炼身体，老在南京宽阔的马路上骑脚踏车，不多时竟吐血病倒了。我高中二那年（一九三五），全家搬到南京，有一天晚上我同济安去新都大戏院看《战地英魂》（*The Lives of a Ben gal Lancer*），戏院人太挤，济安受不住逼人的热气，电影看了一小半就离开了戏院。我因为贪看戏，没有伴他回家，这事至今印象很深。

一九三七年六七月间，父亲把全家搬到上海租界区，自己到内地去。父亲收入不多，加上那时内地汇款到沦陷区不很方便。母亲凭一些积蓄在生活费日夜高涨的上海度日子，还得送我们兄弟读大学，生活是极艰苦的。那时济安转读光华大学英文系，我在大夏大学附中读完高中三后，也进沪江大学读英文系。我们先在迈尔西爱路靠近兰心大戏院的一幢弄堂房子内做三房客，不久搬入地段相近，国泰大戏院斜对过的一幢弄堂房子。两幢房子格局相仿，我们租住的是三楼一层加上一间亭子间。亭子间是济安的卧室，我则每晚在会客室兼书房兼餐室的那间三楼正房内用两条长凳搭铺睡觉，数年如一日。那间正房靠窗处直放着两只书桌，兄弟两人对坐读书，济安坐在右边，我坐在左边，右边靠墙放着一只书架。我右手靠墙放着两只单人沙发，作会客之用。这些便宜的家具都是济安初到上海时在廉价铺子买来的，但到济安一九四三年离开上海时还一直用着。一九四四年我们搬到靠近兆丰公园的兆丰别墅，房子比较像样些，但我们租住的面积仍是三楼一层加亭子间，并不大。

济安光华的同学都是比较阔的，至少乡下有些田地。济安最怕有不太熟的朋友登门拜访，看到他住所的狭小鄙陋。但熟朋友来聊天则很欢迎，常来的有苏中老同学、现任洛杉矶加州大学数学系教授胡世桢，光华英文系同学郑之骧和宋奇。光华外文系没有什么名望，但抗战初期有哈佛博士张歆海和张夫人韩湘眉在那里执教，阵容还不算弱，学生方面，除济安外，宋奇和张芝联都是北平名大学转学来的优秀学生。宋奇和张芝联毕业后主编了一种杂志叫《西洋文学》，济安也是编辑委员之一，常常撰稿。《西洋文学》办了一年多就停刊，我在上海家里还存着全套，但这套杂志在台湾和国外恐怕绝少见到。

在未办《西洋文学》前，济安即以"夏楚"的笔名在《西风》杂志上发表过不少译述的文章。《西风》是模仿美国《读者文摘》较俗气的刊物，济安为它撰稿完全是因为可以领到些稿费，否则要看电影，买旧书，身边都没有零钱。那时在《西风》上经常撰稿的有乔志高，他好几篇报道美国生活的文章，极受读者欢迎。张爱玲的处女作《天才梦》也是在《西风》上发表的，我当时读了觉得这女孩子对中国文字这样敏感，就留下了很深刻的印象。多少年后，张爱玲曾在济安主编的《文学杂志》上发表过小说和译文，他们还同译了一本《美国散文选》，虽然一直都没有见过面。一九六四年三月下旬，美国亚洲学会在华府开会，济安的老友吴鲁芹介绍他和乔志高相见。乔志高带我们弟兄去见张爱玲，还在一家馆子开了一瓶香槟，同席有济安的至友陈世骧。回想起来，对我这也是最有纪念性的一次聚会。当天下午济安伴我飞回纽约，顺便去看看他的弟媳妇和他最疼爱的侄女。但他在我家也只留了一晚上，第二天（三月二十三日，星期一）在哥大附近新月酒家吃了午饭后，即匆匆送他到机场，赶回柏克莱。以后一直再没有谈话的机会，今年二月二十一日星期日飞西岸，在Oakland城一家医院病房相见时，他早已不省人事，带着热度，呼吸急促地为自己的生命作最后挣扎了。

在上海数年给我印象最深的即是济安潜心自修学习写英文的那一段努力。近年来，他英文愈写愈漂亮，读起来令人觉得口颊生香，这种成就，还得归功于他在上海数年所打的基础。张歆海夫妇开了不少英国文学课，但教来教去好像都是十九世纪的。济安那时有两本厚厚的、上海龙门书店翻印的美国教科书——一本是十九世纪英国诗选，因为封面是绿色的，我们叫它"绿书"；一本是十九世纪英国散文选，我们叫它"红书"。这两本书，字印得密密的，加上是翻印，读起来很吃力。济安对"绿书"好像兴趣不太大（虽然后来他对毕滋华斯狠下过一番研究功夫，在北大五十周年纪念论文集上还发表过一篇论文，题名*Wordsworth By the Wye*，专论*Tintern Abbey*那首诗），但对那本"红书"读得特别起劲，我坐在书桌对面，他摇头朗咏的情形，至今犹在目前。他今天读麦考来，隔一阵时间读亚诺德，再隔一些时间读纽门。此外卡莱尔、罗斯金的名著他也照样的一读再读。那些维多利亚时代的散文大家都以气势见胜，文句特别长，文法结构特别复杂，普通学写英文的人，学了这种文体，往往反而学坏。济安后来教英文，也劝学生多学二十世纪名家干净利落少铺张的文体，但他自己学维多利亚文体却是学到家了。他两次来美所写的文章，用的字和成语都是二十世纪的，但在句法、章法上显然深得十九世纪文体的好处。不论说理或叙事，他运用很多句子，把事理细细道来，起初给人清丽"婉约"的印象，但读完全文，觉得文气这样足，文章这样前后有照应，又不能不令人叹服他"婉约"中所含蓄的"豪放"。前两天读他的旧信，读到一九五九年十一月二十日所写的一段，比较我们兄弟英文的风格：

> 现在再仔细看看：你的文章和我的大不同是你的是一句有一句的分量，一段有一段的分量；我的大约是这样：有一点idea，至少总要写上三句句子，求embellishment，求variations on the theme，而且非但一处出现，隔了一些时候，这个idea似乎还有一个漂亮的说法，我是还要叫他再出现一次（或两次，三次）的。你的文章看了一句得一句之益；我的是一句只好算一个"分句"：句子本身并不成为"思想的单位"。看你的文章，随时应该停下来想一想；看我的，是一口气的带过去的。

他所夸奖我"思想紧密"的文体，其实只好算是没有个性的 academic style。在研究院写多了学期报告，再写一两篇硕士博士论文，人人都可学会写这种看上去"思想紧密"而读起来枯燥无味的文章。济安这种活泼泼有生气读了使人不忍释手的文章才是真正好文章。《耶稣会教士的故事》发表后，我曾写信给济安，告诉他这篇小说在文体和结构上都和康拉德

（Conrad）好多篇以第一人称玛路（Marlow）为讲故事人的中短篇小说有相似处。现在想想，这个比较很妥帖，康拉德也是外国人苦心自修，熟读维多利亚散文后自成风格的散文大家。当今外国人用英文写小说，文章灵活而深得十九世纪散文神髓的，当推纳白喀夫（Vladimir Nabokov）为首屈一指。但纳白喀夫虽是俄国人，然而从小保姆就用英法语同他说话，严格说来，英语对他不能算是外国语言。

在光华读书那几年，济安不时在同学自办的英文刊物和毕业同学纪念册上发表些小品文。他写这些文章的动机，完全在测验自己运用英语的能力，内容在其次，而在用字造句方面特别下功夫。有两篇数易稿子写成后济安自己比较满意的，我至今还记得。一篇是《万世师表》（*Goodbye，Mr.Chips*）的影评，一篇是记述他临考时在考堂上所得的印象，风格学兰姆（Charles Lamb），调子力求轻松幽默，文句力求精炼而读起来铿锵悦耳。这篇文章济安伏案写了两三个星期，后来在一本毕业同学纪念册上发表，所以当时苦心写作的情形我至今还记得。

太平洋战争发生后，上海完全在日本人控制之下，济安爱国热诚极高，实在觉得不能再留在上海，一直想去内地。但他那时肺病未愈，经常还注射空气针，我们都不放心。直到一九四三年他才走成，先在西安中央军校第七分校教了一年英文，一九四四年夏天去重庆，入秋后在云南呈贡国立东方语文专校任讲师，一九四五年秋被聘任教西南联大。在联大日常来往的好朋友有光华老同事钱学熙和诗人卞之琳。一九四六年六月济安返上海，我抗战胜利后跟亲戚去台北当了十个月小公务人员，一九四六年七八月间返沪，济安到码头来接我，我们三年多没有见面，见面后特别高兴。济安知道我太平洋战争发生后，看不到美国电影，对平剧颇感兴趣，第三天晚上即请我去天蟾舞台看了一场戏，那晚叶盛兰李玉茹合演《翠屏山》，特别精彩，至今还记得。同场还有李少春和叶盛章，那晚他们合演的是《三岔口》还是《铁公鸡》，则记不清楚了。

一九四六年九月我们兄弟乘船到天津，再改乘火车到北平，同住北大红楼四楼，卧房贴隔壁。我教一门大一补习班英文，学生程度异常之差，加上我的上海官话，有一半学生听不懂，颇以为苦，但翌年我侥幸考到了一笔奖学金，被送出国。七月间济安送我到机场，济安英文造诣比我高，学问各方面都比我广博，现在他留在政治局面极不安定的北平，我竟先飞沪去办出国手续，二人临别，不觉黯然神伤。

一九四三年开始，我们除了一九四六年在上海重聚，差不多有一年工夫朝夕相处和一九五五年暑期我们同住在纽海文（New Haven）天天见面外，一直靠着书信互通手足之情。很可惜的是，除了济安带在身边的那一封信外，我们一九四三年到一九四六年一大束书信都留在上海，虽然不致遗失，却一时难以见到。济安在内地的一段生活，除了那本日记上所记载的外，回想起来，都很模糊。可喜的是在西安一年，气候高爽，济安肺病差不多已完全治好，到昆明后他还学会了游泳，身体更结实了。内地书籍缺少，研究西洋文学条件很差，但济安在昆明时期搜集不知多少美国政府印行供兵士们消遣的袖珍本纸面书，我记得红楼卧房书架上还装满了这种红绿封面的小书。这些小书不少是当代英美文学名著，济安读了这些书，对现代文学培养了极大的兴趣。一九五九年台湾商务印书馆出版了济安选注的《现代英文选评注》，其中所选的四五十位当代名家，都是一二十年来他常读的书的作家。

　　从一九四七年十一月我抵旧金山后寄北平的第一封信，到今年二月十九日晚上所写而济安没有读到的最后一封信，我都已带归。同时期济安给我的信更多，可能有四五百封，我一直珍存着，一封也没有遗失。将来当按发信日期好好整理，把我们的信从头读一遍，重温这十七八年来两人的生活。我来美国后，生活一直很沉寂，每隔两三星期，总得空出一个晚上给济安写信，把心中要说的话说完了，才觉得全身舒泰。我的信大多数四五页，有时也写七八页，但很少有十页以上的，一方面因为我中文拙劣，写得慢，一方面因为生活上没有什么特别可兴奋的events可以报告。济安则不同，他落笔快，要报告的事情多，所以一写就是七八页，十页以上的信也很普遍，尤其晚近两三年，可说是他生平第一次认真地和异性交朋友，有时不免很沮丧，但兴奋的时候居多数，一写信即是十五页，有的信长至二十页。济安年轻时没有结婚，中年了，对结婚之事不免抱着些疑惧的心理。但晚近他爱同女孩子交际谈话，一改以往避免和女性来往缺少自信心的态度。我每读到他报告同女友来往的信，即回信打气鼓励他。

　　济安和我年轻时多读了西洋文学，都可以说是浪漫主义者。济安对待男性朋友，永远这样率直忠诚，同女性朋友交往，该有更伟大的天长地久海枯石烂的potential，可惜这种potential一直没有充分发展的机会，这是我认为他终生唯一的遗憾。一九四六年他写了封二十页的长信，报告他钟情于那位女学生的经过后，我回信上曾提到我们少年时代生活的空虚：

　　　　到台湾前偶读唐诗"郎骑竹马来"，心中有说不出的辛酸，我们的childhood是多么的空白，从没有一个姐妹或年龄仿佛的游伴，或者我们对待异性不自然的态度就在那时无形中养成了。在adolescence时，我们都有，或者现实生活上或者银幕上，不少美丽的images都在日常忙碌工作中，在压制下，在梦幻间，渐渐地消失；真正同一个有血有肉的女子接触时，反而有说不出的恐怖，而这种恐怖必然妨碍情感的传达。我在上海虽然爱过几个女人，始终脱离不了这种紧张的初恋状态；也同你一样，在爱人的一颦一笑间，获求精神上的快乐，分析对方的心理反应。然而这种敏感式的精神享受，是否一个lover最大的快乐？我现在怀疑。

信的下半节有几句话，鼓励济安，也是鼓励自己：

只有尼采"快乐的科学"中可以得到wisdom，只有在爱情的consummation中发现生活的快乐，上帝造物的恩惠，自己大才无穷无尽的泉源；叔本华式的智慧是不完全的智慧。

济安对女性美的感受力比我强得多，他在那本日记上竟说过："我对自然不大有兴趣，我认为除女人以外，没有美（Kierkegaard也有此感）。我要离脱了人世后，才会欣赏自然。我欢喜一个人住在荒山古庙里，这不是为了自然之美，而是对人生的反抗。在此世界上，只有女人是美的。"我结婚已十年，自己信上所提及的"恐怖"、"紧张"、"敏感式的精神享受"，依稀想到，心头仍不免带些怅惘。济安一直到最后，见了自己所爱的女子，多少还抱着些"恐怖"的心理。因为"恐怖"的作祟，济安终身没有一个以身相托矢志不移的异性知己。

联大那位女学生，我在北平时也见过一两面。她是长沙人，生得眉清目秀。济安遗物中有一张电影明星林翠十年前的相片，我想济安不爱看中国电影，也没有收藏明星照片的习惯〔遗物中有一张爱娃·嘉德纳（Ava Gardner）游香港时亲笔签名的照片，那是好友程靖宇送的〕，他珍藏了这张照片，可能因为林翠同那位小姐长得很像。有一次那位小姐带了一位女同学，到红楼来找济安。她好像有什么紧急事求助于他，济安立即把刚领到的月薪钞票一大沓全数交给了她。在台北时朋友有困难，济安总爱仗义相助。但在北平时我们生活很窘迫，每月薪金只够吃豆浆油条、炸酱面和最简便的饭菜，他那次倾囊救急，对方反应如何，我不大清楚。这一次后，我好像一直没有见到她。

近日常读济安的日记信札，写这篇杂忆，不免多涉及他的私生活，而这种私生活，对他整个成就来讲，可能是没有多大关系的。其实我悼济安，也等于自悼，以后不可能再同他通信，自己的生命也将是一片空白。去年丧父，今年丧兄，不久前写信给留在上海的母亲和六妹，只好把噩耗瞒了，免得她们伤心。母亲风烛之年，虽然知道两个儿子在国外争气成人，得到不少安慰，但她还不断祈望着济安早日成亲，我再生一个男孩。现在济安已不在人世，这个消息她迟早揣度到了，对她将是一个如何惨重的打击！

所可告慰者，人虽死了，济安的人品风度，好学不倦的精神，多方面的成就，已在他朋友学生间留下了不可磨灭的印象。我在柏城奔丧期间，见到世骧夫妇，树方兹（Franz Schurmann）夫妇，济安光华老友萧俊、顾孟余先生和不便一一举名的加大同事学生们悲痛莫名的情形，使我万分感慨，济安有这样许多痛悼他的朋友，也可算是不虚此生了。台湾、香港和美国别处的朋友，他们悲痛的情形，我没有亲眼看到，但读他们吊慰的信札和电报，只觉得他们心头的沉重。返纽约后，不少济安的高足到我家里来亲致唁意，不在纽约的，有的打长途电话来，有的写信来，转达他们对最敬爱的老师一番不可名状的悼意。这些台大外文系高材生——我日常见到或保持通信关系的有刘绍铭、白先勇、谢文孙、庄信正、丛甦、陈若曦、叶维廉、李欧梵、熊玠、张婉莘——都在课堂课余曾经济安启导，而现在仍遵守着他指导的方向，在创作上在学术研究上作不断努力的有为青年。白先勇在济安未逝世前已告诉我，他要用英文写一本大规模记录中国抗战前后的小说。三月中旬刘绍铭写信告诉我，他已下决心写一部英文长篇，以谢济安十年来循循善诱没世不忘之恩。信是用英文写的，最扼要的一段抄译如下：

> 他的去世标记我生命上的一个转折点；我这样敬爱他，我至少得试写一部小说奉献在他的灵前。他知道我写成了一部像样的小说，一定比知道我被聘哈佛大学当教授更为高兴。

济安抗战时就在试写英文长篇，后来因为种种原因，此志未酬。他若知道两位入室弟子有志继续他未完成的工作，他一定可以含笑黄泉。这种创作企图才是最对得起济安的纪念性工作，也最能证实他在台大教书多年，为国家培植人才不朽的功绩。

选自一九七〇年九月台北纯文学出版社初版《爱情·社会·小说》

# 超人才华，绝世凄凉
## ——悼张爱玲

一

张爱玲终于与世长辞。九月八日星期五下午四时许，庄信生教授从南加州来电话报知噩耗，我震惊之余，想想张爱玲二十多年来一向多病，这两三年来更显得虚弱不堪，能够安详地躺在地板上，心脏突然停止跳动，未受到任何痛苦，真是维持做人尊严、顺乎自然的一种解脱方法。张爱玲这几年来校阅了皇冠出版社为她出版的《全集》，并新添了一本《对照记》，把所有要留传后世的自藏照片，一一加以说明，等于写了一部简明的家史。去年底她更获得了《中国时报》颁给的文学"特别成就奖"。张爱玲虽然体弱不便亲自返台领奖，同多少敬爱她的作家、读者见面，但她已为他们和世界各地的中国文学读者留下一套校对精确的"全集"，可谓死无遗憾了。

大家都知道，张爱玲乃一九四三年崛起于上海的红作家，其小说集《传奇》、散文集《流言》大受欢迎，且为内行叫好。我自己初读张爱玲作品已在五十年代初期，那时我已有系统地读了鲁迅、茅盾、老舍、沈从文等的作品，大为其天才、成就所惊奇，认为"张爱玲该是今日中国最优秀最重要的作家"。且谓"《金锁记》长达五十页；据我看来，这是中国从古以来最伟大的中篇小说"。这些判断原见英文本《中国现代小说史》，一九六一年才出版。但先兄济安特把书稿张爱玲章的大部分分作《张爱玲的短篇小说》、《评〈秧歌〉》两文译出，先后载于一九五七年《文学杂志》第二卷第四期、第六期。上面所引皆见《短篇小说》那篇。二文显然引发了有志创作的读者研读张爱玲作品的兴趣。因之张爱玲虽曾于六十年代初期来过一趟台湾而未受大众注意，她对台湾小说界发展的影响却是既深且远。到了今天，世界各地研读中国文学者，无人不知道张爱玲。她在大陆也重新走红起来，受到了学界、读者的重视。

我至今仍认为《金锁记》是"中国从古以来最伟大的中篇小说"。早在一九五七年、一九六一年我认定张爱玲为"今日中国最优秀最重要的作家"，也一点没有错。当时台湾作家间，只有姜贵的作品堪与张相抗衡，可是短篇小说他写得极少，也无法同《传奇》相比。但《赤地之恋》（一九五四，英文本一九五六）出版之后，张爱玲的创作量大大减少，不免影响到我们对她终生成就的评价。早在一九七三年，我为水晶《张爱玲的小说艺术》写序，就注意到这个问题。水晶有一章把《沉香屑——第一炉香》同亨利·詹姆斯长篇名著《仕女图》（*The Portrait of a Lady*）相比，我在序里继续较量两人之短长：

在我看来，张爱玲和詹姆斯当然是不太相像的作家。

就文体而言，我更欢喜张爱玲，詹姆斯娓语道来，文句实在太长（尤其是晚年的小说），绅士气也太重。就意象而言，也是张爱玲的密度较浓，不知多少段描写，鲜艳夺目而不减其凄凉或阴森的气氛。但就整个成就而言，当然张爱玲还远比不上詹姆斯。我想，这完全是气魄和创作力持久性的问题：詹姆斯一生写了多少长短篇小说，而且据一般批评家的看法，越写越好……张爱玲创作欲最旺盛的时期是一九四三年《沉香屑》发表后的三四年，那时期差不多每篇小说都横溢着她惊人的天才。离开大陆后不久，她写了《秧歌》和《赤地之恋》两本小说。至少《秧歌》已公认是部"经典"之作。但她移居美国已十七年了，也仅写了两本：《怨女》是《金锁记》故事的重写，《半生缘》是四十年代晚期《十八春》的改编，她创作的灵感显然逗留在她早期的上海时代。

《怨女》、《半生缘》以及其后《张看》、《惘然记》、《余韵》、《续集》四书里所载的小说和散文当然我都细细品赏过，虽然尚未写过评论。连张爱玲不喜欢的早期小说（有些是未完成的，有些是重加改写的），读起来都很有韵味，因为张爱玲的作品总是不同凡响的。但即是最精彩的那篇《色，戒》原也是"一九五〇年间写的"小说，虽然初稿从未发表过。"古物出土"愈多，我们对四五十年代的张爱玲愈加敬佩，但同时也不得不承认近三十年来她创作力之衰退。为此，到了今天，我们公认她为名列前三四名的现代中国小说家就够了，不必坚持她为"最优秀最重要的作家"。

# 二

一九五五年张爱玲移民到美国，翌年她在新英格兰一个创作营Mac Dowell Colony写作，碰到一位三十年代即从欧洲移民美国的老作家赖雅（Ferdinand Reyher），两人相爱，同年八月结婚于纽约。赖雅一九六七年十月去世。想来《中国现代小说史》一九六一年出版前后，我已同爱玲开始通信了，可惜六十年代那束信一时找不到。记得爱玲在信上曾嘲称 Ferd（她给丈夫的简称）为并无作品出版的作家（其实他早在三十年代即为好莱坞写电影剧本）。爱玲信上难得一露幽默，表示对其夫颇有感情。爱玲那时期身体也好，毕竟年纪还轻。一方面忙于为香港电影公司写剧本，一方面努力于英文写作、翻译。张爱玲至死以赖雅为姓，不像一般嫁洋人的作家，保持原姓。

早在一九四四年夏天一个沪江同学的聚会上，我见到过张爱玲，她是主讲人。她那时脸色红润，戴了副厚玻璃的眼镜，形象同在照片上看到的不一样。记得她讲起了她那篇少作《牛》（见《流言》《存稿》此文）。我自己那时专心攻读西洋文学，只看过《西风》上那篇《天才梦》，她的小说一篇也没有看过，不便同她谈话，她对我想来没有印象。一九六四年三月乘亚洲学会在华府开年会之便，高克毅做东，请陈世骧、吴鲁芹、夏氏兄弟同张爱玲在一家馆子相会。有人打翻了一杯香槟，我以为不是先兄即是爱玲，因为两人比较紧张。昨天（九月九日）看了张爱玲翻阅拙著《鸡窗集》后写的一封信（一九八四年十二月二十六日），提及此事：

悼吴鲁芹文中提起的，打翻一杯酒的是吴，我当时有点诧异，因为他不像是慌乱或是像我这样粗手笨脚的人，所以记得。

由我推荐，张爱玲于一九六七年九月抵达麻州剑桥，在赖氏女子学院所设立之研究所（Radcliffe lnstitute for lndependent Study）专心翻译晚清小说《海上花列传》。她离开华府后，先在纽约市住上一两个月。我首次去访她，於梨华也跟着去，三人谈得甚欢。我说即在她公寓式旅馆的附近，有家上海馆子，周末备有小笼包子、蟹壳黄等点心，要不要去尝尝。爱玲有些心动，但隔一两天后还是来电话邀我到她公寓房子去吃她的牛酪饼干红酒。显然她对上海点心兴趣不大，而且对我的洋太太、女儿长相如何，一无好奇心。爱玲离开纽约前，我又去看她一次，实在请不动她吃饭，或到第五大街去看看橱窗。隔一两年后，我去巴斯顿参与亚洲学会的年会，最后一次同爱玲相叙。

赖氏研究所任满之后，张爱玲想必返华府住了一年，再赴柏克莱加大中国研究中心去研究大陆术语的。此项研究计划向由陈世骧教授主持。先兄去世后，即由庄信正接任，张爱玲名气如此之大，我不写推荐信，世骧自己也愿意聘用的。但世骧兄嫂喜欢热闹，偏偏爱玲难得到其家里去请安，或者陪他们到旧金山中国城去吃饭。她也不按时上班，黄昏时间才去研究中心，一人在办公室熬夜。一九七〇年开始，爱玲给我所有的信件，昨天刚刚重温了一遍，在中心那年向我诉苦的信特别多。偏偏那年大陆没有倡用什么新的术语、口号，世骧后来看到爱玲那份报告，所集词语太少，极为失望。更不幸的是，一九七一年五月世骧心脏病猝发不救，爱玲在研究中心更无靠山，一年期满解聘是必然之事。爱玲到了柏克莱后，水土不服，老是感冒，洛杉矶气候温暖，身体或可转好，于是决定搬居洛杉矶地区。

一九五五年爱玲来美后，年年都有一份薪水或奖金，供她写作、翻译、研究之用。一九七一年秋季搬居洛杉矶后，她再也不去申请一笔奖金，找一份工作。身体一年一年转坏，不说上班工作，能对付日常生活之需求——买菜、付账、看医生、打电话——就把她累坏了。两年前，她能写出这一小本《对照记》，而且文字保持她特有的韵味，真要有极大的勇气和毅力。一九七六年七月二十八日她给我的信上写道："我自己是写三封信就是一天的工作，怎么会怪人写信不勤，而且实在能想象你忙的情形。"重读此段好为感动，我自己有了心脏病，比较要慎重措辞的英文信，有时写一封就是一天的工作。不像当年，中英文信写个不停，而且不会觉得累。

张爱玲在洛杉矶住了几年之后，不仅感冒照旧，牙齿也永远看不好。骨头脆弱，不小心手臂就断了。最可怕的是，爱玲添了一种皮肤病，而且觉得屋子里到处是跳蚤，身上永远发痒。为了逃避"虫患"（张语），她就不断要搬家，每次搬家都遗失、丢掉些东西。那两年在赖氏研究所，爱玲差不多已把《海上花》译好了。隔几年信上不时讨论到译稿的问题。她想找经纪人把它交大书局审阅。我劝她把书稿当学术性的读物看待，加一篇她自己写的导论和我的前言，交哥大出版所处理较妥。她不接受我的建议，后来的信上也就不提这部《海上花》了。有一天庄信正对我言，这部译稿张爱玲搬家时丢了，我听了好不心痛。除了首两章已发表过外，张爱玲三四年的心血全付之流水。全书译稿早该"全录"一份副本，交信正或我保管的。①

七十年代身体好的时候，爱玲每年给我三四封信。平常每年至少给我一封信，夹在贺卡内。张爱玲迁居洛杉矶后，有两三年我给她的信，得不到回音，只好同庄信正在电话上或见面时对她互表关怀。一九八八年四月六日终于收到她一封满满两页的信，告知生活近况：

> 天天上午忙搬家，下午远道上城（按：主要去看医生），有时候回来已经过午夜了，最后一段公车停驶，要叫汽车——剩下的时间只够吃睡，才有收信不拆看的荒唐行径。直到昨天才看了你一九八五年以来的信，相信你不会见怪。

去年刘绍铭同葛浩文正在合编一本中国现代文学读本，由哥大出版。绍铭托我去问爱玲，哥大有位学生已翻译了她的《封锁》，可否录用在书内。爱玲回信谓她自己早已译了这篇小说，放在仓库懒得去拿。她是比较欢喜自己的译文的。绍铭等了半年，尚未收到爱玲的译稿，再嘱我去问她一声。爱玲明知我信里会提到此事，虽未加拆阅，也就在今年五月二日的两页来信里告知我，此事以后"再详谈"。信里提到的炎樱，大家都知道是爱玲当年最亲的朋友，《对照记》里载有她多帧照

---

① 后该译本由在美国南加州大学图书馆任职的浦丽琳女士考证发掘出英文打字稿，已于二〇〇五年由哥伦比亚大学出版社出版。
——编者注

片。来信夹在一张正反面黑色的卡片里，正面图案乃一个华丽的金色镜框，有淡紫色的丝带，五颗垂珠等物作装饰。卡片里面有两行字："给志清王洞自珍  爱玲"。她给我的每封信卡都不忘向我的妻女问好。下面是张爱玲给我最后一封信的全文：

志清：

　　一直这些时想给你写信没写，实在内疚得厉害。还是去年年前看到这张卡片，觉得它能代表我最喜欢的一切。想至少寄张贺年片给你，顺便解释一下我为什么这样莫名其妙，不乘目前此间出版界的中国女作家热，振作一下，倒反而关起门来连信都不看。倘是病废，倒又发表一些不相干的短文。事实是我enslaved by my various ailments，都是不致命而要费时间精力在上面的，又精神不济，做点事歇半天。过去有一年多接连感冒卧病，荒废了这些日常功课，就都大坏。好了就只顾忙着补救，光是看牙齿就要不断地去两年多。迄今都还在紧急状态中，收到信只看账单与时限紧迫的业务信。你的信与久未通音讯的炎樱的信都没拆开收了起来。我犯了眼高手低的毛病，作品让别人译实在painful。我个人的经验是太违心的事结果从来得不到任何好处。等看了你的信再详谈。信写到这里又搁下了，因为看医生刚暂告一段落，正乘机做点不能再耽搁的事，倒又感冒——又要重新来过！吃了补剂好久没发，但是任何药物一习惯了就渐渐失灵。无论如何这封信要寄出，不能再等了。你和王洞自珍都好?有没旅行?我以前信上也许说过在超级市场看见洋芋沙拉就想起是自珍唯一爱吃的。你只爱吃西瓜，都是你文内提起过的。

爱玲　五月二日

　　我在哪封信上提到女儿爱吃洋芋沙拉，当然记不起来了。我童年爱吃西瓜，典出《鸡窗集》《读、写、研究三部曲》此文。到了今天，怕拉肚子，西瓜也少吃了。爱玲在信里把我的名字同炎樱并列，要我感到高兴。可能到了今年春天，她就有意脱离尘世，所以连最好朋友寄给她的信札，都怕事不想知道它们的内容。爱玲同我一样是不相信什么上帝天堂的。尸体焚化之后，流传下去只有她的"全集"和尚未整理出版的遗稿、信件、照片。她晚年的生活给我绝世凄凉的感觉，但她超人的才华文章，也一定是会流芳百世的。

**原载《中国时报·人间》（一九九五年九月十三、十四日）**

# 重会钱钟书纪实

## 一、钱钟书访哥大

钱钟书先生今春访美的消息，早在三月间就听到了，一时想不起是什么人告诉我的。四月初一个晚上，秦家懿女士打电话来，谓最近曾去过北京，在中国社会科学院里见到了钱钟书，他嘱她传言，我可否把我的著作先航邮寄他，他自己将于四月底或五月初随社会科学院代表团来美国，重会之期，想不远矣。秦家懿（Julia Ching）也是无锡人，才三十多岁，现任加拿大吐朗妥大学哲学系教授，专治中国思想史，著述甚丰，且精通法、德、日文，实在称得上是海外年轻学人间最杰出的一位。多年前她在哥大同系执教，我们都是江南人，很谈得来，后来她去耶鲁教书，照旧有事就打电话给我。我们相交十年多，我手边她的信一封也没有，显然她是不爱写信的。那晚打电话来，可能她人在纽约市，因为她不时来纽约看她的母亲和继父。

电话挂断，我实在很兴奋，三年前还以为钱钟书已去世了，特别写篇文章悼念他，想不到不出三四星期，就能在纽约同他重会了。我同钱先生第一次会面是在一九四三年秋天的一个晚上，那时济安哥离沪去内地才不久。《追念钱钟书先生》

文里我误记为一九四四年，实因从无记日记的习惯，推算过去事迹的年月，很容易犯错。最近找出那本带出国的"备忘录"，才确定初会的那晚是在一九四三年秋季。钱嘱我寄书，我五六种中英著作，航寄邮费太贵，再加上除了《中国古典小说》英文本外，大半书里多不同论调，寄去不一定能收到，反正他人即要来美国了，面呈较妥，决定先写封邮简给他。同前辈学人通信，对我来说，是桩很头痛的事，自己文言根底不够深厚，写白话信似不够尊敬，如给钱先生写封英文信，虽然措辞可以比较大方，也好像有些"班门弄斧"。一九五一年，我给胡适之先生写封信，想了半天还是觉得写封英文信比较大方，结果他老人家置之不理。但钱钟书反正知道我是英文系出身，写封浅近文言夹白话的信给他，想他不会笑我不通的。

钱于动身的前一天收到我的邮简，立即写封毛笔信给我。我收到那封信，已在四月二十日星期五，那天上午十时有个学生要在我办公室（垦德堂四二〇室）考博士学位预试，我拆阅钱函没几分钟，另外两位中国文学教授——华兹生（Burton Watson）和魏玛莎 （Marsha Wagner）——也进来了。到那天，玛莎同我早已知道下星期一（四月二十三日）社会科学院代表团要来访问哥大了，我不免把这封信传观一番，虽然明知钱的行书他们是认不清楚的。这封信，对我来说，太有保存价值了，可惜信笺是普通五分薄纸，左角虽印有灰色竹石图案，墨色太深，不便在上面写字。在今日大陆，当年荣宝斋的信笺当然在市面上是无法买到的了。原信满满两页，兹加标点符号，抄录如下：

志清吾兄教席：阔别将四十年，英才妙质时时往来胸中，少陵诗所谓"文章有神交有道",初不在乎形骸之密,音问之勤也。少年涂抹,壮未可悔,而老竟无成,乃蒙加以拂拭,借之齿牙,何啻管仲之叹,知我者鲍子乎?尊著早拜读,文笔之雅,识力之定,迥异点鬼簿、户口册之伦,足以开阔心胸,澡雪精神,不特名世,亦必传世。不才得附骥尾,何其幸也!去秋在意,彼邦学士示Dennis Hu先生一文论拙作者,又晤俄、法、捷译者,洋八股流毒海外,则兄复须与其咎矣。一笑。社会科学院应美国之邀,派代表团访问。弟厕其列,日程密不透风,尚有登记请见者近千人,到纽约时当求谋面,但嘈杂倥偬,恐难罄怀畅叙。他日苟能返国访亲,对床话雨,则私衷大愿耳。新选旧作论文四篇为一集,又有《管锥编》约百万言,国庆前可问世。《宋诗选注》增注三十条,亦已付印,届时将一一奉呈诲正,聊示永以为好之微意。内人尚安善,编一小集,出版后并呈。秦女士名门才媛,重以乡谊,而当日人多以谈生意经为主,未暇领教,有恨如何?晤面时烦代致候。弟明日启程,过巴黎来美,把臂在迩,倚装先复一书,犹八股文家所嘲破题之前有寿星头,必为文律精严如兄者所哂矣。匆布,即叩近安

弟钟书敬上

杨绛问候

四月十三日

　　人生一世,难得收到几封最敬爱的前辈赞勉自己的信。明知有些话是过誉,但诵读再三,心里实在舒服。当天就把信影印了一份,交唐德刚太太(她在医院工作,离我寓所极近)带

回家给德刚兄同赏。

两年来，大陆团体访问美国的愈来愈多，纽约市是他们必经之地，哥大既是当地学府重镇，他们也必定要参观一番的。欢迎会，我是从来不参加的，实在无意同那些人握手言欢。只有一次破例：去年夏天，北京艺术表演团在林肯中心表演期间，哥大招待他们在哥大俱乐部吃顿午餐，当年我爱好平剧，倒想同那些平剧演员谈谈。有人给我票，他们的表演我也在早几天看过了。那晚表演，绝少精彩。

钱钟书是我自己想见的人，情形当然不同。正好校方派我负责招待他，正如我愿。朋友间好多读过他的长篇《围城》的，都想一睹他的风采，建议二十三日晚上由我出面请他吃晚饭，可能有两桌，饭钱由众人合付。我托校方转达此意后，隔日华府即有负责招待代表团的洋人打电话给我，谓钱氏当晚自己做东，在他的旅馆里请我夫妇吃便饭。我只好答应，不便勉强他吃中国馆子。

二十三日那天，节目排得很紧。晨九时哥大校长在行政大楼会议室（Faculty Room）请喝咖啡；十二时教务长招待代表团在哥大俱乐部吃午餐；四点开始，东亚研究所在国际关系研究院大楼（International Affairs Building）设酒会招待。上下午两个空当，各来宾由他的校方招待陪着，上午同同行的教授们交换意见，下午同教授、研究生会谈。代表团里，除钱钟书外，只有费孝通是国际著名的学人。他当年是调查、研究中国农村实况的社会学家，曾留学英国，也来过美国，在美国学人间朋友最多。其余的九位，包括领头的一位，都没有什么国际声望。负责招待他的那位哥大同事，因言语不通，无话可谈，事后向我叫冤不止。

九时许，代表团由美国官方巴士送到行政大楼门前。我们从会议室走向大门，他们已步入大楼了。钱钟书的相貌我当然记不清了，但一知道那位穿深灰色西装的就是他之后，两人就相抱示欢。钱钟书出生于一九一〇年阳历十一月二十一日（根据代表团发的情报），已六十九岁，比我大了九岁零三个月，但一无老态，加上白发比我少得多，看来比我还年轻。钱钟书人虽一直留在大陆，他的早期著作《围城》、《人·兽·鬼》、《谈艺录》只能在海外流传，在大陆是不准发售的，也早已绝版。他的著作是属于全世界中国人的，在大陆即使今年将有新作发售，他艰深的文言文一般大陆大学生就无法看懂。他身体看来很健，表示他还有好多年的著作生命，这是任何爱护中国文化的人都应该感到庆幸的。

咖啡晨会不到二十分钟即散场，事后我同魏玛莎就带钱先生到我的办公室。因为经常在家里工作，该室靠窗两只书桌上一向堆满了书籍报章邮件，一年难得整理一两次。早两天，自己觉得不好意思，花了三个钟点把书桌上那座小山削平，扔掉的杂物装满了五只废纸桶，有好多书商寄来的广告，根本从未拆阅过。办公室中央则放着一只长桌，供高级班上课之用，此外并无一角可以会客的地方。进来后，我同钱只好隔了长桌对坐，玛莎坐在钱的旁边。隔几分钟，华兹生也来了，我即在书架上搬下他的两巨册《史记》译本。不料钱从未见过这部书，真令人感到诧异。多少年来，钱钟书一直在中国科学院文学研究所工作。该院相当于"中央研究院"，一分为二（社会科学院、自然科学院）后，钱才调往社会科学院工作。司马迁也一直被大陆认为是拥护农民革命、反抗汉代专制帝权的大史家，连他作品的英译本两大科学院也不购置一部，其他可想而知了。

## 二、上午会谈摘要

我早同魏、华两人打好关节：反正你们对钱所知极浅，我同他倒有讲不完的话要讲，寒暄一番后，你们就告辞。所以从十点到十一点三刻，就只有我同钱在室内交谈。十一点三刻，另有中文讲师受"美国之音"之托，另在他室作了几分钟访问。之后，我就带他到俱乐部去吃午饭。下面是上午谈话加以整理后的摘要：

我一直以为中国科学院欧美新著买得颇全，钱早已读过我的《现代小说史》了。实情是，此书他去秋到意大利开一次汉学会议时才见到。有一位意籍汉学家同钱初晤，觉得名字很熟，即拍额叫道："对了，你是夏某人书里的一个专章。"遂即拿书给钱看。钱在会场上不仅见到了《围城》法、俄、捷克三国文字的译者（那些译本是否已出版，待查），也听到了美国有位凯莉（Jeanne Kelly）女士正在翻他这部小说。现在英译本茅国权兄加以润饰后，已交印第安纳大学出版所，今秋即可问世。返大陆之后，钱钟书打听到北京大学图书馆藏有我的《小说史》，才把它细细读了。

从现代小说我们二人谈到了古典小说。《红楼梦》是大陆学者从事研究的热门题材，近年来发现有关曹雪芹的材料真多。钱谓这些资料大半是伪造的。他抄两句平仄不调、文义拙劣的诗句为证：曹雪芹如会写出这样的诗，就不可能写《红楼梦》了。记得去年看到赵冈兄一篇报道，谓曹雪芹晚年思想大有转变，不把《红楼梦》写完，倒写了一本讲缝纫、烹调、制造风筝的民艺教科书，我实在不敢相信，不久就看到了高阳先生提出质疑的文章。现在想想，高阳识见过人，赵冈不断注意大陆出版有关曹氏的新材料，反给搞糊涂了。

海外老是传说，钱钟书曾任毛泽东的英文秘书，《毛泽东选集》的英译本也是他策划主译的。钱对我说，根本没有这一回事，他非共产党员，怎么会有资格去当毛的秘书?的确，读过他的小说的都知道钱是最讨厌拍上司马屁的学人、教授的。《围城》里给挖苦最凶的空头哲学家褚慎明就影射了钱的无锡同乡许思园，他把汪精卫的诗篇译成英文（Seyuan Shu, tr.，*Poems of Wang Ching wei*，London，Allen and Unwin，一九三八），汪才送他出国的（"有位爱才的阔官僚花一万金送他出洋"——《围城》三版，八三页）。此事我早已知道，特在这里提一笔，借以表明钱对那些投机取巧、招摇撞骗的学者文人一向疾恶如仇。

钱同我谈话，有时中文，有时英语，但不时夹一些法文成语、诗句，法文咬音之准、味道之足，实在令我惊异。中国人学习法文，读普通法文书不难，法文要讲得流利漂亮实在不易。我问他，才知道他在牛津大学拿到文学士（B. Litt.）学位后，随同夫人杨绛在巴黎大学读了一年书。杨绛原是专攻拉丁系语言文学的，所以非去法国深造不可；钱自己预备读什么学位，当时忘了问他。《围城》主角方鸿渐一九三七年七月乘法国邮船返国，想来钱也乘这样一条船返国的。钱氏夫妇留学法国事，好像以前还没有人提起过。

四十年代初期在上海那几年，钱私授了不少学生，凭那几份束脩以贴补家用。那时大学教授的薪水是很低的。杨绛的剧本——《称心如意》、《弄真成假》、《游戏人间》、《风絮》——上演，也抽到了不少版税。一九四七年《围城》出版，大为轰动，畅销不衰。所以那几年物价虽高涨，他们生活尚能维持。当年有好多《围城》的女读者，来信对钱钟书的婚姻生活大表同情，钱谈及此事，至今仍感得意。事实上，杨绛同《围城》女主角孙柔嘉一点也不像；钱氏夫妇志同道合，婚姻极为美满。

我对钱说，我的学生管德华（Edward Gunn）博士论文写抗战期间的上海文学和北平文学，不仅有专节讨论他的小说，也有专节讨论杨绛的剧本，对她推崇备至。他翻看论文的目录，十分高兴。论文将由哥大出版所出版，另加正标题《不受欢迎的缪思》（Unwelcome Muse）。那天下午管君特地从康乃尔大学赶来看钱，请教了不少有关上海当年文坛的问题。

我在给钱的那封信上，就提到了《追念》文，表示道歉。在长桌上我放了六本自己的著作，他只拿了《小说史》、《人的文学》两种，余书他要我邮寄。他对《追念》文兴趣却极大，当场读了，反正他一目十行，不费多少时刻。事后，我说另一《劝学篇——专复颜元叔教授》也提到他，不妨一读，他也看了，显然对台湾文坛的近况极感兴趣。我顺便说，《谈艺录》论李贺那一节提到德国诗人、剧作家赫贝儿（Friedrich Hebbel），钱误写成赫贝儿斯（Hebbels），不知他有没有留意到。他当然早已觉察到了，可见任何博学大儒，粗心的地方还是有的。想来当年钱也仅翻看了一本论赫贝儿诗的德文专著，并未精读赫诗，德国诗人这样多，哪能读遍？

事实上，三十年来钱读书更多，自感对《谈艺录》不太满意。他说有些嘲笑洋人的地方是不应该的。当年他看不起意大利哲学家兼文评家克鲁齐（Croce），现在把克鲁齐全集读了，对他的学识见解大为佩服。讲起克鲁齐，他连带讲起十九世纪意大利首席文学史家狄桑克惕斯（Franceseo de Sanctis，一八一七年至一九八三），因为他的巨著《意大利文学史》钱也读了。我知道克鲁齐极端推崇狄桑克惕斯，威来克（René Wellek）也如此，曾在《近代文艺批评史》专论十九世纪后半期的第四册里专章论他。该章我也粗略翻过，但意大利文学我只读过《神曲》、《十日谈》这类古典名著的译本，十八、十九世纪的作品一本也没有读过，狄桑克惕斯再精彩，我也无法领会。自知精力有限，要在中国文学研究上有所建树，更不能像在少年时期这样广读杂书。钱钟书天赋厚，本钱足，读书精而又博，五十年来，神交了不知多少中西古今的硕儒文豪。至今虽身不由己，在他书斋内，照样作其鲲鹏式的逍遥游，自感乐趣无穷。

在"文革"期间，钱钟书告诉我，他也过了七个月的劳改生活。每天早晨到马列研究所（？）研读那些马列主义、毛泽东思想文件，也做些劳动体力的粗工，晚上才回家。但钱的求知欲是压抑不住的，马克思原是十九世纪的大思想家，既然天天在马列研究所，他就找出一部德文原文的马克思、恩格斯书信集来阅读，读得津津有味，自称对马克思的性生活有所发现。可惜我对马克思所知极浅，没有追问下去，究竟发现了些什么。

比起其他留学欧美的知识分子来，钱钟书仅劳改七个月，所受的惩罚算是最轻的了。他能轻易逃过关，据他自己分析，主要是他非共产党员，从未出过风头，骂过什么人，捧过什么人，所以也没有什么"劣迹"给人抓住。一九四九年以来，多少学人争先恐后要入党，表示自己"前进"，这些人在斗争会议上，骂起被斗争的对象（往往是自己的朋友）来，比别人更凶，惟恐自己落后。钱钟书也参加过斗争大会，但他在会场上从不发言，人家也拿他没办法。在大陆，绝大多数的知识分子无福享受到"沉默的自由"，钱自称多少享受了"沉默的自由"，我想情形并不这样简单，很可能上面有人包庇他，不让当代第一博学鸿儒，卷入无谓的斗争之中。

在今日大陆，好多欧美出版的汉学新书看不到，但代表西欧最新潮流的文学作品、学术专著，钱倒看到了一些，这可能是"四人帮"垮台后学术界的新气象。钱自称读过这些法人罗勃·葛利叶（Alain Robbe Grillet）、德人毕尔（Heinrich Böll）的小说，结构派人类学家李维·史陀（Claude Lévi-Strauss）、文学评析家巴特（Roland Barthes）的著述。大陆学人、文艺工作者，其知识之浅陋，众所共知；但钱钟书的确是鹏立鸡群（鹤比鸡大不了多少），只要欧美新书来源不断，他即可足不出户地神游竹幕之外。

虽然如此，三十年来钱钟书真正关注的对象是中国古代的文化和文学。他原先在中国科学院文学研究所内研究西洋文学，旋即调任"中国文学史编写组"，就表示他作了个明智的决定。研究西洋文学，非得人在国外，用西文书写研究成果，才能博得国际性的重视。大陆学人，在中文期刊上发表些研究报告，批评观点逃不出马列主义，人家根本不会理睬的。在今日大陆，西洋文学研究者只有一条路可走：翻译名著。杨绛去年译著了两厚册《堂吉诃德》，译自西班牙原文，就代表了即在闭塞的环境下一个不甘自暴自弃的西洋文学研究者所能做的工作。假如杨绛的译笔忠实传神，她这部译著也可一直流传下去。

钱钟书的《谈艺录》是他早年研究唐宋以来的诗和诗评的成绩。一九四九年以后，他编著的书只有两种，发表的零星文章也极少，写《追念》文时，我真以为他人在北京，只能读书自娱，不便把研究心得写下来。去岁看到《管锥编》即将出版的预告，还以为是本读书札记式小书，绝想不到是部"百万言"的巨著。澳洲大学柳存仁兄最近来信告我，钱采用"管锥"此词为书名带有自嘲的意味，即"以管窥天，以锥测地也"。存仁兄的解释一定是对的，至今我们谦称自己的意见为"管见"。

## 三、三十年的心血——《管锥编》

目今中国文学研究者，将中国文学分成诗词、戏剧、小说、散文诸类，再凭各人兴趣去分工研究。过去中国读书人，把所有的书籍分成经史子集四大类，未把文学跟哲学、史学严格分开。个别文人的诗词、散文、诗话、小说笔记都属于"集"这一门，《谈艺录》研究的对象也就是"集"。《管锥编》研讨十部书，《易经》、《诗经》、《庄子》、《列子》、《史记》、《全上古三代秦汉三国六朝文》、《太平广记》等七部书皆在内（另三部书可能是《左传》、《论语》、《文选》，但我记忆有误，不敢确定）。也就是说，钱钟书不仅是文学研究者，也是个道地的汉学家，把十部经史子集的代表作逐一加以研究。除了《太平广记》里录有唐人小说外，这十部书都可说是唐代以前著述，同《谈艺录》研讨唐代以还的诗，时代恰好一前一后。

去秋香港《大公报》出版了《大公报在港复刊三十周年纪念文集》两卷。下卷汇集了香港同海外学人、作家的论文和作品，内容较杂；上卷则收集了大陆"文革"以来沉默了好多年的著名学者加上少数文艺工作者（秦牧、戈宝权）的论文，内容相当扎实，可视为大陆借以向香港、海外读者炫耀的人文学科方面的研究成绩。《管锥编》也被选录了五则。可惜友人自港寄我这部纪念文集，上卷给邮政局弄丢了，一直未见到。那天上午钱钟书即对我略述他的新书内容，并自称该书文体比《谈艺录》更古奥，一时看不到"纪念文集"上卷，自觉心痒难熬。现在，我已把友人寄我的五则"选录"影印本拜读了，真觉得钱钟书为古代经籍作训诂义理方面的整理，直承郑玄、朱熹诸大儒的传统；同时他仍旁征博引西方历代哲理、文学名著，也给"汉学"打开了一个比较研究的新局面。刚去世的屈万里先生，也是我敬爱的学人。他治古代经典，颇有发明，只可惜他对西方经典所知极浅，治学气魄自然不够大。目今在台港治比较文学的年轻学者，他们读过些西洋名著，对欧美近人的文学理论颇知借鉴，但他们的汉学根底当然是远比不上屈先生的。今秋《管锥编》出版，虽然在大陆不可能有多少读者，但应该是汉学界、比较文学界历年来所未逢的最大盛事。

钱钟书中西兼通的大学问，读过《谈艺录》的都知道，不必再举例子。在这里，我倒要引一段钱氏训"衣"的文字，借以证明钱氏今日的汉学造诣不仅远胜三十年前，且能把各种经典有关"衣"字的注释，融会贯通，而对该字本身"相成相反"的涵义作了最精密的例证：

> 《礼记·乐记》："不学博依，不能安诗"，郑玄注："广譬喻也，'依'或为'衣'"。《说文》："衣，依也"；《白虎通·衣裳》，"衣者隐也，裳者障也"。夫隐为显之反，不显言直道而曲喻罕譬；《吕

览·重言》："成公贾曰：'愿与君王谲'"，《史记·楚世家》作："伍举曰：'愿有进隐'"，裴骃集解："谓隐藏其意"；《史记·滑稽列传》："淳于髡喜隐"，正此之谓，《汉书·东方朔传·赞》："依隐玩世……其滑稽之雄乎"，如淳注："依违朝隐"，不晓"依隐"而强释耳。《文心雕龙·谐隐》之"内怨为俳"，常州派论词之"意内言外"（参见谢章铤《赌棋山庄词话》续集卷五），皆隐之属也。《礼记》之"曲礼"及"内则"均有"不以隐疾"之语，郑注均曰："衣中之疾"，盖衣者，所以隐障。然而衣亦可资炫饰，《礼记·表记》："衣服以移之"，郑注："'移'犹广大也"，孔疏："使之尊严也。"是衣者，"移"也，故"服为身之章"。《诗·候人》讥"彼其之子，不称其服"；《中庸》："衣锦尚絅，恶其文之著也"，郑注："为其文章露见"；《孟子·告子》："令闻广誉施于身，所以不愿人之文绣也"，赵岐注："绣衣服也"；《论衡·书解》："夫文德，世服也。空书为文，实行为德，着之于衣为服。衣服以品贤，贤以文为差"，且举凤羽虎毛之五色纷纶为比。则隐身适成引目之具，自障偏有自彰之效，相反相成，同体歧用。诗广譬喻，托物寓志：其意恍兮跃如，衣之隐也、障也；其词焕乎斐然，衣之引也、彰也。—"衣"字而兼概沉思翰藻，此背出分训之同时合训也，谈艺者或有取欤。《唐摭言》卷一〇称赵牧效李贺诗，"可谓蹙金结绣"，又称刘光远效李贺诗，"尤能埋没意绪"，恰可分诂"衣"之两义矣。

146

英国诗评家燕卜荪（William Empson）写过一本书，讨论*The Structure of Complex Words*，好多英语常用的字眼，如wit，sense，看来意义十分简单，却是涵义极复杂的"结构"。燕卜荪把这类字逐章讨论，详引莎士比亚、密尔顿、蒲伯、华兹华斯等历代英国大诗人而细析每字因时代变迁而添增的涵义，当年读来，甚感兴味。钱钟书所训的"衣"字，显然也是同类的"复义字"，他也尽可以把这段训诂写成一篇极长的论文，但钱钟书写这部百万言的巨著，要提供的读书心得实在太多了，只好把这段文字紧缩，让内行读者自己去体会他学问的博大精深。借用"衣"字来点明古人对"诗""文"二概念之认识，道前人所未道，实在令人心折。

钱钟书能善用时间，三十年间写出这样一部大书，可谓此生无憾。但钱不仅是中西兼通的汉学大师，他也是位卓越的小说家，三十年来他不可能再从事小说创作，乃是国家莫大的损失。《围城》出版后，钱策划了一部长篇小说，自称可比《围城》写得更精彩。书题《百合心》，典出波德莱尔"Le Coeur d'Artichaut"一辞：涵义是人的心像百合花的鳞茎一样，一瓣一瓣剥掉，到最后一无所有。同《围城》一样，《百合心》同样是个悲观的人生象征。那天晚上钱对我说，他的处世态度是："long-term pessimism，short-term optimism"——目光放远，万事皆悲，目光放近，则自应乐观，以求振作。一九四九年前，《百合心》已写了三万四千字，接着钱受聘清华大学，自沪北上，手稿凭邮寄竟遭遗失。一般作家、学者，逃难也好，搬家也好，总把尚未完成的书稿放在身边。钱钟书这样大意，倒出我意料之外。可是时局变了，从此钱钟书再没有心思把《百合心》补写、续写了。

## 四、下午的节目

午前谈话当然不止这些，有些琐忆将在本文第五节里提及。十二时正，我陪钱钟书到俱乐部去吃饭。筵设八桌，桌面上除了葡萄酒同啤酒外，还放着几瓶可口可乐，我觉得很好笑。可口可乐即要在大陆发售了，哥大特别讨好代表团，让他们重尝一下这种饮品的味道。饭后原定节目是参观哥大校园，钱倒有意到我家里坐坐，会见我的另一半，表示人到礼到。我的公寓房子一向也是乱糟糟的，实在照顾小女自珍太费心，王洞再没有时间去清理房间，那天她倒预料会有贵客来访，家里收拾得还算整洁。那天自珍（已经七岁了）又患微恙，没有去上学。她见到我，当然就要骑在我肩上，在屋子里走上一两圈。钱见到此景，真心表示关怀，最使我感动。说真的，我的事业一向还算顺利，七八年来，为了小孩真是天天操心，日里不能工作，差不多每天熬夜。朋友间有好几位天主教徒、基督徒、佛教徒每天为我小女祷告，实在友情可感。现在又连累了钱钟书，那天晚上一同吃饭，隔两天通一次电话，人抵洛杉矶后来信，他都再三问及小女，祈望她早日开窍。

下午二时到四时是钱钟书同研究生、教授会谈的时间。我带钱钟书到垦德堂四楼，走过"研究室"（seminar room），已有十多位围坐着长圆桌，等待钱的光临，之后人数不断增加，有些远道而来，有些纽约市华人慕名而来，济济一堂，十分热闹。这个座谈会，事前并无准备，钱有问必答，凭其讲英语的口才，即令四座吃惊。事后一位专治中国史的洋同事对我说，生平从未听过这样漂亮的英文，只有一位哈佛教授差堪同钱相比（这位同事大学四年在哈佛，研究院多年在柏克莱加大）。钱钟书去岁末赴欧洲前有近三十年末同洋人接触，英文照旧出口成章，真是亏他的。我在《追念》文中写道："我国学人间，不论他的同代或晚辈，还没有人比得上他这么博闻强记，广览群书。"现在想想，像钱钟书这样的奇才，近百年来我国还没有第二人堪同他相比。

座谈会刚开始，我的学生不免怯场，不敢多向他请教。碰到这样的场面，我就自己发问，或者说些幽默话。有一次，我带轻松的语调说道，钱先生的中西学问我无法同他相比，可是美国电影的知识我远比他丰富，现在我要考他，珍芳达是谁？不料钱竟回答道：这位明星，是否最近得了个什么奖？珍芳达是左派国际红星，所以钱人在北京，即从西文共产党报刊上看到了她的名字。另一次，我的一位学生刚走进"研究室"，我说此人在写《平妖传》的论文，要向钱先生请教。他即提名讨论两三位主角，并谓该部优秀小说最后几章写得极差。钱读这部小说可能已是四五十年前的事了，但任何读过的书，他是忘不了的。后来在招待酒会上，我有一位华籍同事，抄了一首绝句问他。此诗通常认为是朱熹的作品，却不见《朱子全书》，我的同事为此事困惑已久。钱一看即知道此诗初刊于哪一部书，并非朱熹的作品。

钱钟书表演了两小时，满堂热烈鼓掌。事后，有些也听过别的科学院代表讲话的，都认为钱最outspoken，直言大陆学术界真相，嘴里不带党八股。东方汉学家，不论学问如何好，因为英语讲不流利，甚至不谙英语，来美国讲学很吃力不讨好。一九六二年，日本首席汉学家吉川幸次郎来访哥大，曾讲学六次，都排在星期五晚上。我刚来哥大教书，不好意思不去捧

149

场。每次讲稿都由研究生翻译了，先分派与会者。第一次讨论会，吉川教授自己再把讲稿读一遍，一共十一二页，却读了近一小时，大家坐得不耐烦。事后听众发问，吉川英文不好，对西洋的文学研究方法和趋势也不太清楚，实在讲不出什么名堂来。以后五次，吉川不再念他的讲稿了，两个钟的时间更难打发。吉川的确是世所公认的汉学大师，但他可说是墨守成规的旧式学者，论才华学问，哪一点比得上中西兼通的钱钟书？美国汉学界间至今还有不少人重日轻华；事实上，近十多年来，台港学人以及留美华籍教授，他们整理、研究中国文学的成绩早已远超过了日本汉学家。

## 五、杂谈与琐忆

酒会散后，钱钟书随同代表团先返东城公园大道Sheraton Russell旅馆，同我们约定七时在旅馆相聚。於梨华那天也赶来参加了下午的聚会，她一定要我带她去旅馆，强不过她，只好带她乘计程车同去。钱下楼后，我们先在门廊里小谈片刻，我忽然想到三十六年前初会，钱坐在沙发上，手持一根"史的克"（方鸿渐出门，也带手杖），现在望七之年，此物反而不备了。钱说那是留学期间学来的英国绅士派头，手杖早已不带了。

进餐厅，我们四人一小圆桌，别的代表一大桌，他们累了一天，尽可出门逛逛街，好好吃顿中国饭，但看来大家自知约束，不便随意行动。我们一桌，谈得很融洽，多谈钱的往事和近况。现在我把这次谈话，以及上午同类性质的杂忆，整理出来，报告如下：

这次他跟杨绛是同机出发的。她留在巴黎，属于另一个代表团。大陆人才凋零，现在要同西方国家打交道，钱氏夫妇显然颇为重用，他们的独生女儿钱瑗，领到British Council的一笔奖学金，正在英国留学。二老领两份社会科学院研究员的薪水，住在高级住宅区，生活算是优等的，但前几年，想还在"四人帮"当权期间，钱为庸医所误，小病转为大病，曾昏迷过四小时（想即是他去世谣传的由来），脑部未受损伤，已是不幸中的大幸了。但从此得了气喘症，冬季只好深居简出，谢绝一切应酬。牛津大学曾有意请他去讲学一年，他怕英国气候潮湿，也不便答应。

钱钟书国学根基当然在他严父钱基博教导之下，从小就打好的了。但他自言在中学期间，初不知用功，曾给父亲痛打一顿。十五岁才自知发愤读书。可能因为用功太迟，清华大学，数理考卷不及格（仅拿零分之说，却是谣传），但中英文考卷成绩优异，主持入学考试的教授们曾把钱的考卷呈罗家伦校长请示，数理成绩太差是否应收他。罗校长看了钱的中英文作文，惊为奇才，立即录取。到了大三或大四那年，罗特别召见钱钟书，把这段掌故告诉他，视之为自己识拔的"门生"。钱同届清华同学有曹禺、吴组缃二人，后来皆文坛驰名。

开明原版《谈艺录》封面题字，同钱先生给我的信比较，一看即知出自著者自己的手笔。《宋诗选注》原版封面上四个楷书字，我特别喜欢，却非钱的笔迹，一问才知道是沈尹默先生的墨宝。当晚回家一查，原来大陆重印的中国古典书籍，诸凡《骆临海集笺注》、《王右丞集笺注》、《三家评注李长吉歌诗》、《柳河东集》、《樊川诗集注》、《苏舜钦集》、《王荆公诗文沈氏注》、《李清照集》、《范石湖集》，皆由沈尹默题款。沈是大陆最后一位书法大家，去世已多年，只可惜一般青年学子，见了这些封面题字，也不知道是何人的墨迹。

## 六、悼杨璧

在《追念》文里我提到一位"杨绛本家"的才女，宋淇兄那晚请客，有意制造机会使我同她相识。她名杨璧，其实即是杨绛的亲妹妹，毕业于震旦女子学院英文系，钱钟书自己也教过她。去年十月一日前后，大陆在香港预告了好多种学术性的译著，表示邓小平上台后，出版界业已复苏。这一系列书中，我注意到了杨必译的萨克莱名著《名利场》（*Vanity Fair*），想来杨必即是杨璧，她一向默默无名，现在出了一本译著，我倒为之欣喜。那天上午同钱谈话，我即问起她，不料钱谓她已病故十年了，终身未婚。我同杨璧虽从未date过一次，但闻讯不免心头有些难过，一九四三年下半年，我赋闲在家，手边一分钱也没有，曾至杨家晤谈两三次，讨论学问，到后来话题没有了，我也不好意思再去了。假如上街玩一两次，看场电影、吃顿饭，话题就可增多了，友谊也可持久。偏偏两个人都是书呆子，加上寓所不大，杨的父亲即在同室，不同我寒暄，照旧读他的线装书，不免令我气馁。

钱钟书只说杨璧病故，但以她西洋文学研究者的身份而死于"文革"期间，可能死因并不简单，只是我不便多问。钱氏夫妇三十年来未遭大难，且能沉得住气，埋头著译，实在难得；但社会科学院代表中最有国际声誉的费孝通，就坐牢七八年（有人说十多年），身体虽虚胖而精神疲惫，早已不写书，不作什么调查了。而晚近大陆派出来访问欧美各国的偏偏都是些老人；尤其在人文学科这方面，中年的、壮年的人才摧残殆尽，剩下的学业早已荒废，是没法同洋人交谈的。我为钱氏夫妇称幸，也为杨璧这一代，也即是我一代专业文学研究、创作的叫冤，抱不平。他们的遭遇实在太惨了。

那晚离开餐厅，已九点半了，钱忙了一整天，一定很累了，我们遂即告辞。钱在纽约虽然还得住三四天，节目早已排好。他就说我们这次不必再见面了，留些话将来再说，反正后会有期。隔了两天，我还是打了个电话去问候。那时刚两点半，钱恰在房里睡午觉（据云，大陆人营养不好，公私机关工作人员午饭后都小睡一觉养神），被电话铃声吵醒，这次小谈，我发现他无锡口音重。二十三日那天，他讲的是标准国语，道地上海话同牛津英语，这次他不提防有人打电话来，露出了乡音，更使我觉得他可亲。

钱钟书返大陆后，我先遵嘱航寄一本《中国古典小说》给他。隔了几天写封信给他，忽然想到那天忘了对他说，来秋寄书，请他也把杨璧的《名利场》寄我一册。信上我就这样照写了。初中、小学时读《人猿泰山》、《侠隐记》这类译本，读得兴趣盎然；高中时读过几册梁译莎翁名剧，也读了张译哈代小说《苔丝姑娘》。后书译笔极好，读得我痛哭流涕，后来读哈代的《卡桥市长》、《还乡记》、《无名的裘德》，就不流泪了，毕竟年纪大了。进大学后，还没有读过任何西洋小说的中译本，初读《名利场》也是三十多年前的事了。这次收到杨璧的译本，真要花几个晚上细心读它，借以纪念一个郁郁未展才的才女，仅有数面之缘，当年不便称为我朋友的朋友。

一九七九年五月二十七日完稿

选自一九七九年十月台北时报文化出版公司初版《新文学的传统》

# 白先勇早期的短篇小说

一

白先勇的第一篇小说《金大奶奶》发表在一九五八年九月号的《文学杂志》上，那时他刚念完大学一年级。以后十年多，到一九六九年正月为止，他发表了二十四个短篇。同一时期，他创办了《现代文学》；以台大外文系学士的身份，在美国爱荷华大学从事小说理论和创作的研究；拿到硕士学位后，一直在Santa Bar bara加州大学任教中国语文的课程。

白先勇小说的一大半，杂志一到手我就读了。最近有机会把手边有的二十四篇重读了一遍，更肯定了我四五年来一向有的感觉：白先勇是当代短篇小说家中少见的奇才。台湾不少比他享誉更隆、创作更丰的小说家，很惭愧我都没有机会详读，假如他们的"才"比白先勇更高、"质"更精，我当然会更高兴，为中国文坛庆幸。但从五四运动到一九四九以前这一段时期的短篇小说我倒读了不少：我觉得在艺术成就上可和白先勇后期小说相比或超越他的成就的，从鲁迅到张爱玲也不过五六人。白先勇才三十二岁，还没有写过长篇，凭他的才华和努力，将来应在中国文学史上占一个重要的地位。

二十世纪的中国人，免不了有自卑感。专攻西洋文学的学者，花好多年工夫研读了二十世纪早期的大文豪，总觉得中国当代最严肃的作家也逃不出他们影响的范围，不值得重视。事实上，这些大文豪都已物故了，当代英美和日本的作家也逃不出他们影响的范围。在台港、在美国用中文努力创作的人，虽然人数不多，可说跟他们属于同一世界性的传统，在文艺教养上也并不逊于他们：不像新文学初创立的一二十年，一方面得运用新工具——白话——来写作，一方面刚学了些西洋文学的皮毛，还顾不到技巧的研究，一大半人写出来的东西，都非常幼稚。

白先勇这一代的作家，不仅接受了二十世纪大文豪所制造的传统，而且向往于中国固有的文化，对其光明的前途也抱着坚强的信心。他们并没有机械地接受学校里老师的教诲，但正因为大陆一时回不去，凭自己童年的回忆，凭自己同长一辈人的谈话，或攻读古诗文时所悟到的中国往日的规模和气派（当然也能悟到一些丑恶的方面），一种油然而生的爱国热诚占据了他们的心胸。这种爱国热诚在他们作品里表现出来，常带一种低回凭吊的味道，可能不够慷慨激昂，但其真实性却是无可否定的。

相反的，在被学潮所震荡的欧美日本诸国家，一般自命先进的青年所企求的是西方文明的毁灭（包括基督教和资本主义，二者之间的密切关系我在这里不想讨论），正像二三十年代我国先进青年企图毁灭中国固有文化一样。目前这辈青年所信得过的导师，不是共产主义者、无政府主义者，即是尽情享乐主义者：其中有些作家在形式上还深受二十世纪早期大师的影响，但在精神上、思想上，已同他们分道扬镳。叶芝、艾略特、乔伊斯、劳伦斯、福克纳（以英美大师为例），在先进青年看来，都是十足的顽固分子，因为他们都是基督教文明的支持人，不管他们之中有人对某些教条抱否定的态度〔请参看Cleanth Brook，*The Hidden God*，一九六三，此书讨论海明威、福克纳、叶芝、艾略特、华伦（Robert Penn Warren）五人〕。而目前青年所向往的新社会，却是解脱基督教束缚后的一种社会：把马克思、弗洛伊德思想杂糅成一种新思想体系的马尔库塞（Herbert Marcuse），深受他们爱戴不是没有道理的。白先勇这一代作家，深感到上一辈青年叫嚣蠢动的悲剧，是不可能受这种乌托邦式的新社会理想的诱惑的。他们对祖国的热爱，养成他们一种尊重传统、保守的气质，同时他们在表达现实方面，力创新境，二十世纪早期大师所试用的技巧，可以运用的尽量运用，不管报章的非议和一般懒惰读者的不耐烦。他们这种一方面求真，一方面把自己看作中国固有文化的继承人、发扬人的态度一贯着二十世纪文艺的真精神，而这种精神，在年轻一辈西方作家中反而不易见到。

## 二

在《谪仙记》、《游园惊梦》两本短篇集子里，白先勇所重印的早期小说只有四篇：《我们看菊花去》、《玉卿嫂》、《寂寞的十七岁》、《那晚的月光》，余者都是到美国后才写的。后期的作品无疑较早期的成熟：作者西洋小说研读得多了，阅历广了，对中国和中国人的看法更深入了，尤其从《永远的尹雪艳》到《那片血一般红的杜鹃花》那七篇总名《台北人》的小说，篇篇结构精致，文字洗炼，人物生动，观察深入，奠定了白先勇今日众口交誉的地位。在这些小说和好多篇以纽约市为背景的小说里，作者以客观小说家的身份，刻画些与他本人面目迥异的人物。他交代他们的身世，记载他们到台湾或美国住定后的一些生活片段，同时也让我们看到了二十年来台湾和海外中国人的精神面貌。《台北人》甚至可以说是部民国史，因为《梁父吟》中的主角在辛亥革命时就有一度显赫的历史。艾略特曾说过，一个现代诗人，过了二十五岁，如想继续写诗，非有一种"历史感"（the historical sense）不可，白先勇也是在二十五岁前后（到美国以后），被一种"历史感"所占有，一变早期比较注重个人好恶，偏爱刻画精神面貌和作者相近似的人物的作风。白先勇肯接受这种"客观"的训练，而且有优异成绩的表现，表示他已具有创造伟大长篇小说的条件。我想他不可能停留在目前这种客观阶段上而满足；可能他已在进行写长篇，而我们可以预测在这个长篇中，早期小说的"主观"成分和近年小说的"客观"成分一定会占同样的重要性：每一部伟大长篇可说都是"主观"境界和"客观"现实融合成一体而不再分化的一种东西。事实上，在他近年的小说中，"主观"成分依旧存在，欧阳子女士说得好，读它们时，"我们好像能够隐约听见他的心声"。

白先勇早期小说可分两类：一类是或多或少凭借自己切身经验改头换面写成的小说：《金大奶奶》、《我们看菊花去》、《玉卿嫂》、《寂寞的十七岁》。这些小说在形式上都是第一人称的叙述，但讲故事的人同后期小说《谪仙记》里的"我"不相同，多少表露出作者童年、少年时代的自己。《金大奶奶》、《玉卿嫂》里的"我"，别人都叫他"容哥儿"，显然是作者自己的化身，虽然金大奶奶和玉卿嫂悲剧的故事，已经作者提炼过，不一定完全依据当年所记忆的事实。《我们看菊花去》里被送进精神病院的姊姊，可能是虚构的人物，但这种深挚的姊弟之爱，我想有自传性的基础，在作者别的小说里也能见到。同时这篇小说的创作可能也受到威廉斯（Tennessee Williams）名剧《玻璃动物园》（*The Glass Menagerie*）的启示。白先勇对威廉斯似乎有偏好〔别的小说里他曾提到《欲望号街车》和《流浪者》（The Fugitive Kind）这两部电影〕，可能因为他们对于畸形的小人物有同样的兴趣和同情。

白先勇抗战期间住在桂林，家里有很大的花园（"我爸那时在外面打日本鬼，蛮有点名气"——《玉卿嫂》）。抗战胜利后，他住在上海附近虹桥镇，可能也住过南京，在读高中时，已迁居台北。我同白先勇虽然见过几次面，通过不少信，但从未谈及他的家世和私人生活，但从他的作品推测，我们可以知道他早年的一些经历。

白先勇早期小说的第二类，幻想（fantasy）的成分较重，最显著的例子是《青春》，叙述一个老画家在白日当空的海边，企图在绘画一个裸体少男的过程中，抓回自己已失去的青春。最后他想掐死那少年，因为那少年的每一举动，对他都是"一种引诱，含了挑逗的敌意"，最后少年"跳到水中，往海湾外游去"，而老画家自己却"干毙在岩石上"，"手里紧抓着一只晒得枯白的死螃蟹"。这篇小说可说完全是寓言，题材和主题多少受了托马斯·曼中篇小说《威尼斯之死》（*Death in Venice*）的影响。幻想成分很重的另一篇是《月梦》，叙述一位老医生在无法救活一个患肺炎少年的前后，对过往一段宝贵经验的追忆。此外，《阿雷》、《黑虹》、《小阳春》、《藏在裤袋里的手》，也多少是幻想的产物：它们的人物有其社会的真实性，但他们的举止、脾气都有些别扭乖张，不像《台北人》的人物，几笔素描即能活现纸上的真人。作者有意创造凭自己主观想像所认为更具真实性的成人世界，而这里面的"畸人"都有这个特征：一方面逃避现实，厌恶现实，一方面拼命想"抓"住（"抓"、"扯"这类字在白先勇小说里经常出现）现实，在梦幻里，在自卑的或强暴的举动中找它。他们大半在黄昏月夜开始他们的活动（《黑虹》的女主角耿素棠走遍了台北市，从中山桥头一直走到碧潭）。作者描写黄昏月夜的气氛特别卖力，无疑地，只有在这种气氛中他的人物才能显出其真实性。《那晚的月光》（原名《毕业》，对刚离开大学的作者，毕业后的出路无疑是切身问题）是部介于第一、第二类之间的小说。大三学生李飞云在"太美"的月光之下，糊里糊涂地爱上了余燕翼。她现在"面色蜡黄"，大了肚子，他自己即将毕业，前途茫茫；月光下梦幻似的真实带给他的是使他厌恶而不得不关注的现实。他安慰她，要带她"去看新生的鸳鸯梦"，事实上他们的鸳鸯春梦，双宿双飞的日子已无法抓回了。

写早期小说时，白先勇一直在技巧上用功夫，但功候未到，有时不免显露模仿的痕迹。但有时借用现成的故事，别出心裁，很值得我们赞赏。《闷雷》显然是潘金莲、武大、武松故事的重写。潘金莲雪夜向武松调情一节，改写得特别好。《金大奶奶》是位矮胖"老太婆"，在金大先生把"上海唱戏的女人"带回家办喜事的那晚上，服"来沙尔"药水自杀。写这两段情节的对照，作者可能借用《红楼梦》第九十八回"苦绛珠魂归离恨天"的写法，正因为金大奶奶一点也不像林黛玉，更显得她被人欺虐无告身世的可怜。

早期这两类小说同样对性爱冲动的表现表示强大的兴趣，

而这种冲动的表现，在世俗眼光看来，可能是不太正常的。《月梦》的老医生在回忆中重游涌翠湖，他和他的伴侣一起游泳。涌翠湖这个名字这样美丽，多读了时下流行的小说，我们一定可以想像在湖畔散步的是一对俊男美女。但老医生回忆中的伴侣却是：

> 一个十五六岁的少年，身子很纤细，皮肤白皙，月光照在他的背上，微微的反出青白的光来，衬在墨绿的湖水上，像只天鹅的影子，围着一丛冒上湖面上的水草，悠悠的打着圈子。

那时老医生比他大不了几岁，对他"竟起了一阵说不出的怜爱。……他不知不觉的把那个纤细的少年推到了怀里，一阵强烈的感觉，刺得他的胸口都发疼了"。但少年当晚就染上了肺炎，不治身亡。在他伴侣的记忆中，"湖边的依偎，变成了惟一的也是最后的一次"。"他后来无论同任何女人发生肌肤的接触时，竟觉得如同野狗的苟合一般，好丑恶，好烦腻"。在印度当随军医生的时候，有一次他被同伴带进了一间下等妓院。半夜醒来时，月光照着那妓女："她张着嘴，龇着一口白牙在打呼，全身都是黑得发亮的，两个软蠕蠕的奶子却垂到了他的胸上，他闻到了她胳肢窝和头发里发出来的汗臭。当他摸到勾在他颈子上那条乌油油蛇一般的手臂时，陡然间全身都紧抽起来，一连打了几个寒噤，急忙挣扎着爬起来，发了狂似的逃出妓院，跑到河边的草地上，趴着颤抖起来。"

在白先勇早期小说中，这种男性美和女性丑恶强烈对比的描写，到处可以见到。不独男主角有同性恋的倾向，那些作者寄予同情的女主角，也同样对女人的身体表示憎恶，对她们做妻子、母亲本分应做的事，表示强烈的反感。耿素棠在圆环一带见到一个胖女人，"将一个白白胖胖的大奶子塞进婴孩嘴里去，婴孩马上停止了哭声"：

> 耿素棠……心里突然起了一阵说不出的腻烦。她记着头一次喂大毛吃奶时，打开衣服，简直不敢低头去看，她只觉得有一个暖暖的小嘴巴在啃着她的身体，拼命的吸，拼命的抽，吸得她全身都发疼。乳房上被啮得青一块，紫一块，有时奶头被咬破了，发了炎，肿得核桃那么大。一只只张牙舞爪的小手，一个个红得可怕的小嘴巴，拉、扯，把她两个乳房硬生生的拉得快垂到肚子上来——大毛啃完，轮到二毛，现在又轮到小毛来了。

初生的婴孩是没有牙的，不可能把奶头咬破，它的小手可以"舞爪"而不可能"张牙"（除非"牙"在这里是"爪"的代名词），它的小嘴巴无力也不可能恶意地把他母亲的乳房"拉得快垂到肚子上来"。在这一段过火的描写里，很显然地，作者已把自己男性的洁癖交给他的女主角，使她无法感到小嘴巴吮奶时她应有的生理上的快感，而只能对任何拉扯性的本能行动（包括性交在内）感到一种无上的反感。

《青春》里的少男，和《月梦》老医生记忆中那位夭亡的伴侣，生得一样美丽。但正因为他代表一种理想，他充满了"青春的活力"，行动非常矫捷，不像其他早期小说中的青年，不免在精神上，身体上带些病态。老画家面对这位可望而不可抓的模特儿，两次低声叫道："赤裸的Adonis！"阿多尼斯，这位希腊神话中带女性气质的美少年，读英国文学的人没有不知道的：雪莱悼亡济慈的诗即题名"*Adonais*"。莎士比亚叙事诗"*Venus and Adonis*"里的阿多尼斯是位未解风情的少年，爱神维纳斯苦苦向他求爱，他都无动于衷，一心只爱打猎，结果被一头野猪伤害了他的性命。悲悼莫名的维纳斯觉得有"沉鱼落雁"之貌①的阿多尼斯，即是野猪也一定要亲他、爱他，只是它举止粗笨，要吻他腰部的时候，不妨一双长牙把他牴死了。维纳斯叹道：

> Had l been tooth'd like him, I must confess,
> With kissing him l should have kill'd him first,
> But he is dead and never did he bless
> My youth with his; the more am l accurst.
> With this, she falleth in the place she stood,
> And stains her face with his congealed blood.

> "我若有他那样的牙，或得承认，
> 我早已用一吻就会把他杀害，
> 不过他已死了，他不曾用他的青春和

---

① 维纳斯对阿多尼斯的美有这样一段描写：
When he beheld his shadow in the brook
The fishes spread on it their golden gills:
When he was by, the birds such pleasure took,
That Some Would sing, some other in their bills
Would bring him mulberries and ripe-red cherries;
He fed them with his sight, they him with berries.

我缱绻；只怪我的命太坏。"
说完这话她立即晕倒在地，
脸上染上他的淤凝的血迹。①

　　白先勇在台大四年，"Adonais"这首名诗是一定读过的。"*Venus and Adonis*"是否读过我不敢肯定（据闻选修"莎士比亚"这门课的学生，一学年读不到四五种剧本）。但无疑的，阿多尼斯是他早期小说中一个最重要的"原型"（archetype）。这个原型有同性恋的倾向，所以不解风情也不耐烦女性的纠缠，但即使他并非同性恋者，他也挡不住爱神维纳斯的侵略式的攻势，他会枯萎下去（像希腊神话中的另一位美少年Tithonus一样），或被她的长牙牴死。在阿多尼斯的世界中，爱与死是分不开的，或者可以说每一个追逐他的女人，自命是多情的维纳斯，但揭开真面目，却是利牙伤人的野猪。和阿多尼斯型少年外表上迥异而本质上有相似处的是侏儒式干枯了的男人（《闷雷》中的丈夫），他们或因先天不足，或因幼年期离不了母亲、奶妈、女仆们的包围，养成了甘受女性支配、折磨的习惯。他们可能是同性恋者，但从未经过同性恋的考验，终生想在异性那里得到幼年时在母亲或奶妈怀里那种安全感。《藏在裤袋里的手》中的吕仲卿是这一类典型最显著的例子，他比他太太玫宝"还要短半截，一身瘦得皮包骨，眉眼嘴角总是那么低垂着"。玫宝根本不当他人看待，但他竟能在她辱骂冷待中得到些满足。他畏惧女人——"一个痴白肥大的女人臀部"对他是个恐怖的象征——但离不了女人，因为他永

---

　　① 　见梁实秋译《维诺斯与阿都尼斯》，远东图书公司。

远是她姆妈的独生子。

《玉卿嫂》是白先勇早期小说中最长也是最好的一篇。欧阳子觉得它结构"比较松散……好像作者有太多话要说，有点控制不了自己似的"。叶维廉在《游园惊梦》的《代序》上也作了相类似的批评。《玉卿嫂》技巧上不如后期小说洗炼，但不要忘记，故事中的容哥儿才是小学四年级的学生，一位从小任性娇养惯，看白戏，吃零食，晚上溜出门，除了母亲外不怕任何人的大少爷。他虽然在讲玉卿嫂的故事，但他兴趣太广，注意力不可能集中，而作者正利用这个弱点，不特把容哥儿的个性详尽地衬托出来，而许多看来不重要的细节，在故事的发展中自有其重要性。容哥儿讲这个故事，自然是在玉卿嫂死掉之后，至少隔一两个月，甚至一两年，但他还是个不懂事的小孩，口气完全不像成年人。他对男女间冤孽式的爱情还不甚了解，他觉得它很好玩、奇怪，而且笼罩着一种噩梦式的恐怖。他故事交代得很清楚，但不知道自己也是促成这段孽缘悲剧下场的关键人物。

在《玉卿嫂》里，白先勇并没有像不少欧美现代小说家一样，根据一个神话，一首古老的诗篇，刻意重写，玉卿嫂长得很俏，但她是抗战时期旧式社会里的孤孀，当然没有希腊爱神那样无拘束的自由。她死心塌地地爱上了比她年轻不少的庆生，但当她发觉她抓不住他的心的时候，她自己化身为野猪，把他杀死，再结束了自己。（根据神话，野猪是爱神情夫Ares"战神"或阿波罗的化身。）阿多尼斯和庆生相像之点较多：两人都是孤零无靠，无丈夫气而富女性美的男子。阿多尼斯是一位国王和他亲生女儿乱伦的结晶，一落地即被 Aphrodite（即维纳斯）藏在箱子内占为己有，后来被地府王后Persephone

发现，她也爱上了他，两位女神争夺这位少年，反而送了他的性命。庆生的身世不大清楚，但他身患痨疾，不能自立，虽非乱伦的结晶，也表示他遗传上有欠缺，或是不健全的旧式社会的产物。他一直被玉卿嫂贴钱养着，呆在死衖堂里一间"矮蹋蹋"的屋子里（维纳斯的箱子）。他和玉嫂姊弟相称，他们真正的关系，瞒了容哥儿好久。维纳斯虽然是阿多尼斯的情人，但从小把他照顾大，也可算是他的母亲、保姆，或长姊。

玉卿嫂是深深值得我们同情的女人，她克勤克俭，把所积蓄的钱，给庆生养病，指望迟早有同他结婚的一日，这样自立门面，即使服侍他一辈子，也是一种满足，一种快乐。她为人很规矩，从不同男仆们调笑，也绝对不考虑同东家乡下有田地的远亲满叔结婚。但正因为她人这样好，爱情这样专一，她这种自己不能克制的占有欲狂的表现更显出其恐怖性。而这种占有欲狂，在作者看来，是性爱中潜在的成分，在必要时一定会爆发的。

在玉卿嫂的悲剧里，容哥儿也是个吃重的人物：假如他不常带庆生去看戏，庆生不会认识这位金燕飞的旦角；假如他不报告玉卿嫂庆生和金燕飞幽会的情形，她也不会动了杀机。最主要的，容哥儿虽很喜欢玉卿嫂，因为她生得体面，百事顺他，但庆生对他的吸引力更大：前者不过是个女仆，后者是个自己想搭配的淘伴。容哥儿才十岁，不解风情，更不懂什么叫同性恋，但下意识中他觉得同庆生在一起，更好玩，更有意思，想同他亲热。玉卿嫂不是作者一向最厌恶大奶肥臀的女人，她和庆生都长得眉清目秀，有"水葱似的鼻子"，像一对亲姊弟，但容哥儿不喜欢玉卿嫂额上的额纹，"恨不得用手把她的额头用力磨一磨，将那几条皱纹秡平去"。相反地，他对庆生"嘴唇上留了一撮淡青的须毛毛"，却特别醉心，"看起来好细致，好柔软，一根一根，全是乖乖地倒向两旁，很逗人爱，嫩相得很"。他和庆生初会的第二天，一放学就跑去找他，瞒了母亲，也不关照玉卿嫂，请他去看戏吃面。走进屋子，庆生在睡午觉："我一看见他嘴唇上那转得发软的青胡须就喜得难耐，我忍不住伸出手去摸了一下他嘴上的软毛毛，一阵痒痒麻麻的感觉刺得我笑了起来，他一个翻身爬了起来，抓住了我的手，两只眼睛一直愣愣发呆，还不知道是怎么回事。'哈哈，我在耍你的软胡须呢！'我笑着告诉他，突地他的脸又开始红了起来——红、红、红从头脖一直到耳根子去了。"

容哥儿并不可能分析自己喜欢庆生的原因，正同他不了解玉卿嫂对庆生那一股强烈的爱一样。但下意识中，他把玉卿嫂当情敌看待，他不让玉卿嫂一个人去访他的情人——每次跟着一起去，使她没有同庆生亲热的机会，也免得她伤害他。在容哥儿眼里，"不知怎的玉卿嫂一径想狠狠地管住庆生，好像恨不得拿条绳子把他拴在她裤腰带上，一举一动，她总要牢牢地盯着……我本来一向觉得玉卿嫂的眼睛很俏的，但是当她盯着庆生看时，闪光闪得好厉害①，嘴巴闭得紧紧的，却有点怕人了"。

大除夕，容哥儿和底下人赌博的当口，玉卿嫂换了盛装，溜出去和庆生团圆了。容哥儿发觉她人不在，已十一点多钟，他一口气在冷风逼人的黑夜，飞跑到庆生屋子的窗口，戳破了窗纸，凭屋内桌上的烛光和床头火盆所发的红光，窥视玉卿嫂

---

① 在《寂寞的十七岁》里，杨云峰被唐爱丽作弄后，有这样一段描写："唐爱丽亲了我一会儿，推开我立起来。我看见她一脸绯红，头发翘起，两只眼睛闪闪发光，怕人得很。"

和庆生在床上做爱：

> 玉卿嫂的样子好怕人，一脸醉红，两个颧骨上，油亮得快发火了。额头上尽是汗水，把头发浸湿了，一缕缕的贴在上面，她的眼睛半睁着，炯炯发光，嘴巴微微张开，喃喃呐呐说些模糊不清的话。忽然间，玉卿嫂好像发了疯一样，一口咬在庆生的肩膀上来回的撕扯着，一头的长发都跳动起来了。她的手活像两只鹰爪抠在庆生青白的肩上，深深的掐了进去一样。过了一会儿，她忽然又仰起头，两只手扯住了庆生的头发，把庆生的头用力揿到她胸上，好像恨不得要将庆生的头塞进她心口里去似的，庆生两只细长的手臂不停的颤抖着，如同一只受了伤的小兔子，瘫痪在地上，两条细腿直打战，显得十分柔弱无力，当玉卿嫂再次一口咬在他的肩上的时候，他忽然拼命的挣扎了一下用力一滚，趴到床中央，闷着声呻吟起来，玉卿嫂的嘴角上染上了一抹血痕，庆生的左肩上也流着一道殷血，一滴一滴淌在青白的胁上。

这是一段绝好的文字，可能认为小疵的是"模糊"两字，普通我们用这个片语描摹视觉而不是听觉的印象，但整段文章着重容哥儿的视觉印象，作者用这两个字可能是有意的。对容哥儿来说，这段文字描写他目睹人生秘密的一种initiation，他第一次看到了性交，正像在小说末了，在一大段和这段前后照顾的文字上，容哥儿看到了死亡的景象，得到另一种initintion。（请参看《谪仙记》第六六—六七页：除夕那晚，庆生房里"桌子上的蜡烛跳起一朵高高的火焰，一闪一闪的"，他死后，"桌子上的蜡烛只烧剩了半寸长，桌面上流满了一饼饼暗黄的蜡泪，烛光已是奄奄一息发着淡蓝的火焰"。）容哥儿目击之下的做爱，是一幅老鹰搏击兔子的图画：庆生是"受了重伤的小兔子"，他只有"细腿……打战"、"挣扎"、"滚"、"趴"、"呻吟"的份，玉卿嫂完全在侵略者的地位，用她的牙齿"咬"、"撕扯"，用她"活像两只鹰爪"似的手"抠"、"掐"、"扤"、"揪"、"塞"。（多少个活泼的动词！）她攻击被害者和身体各部门，自己"嘴角上染上了一抹血痕"。不管事后她"变得无限温柔"，在做爱的当时，她是一只鹰，一头野兽，痉挛式地，狂暴地实行控制她理智的本能的意志。在白先勇早期小说里，每个阿多尼斯都遭受女人（维纳斯+野猪）的侮辱，但正因为玉卿嫂自己是个楚楚可怜的女人，她自己无法控制的行动更增加了她悲剧的深度。在她的故事里，作者用他独特的看法，写照出一个极真实而且和中国旧社会客观情形完全符合的世界。

白先勇偏爱阿多尼斯式的美少年，这是在他早期小说中不容置辩的事实。中国一般读者觉得同性恋是丑恶的事，但想也知道现代欧美作家中，同性恋者多的是。前文所提到的剧作家威廉斯就是其中的一位。托马斯·曼生前有妻室子女，生活很规矩，但如果他对同性恋没有一种切身的体会，可能也写不出《威尼斯之死》这样的杰作。白先勇，假如他在现实生活上有同性恋的倾向，以他写作态度而言，是属于威廉斯、托马斯·曼这一类的，绝无如纪德、让·热内（Jean Genet）那样在文章里颂扬同性恋的好处而责备世人的态度。他不避讳但也不强调他同性恋的倾向，而在近年写的小说中，他可说完全接受了世俗道德的标准，来衡量他所创造的人物的行为，虽然一写到爱情（如最近一篇《那片血一般红的杜鹃花》），他仍保持他自己对人生中最复杂最奇妙的现象，一种个人的独特的看法。近二三百年来不少作家、艺术家有其精神上、生理上的缺陷，而因之创造出普通人凭自己的智力想象所不能体会到的人生众相。陀思妥耶夫斯基患癫痫症，这对他个人来说是一桩不幸，但假如他是身心完全健全的人，绝不可能写出他的伟大小说来。白先勇的同性恋倾向，我们尽可当它一种病态看待，但这种病态也正是使他对人生、对男女的性爱有独特深刻看法的一个条件。

《寂寞的十七岁》的主角杨云峰，脾气、个性、家庭环境都和《玉卿嫂》里的容哥儿相像，只是年龄大了七岁，而且因为皮肤很白（同学称他"小白脸"、"大姑娘"），自己像庆生一样，已是异性同性攻击的对象。容哥儿用小孩子眼光看成人世界，对任何事不作道德性的判断。但寂寞的杨云峰，心理上毛病一大堆，已开始能接受"犯罪感"的惩罚。深夜一人在新公园被一位中年男人搭上（"他把我的两只手捧了起来，突然放到嘴里用力亲起来。我没有料到他会这样子。我没想到男人也可以来这一套"），"回家后第一件事情就是到浴室里去照镜子，我以为一定认不出来了，我记得有本小说写过有个人做了一件坏事，脸上就刻下一条'随落之痕'"。但作者虽有意把这段经验当作小说的高潮看待，我们牢记不忘的却是早几天课堂里杨云峰受女生唐爱丽折磨的这一大段（《谪仙记》第八七—九〇页）。这段文字写得触目惊心，显然主角受女性侵犯时所受的心灵上震动要比受男性侵犯时强烈得多。

王文兴以为白先勇的小说"是自《上摩天楼去》以后臻于

成熟的"。（《〈谪仙记〉后记》）。其实白先勇到美国后发表的第一篇小说是《芝加哥之死》（一九六四年一月），而不是《上摩天楼去》（同年三月）。后者无疑是白先勇"客观"小说的第一篇，前者可说是"主观"小说的最后一篇，虽然形式上是第三人称的叙述。白先勇发表《毕业》后，整两年没有发表一篇东西，《芝加哥之死》在文体上表现的是两年中潜心修读西洋小说后惊人的进步。主角吴汉魂是刚拿博士学位的英文系研究生，他身处异国，苦读了好几年书，心境上要比早期小说中的青年苍老得多。最主要的，吴汉魂虽然努力探索自己的一生，他忘不了祖国，他的命运已和中国的命运戚戚有关，分不开来。这种象征方法的运用和主题命意的扩大，表示白先勇已进入了新的成熟境界。

一九六九年春

# 悼念陈世骧
## ——并试论其治学之成就

今晚是七月二十三日的晚上，陈世骧兄患心脏病故世已两足月，还没有撰文追悼他，别人的文章也不多见，除了陈颖士登在《中央副刊》上的两首挽联并附记。一个月来，我已戒了烟，因之文思暂时大为不畅，觉得写文章是苦事，但先兄济安和世骧兄多少年来一直抽烟斗，我自己香烟、烟斗并抽，有时还抽小雪茄，两位兄长都猝然故世了，我自己戒烟至少也表示一种警觉：我想烟酒对身体都是不利的。世骧、济安都比我爱喝酒，据说世骧去世前一月间，因为有些公事不好办，关了书房门一人喝闷酒喝得很凶。济安给我的最后第二封信，为酒辩护：人类喝酒几千年，害处总比新发明的镇静剂、催眠药小。话很有道理，但济安哥身体底子不坚，英年故世，同烟酒总多少有些关系。

一个人患急病，当天去世，对自己来讲，减少了不少无谓的痛苦和磨折，也算是一种福气。但任何人未到衰老期而去世，带给亲友的痛苦特别大。纽门（Cardinal Newman）说过，君子人不想带给人任何痛苦的；为了这一点，我们也得活得长一点。世骧、济安都是研究文学的人，读了一肚子书，虽然发表了不少文章，但这些文章和自己肚子里的学问、见解相

171

比起来，数量上实在是太微不足道了。英国文人间，最福气的一位可说是约翰生博士，他不仅著述等身，有一位朋友把他的谈语（正经的和幽默的）都记录了下来，至今保留了他的智慧和偏见。很少学人有鲍士威（Boswell）在旁边；我们希望于我们所钦佩的学人是他们寿命长一些，把他们的读书意见、心得记录下来，传于世人。五六十岁的中国人中，不论在台湾、在大陆、在美国，有世骧兄这样的旧学根底、古诗文修养的人实在已经不多了。这些人中，研究西洋诗学、文艺理论如世骧之专者，涉猎古今西洋文学如世骧之广者，更是凤毛麟角。即以我们兄弟而论，我们年轻时专治西洋文学，对中国的经史子集读得远不如世骧兄多，只可能在新旧小说方面，所作的研究功夫比他深一点。所以世骧不到六十岁即去世，亲人、朋友当然感受莫大的痛苦，即是不太熟的同行也一定喟叹不止，因为他的学问见解传世的实在太少了。在先兄《选集》的序上，世骧引了清初烈士夏完淳的一句诗："千古文章未尽才"。同我哥哥一样，世骧也未能尽才，而撒手长逝，这真是国家的损失。

世骧兄的家世我不太清楚，只知道他是河北省滦县人，一九一二年三月七日生[①]，初抵美国那一年是一九四一年[②]。一九四六年至一九四七年我在北大教书时，就听到他的名字，因为他那时已在柏克莱加州大学当助理教授，对我们那一班尚

---

① 根据Charles Witke《追悼陈世骧》一文的报道。此文载《淡江学报》（*Tamkang Review*）二卷一期（一九七一）。Witke氏现任教密歇根大学古典文学系。以前在柏克莱加大，是世骧比较文学系的同事。他的太太Roxane是世骧的高足。

② 高克毅兄给我的近信上这样说。世骧一九四一年一到纽约，他们就相会了。

未留学的穷教员讲，这是了不起的事。据说胡适校长、文学院长汤用彤那时都希望他返北大执教，因为他是北大的优秀毕业生，当年也有诗人之名，可能比何其芳、卞之琳、李广田这三位"汉园诗人"低一班（何其芳一九一一年生，比世骧大一岁）。济安是卞之琳的好友，想在西南联大教书时就心仪世骧此人了。

一九四七年十一月中旬我离沪驶美，抵旧金山时大概已近月底了。同船有位中学校长，北方人，同世骧相识，上岸不到两三天就去见他，我也跟着去，相晤的地点是世骧学校的办公室。我同他谈些什么，早已记不起来了，想来不外是北大的情形和西洋文学。但虽然彼此都留给对方很好的印象（济安后来告诉我，世骧曾谈过那一次的相会，对我的英国文学造诣着实夸奖了一番），我当时来美进修英国文学，世骧是中文系，加上我不喜同半生不熟的年长一辈人通信联络，我们跟着有十三年没有见过面、通过信，因为第二次相晤已是一九六〇年圣诞节前后了。

那时济安哥来美已近两年了，在柏克莱加大中国研究中心作研究，同世骧已是最亲密的朋友。我自己当时在纽约州北部Potsdam镇一家州立学院教英文，已教了四年了，那时我的《中国现代小说史》已校了清样，即将出版，自己觉得一九六一年可以转运，济安邀我们全家到柏克莱去度圣诞假期，真是我最需要假期的时候。济安招待我是最周到不过的，自己借住青年会，让我、卡洛和我们四岁的女儿建一住他的寓所。那次假期，差不多天天同世骧兄嫂见面，好像我们到后的第二个晚上，美真嫂（朋友都称她Grace）就请我们在她家吃她有名的生鱼和涮羊肉。那时世骧还没有搬进"六松山庄"，住在柏城附近Albany镇雷梦娜大街Ramona Ave.，但房子在我看来，算是非常敞亮的。有一个晚上，济安同我们两对夫妇加上建一到柏城一家最有名的海鲜馆子吃晚饭，那晚可能是圣诞前夕还是大除夕，馆子里挤满了人，大家合唱英国、苏格兰的民歌，有一支*My Bonnie over the Ocean*，唱了又唱，我们这一桌也跟着唱。生平吃洋饭没有这样痛快过。另一个值得纪念的晚上，世骧夫妇、我和济安拼档在他的屋子里，打了通宵桥牌（前妻卡洛可能伴建一先睡了）。济安、世骧夫妇都是桥牌能手，虽然后来受济安的影响，他们都打麻将（最近几年来美真嫂对桥牌大有研究，造诣已非当年济安、世骧可比）。我自己只有在高三、大一那段时候打过一阵桥牌（同哥哥、表兄弟），以后简直不打。一九四六年至一九四七年在北大红楼期间，我们兄弟晚饭后常找一位印度朋友打两三副桥牌，三人造桥，当然谈不上刺激性。我在耶鲁期间，虽然也打过好多次，根本谈不上研究，还停留在做Goren小学生的时代。那天晚上我根本无资格做哥哥的伴档，也无资格同世骧夫妇对敌。加上我欢喜叫牌叫得高，使济安不时皱眉头。但有一副 small slam、一副grand slam，竟给我叫到做到，不免得意忘形，世骧看到我这副"天真"态度，大为激赏。

我们兄弟和世骧夫妇第二次的大聚会，应该在一九六二年八月中旬。那时我们都被邀参加《中国季刊》（*The China Quarterly*）主办的中共文艺讨论会，都是论文宣读。开会地点是英国牛津城附近Ditchley小村内的一幢王家行宫。但济安的"中华民国"护照，英国不肯签准，临时改飞西方德国，等我开完会后，再到佛兰克馥去找他，玩了三天。济安不在，我同世骧关系更进一层。这情形不仅是因为两人意气相投，而且的确在做人、做学问方面，世骧抱定几个大原则，不由我不去支持他，尤其在开会的时候。世骧认为大半学术会议，主持人都是学社会科学的（他们向基金申请钱容易），他们不少人看不起人文科学，世骧每有机会必为人文科学说话。教中国文学的同行一起开会时，如有洋人发表荒谬言论，或者发言时态度傲慢，世骧也会用长辈的身份去指正他们、教训他们。去年十二月我们在圣十字岛（St. Croix，美国Virgin lslands之一）开一个中国传统文艺批评讨论会。会议第一场讨论一位洋人的论文，他认为孔子没有资格算文艺批评家，因为他在《论语》里论文学、论诗的几条都是不大通的。恰巧该文的指定讨论员是世骧，他当然侃侃而谈，为我们的孔老夫子辩护，那位洋人听了大不服气，记恨在心，但因为辩不过世骧也没有再辩。世骧无时无刻不在洋人面前赞扬我国的文化、文学。记得有一次他在纽约新月酒家请名批评家凯岑（Alfred Kazin）夫妇吃饭，我作陪，谈得很融洽。但世骧一时兴起，大谈起中国诗来，我想凯岑专攻美国文学，不谙中文，不如讨论当代美国文学更配他胃口。我想改换题目，就插嘴说："其实英译的中文诗，不读也没有关系。"当时世骧觉得我在有地位的洋人面前把中国诗的价值估计太低了，立刻脸色转黑，幸亏有贵宾在，否则他可能会教训我一顿。

世骧虽然在会场上从不让人，但会后他同什么人都谈得来。尤其是年轻人（不论中外）向他请教，他最开心。洋人间他有不少老朋友，尤其少数当年曾提携过他的，他终身感激。纽约有一位老诗人，名叫惠洛克（John Hall Wheelock），世骧初到美国的时候，住在纽约，惠翁曾把他介绍给《礼拜六周刊》（*Saturday Review*）写书评（世骧自己告诉我的）。我在纽约十年，世骧每次到埠，总要去惠翁家致候，并被留吃晚饭。惠翁不喜在馆子吃饭，也不喜交识新人，所以我至今未见过他。一九六六年年底，惠翁出了一本诗集，题名 *Dear Men and Women*，书前有献词："给我的好友，学者兼文人陈世骧（To My Dear Friend / Shih-Hsiang Chen / Scholar and Man of Letters）。"世骧事前没有料到惠翁会把诗集赠给他，兴奋异常，我想这是世骧晚年最得意的一件大事。他把书名译为《亲仁集》，在送我那一本上附有毛笔写的译名说明（我哥哥去世，世骧挥毫写挽联，我要保存这副挽联作纪念，他把它裱了寄我。从那年开始，索字的人不绝；近年他给我的信大半是毛笔写的）：


亲仁集

　　乃惠翁所赠八十岁之新作也书名以极平淡冲和之语寓挚切深厚之情而吾国现代语竟无足洽表之者思之久矣忽悟亲仁二字当为意之神髓盖泛爱众而亲仁（《论语·学而第六》）孔论著为文德之基二字单析移译亦可暗合喜见古今中西诗道哲理以斯人斯艺不谋而互通予独何幸蒙此荣贻而盛事足纪志清老弟博雅爱为录志会心也

　　　　　　　　世骧　题记　　一九六七年岁在丁未
　　　　　　　　　　　　　　　　　　农历元旦

恰巧那时联合国某机构邀请惠洛克演讲或读诗，世骧觉得有参加盛典之必要，偕美真乘机来纽约玩几天。世骧平时来纽约，不是开会，就是为公事（大半为台北美国大学中文教习中心的事），这次没有什么要公，我们在一起的时间较多。有些访问我的人，说我好客，其实只是朋友来纽约，带他们到寓所附近中国馆子小吃而已。世骧夫妇来，因为他们好讲派头，招待比较周到些。记得他们那次来，我们两家夫妇去看了歌舞剧 *Sweet Charity*，该剧嘲笑嬉皮青年，我们看了都很满意。女主角是舞星葛文薇东（Gwen Verdon），五十年代初期在百老汇是红极一时的明星，那时年事已稍高。该剧后来搬上银幕，由秀莉麦克伦主演，我没有去看。当时一连玩了几天，不免觉得太破费太累，但世骧人已不在，现在想想同好友畅谈畅玩，一生能有几回，当年吃喝玩乐之事，都变成了最宝贵的回忆。

世骧还有一位比惠翁相交更久的朋友，不知还在不在人世，如尚在，听到世骧去世的消息，一定更要老泪纵横，感慨不已。此人叫哈罗·阿克顿（Harold Acton），名历史学家阿克顿（Lord Acton）可能就是他祖父，至少是本家。哈罗·阿克顿，是位著名的旅行家、古玩收藏家，晚年写过几本回忆录，我看到其中一本的书评，好像是两三年前的事。世骧和阿克顿合编的《中国现代诗选》（*Modern Chinese Poetry*），一九三六年在伦敦出版，是第一本把中国新诗介绍给西洋读者的书。我想情形是这样的：阿克顿当年到了北平，结识了世骧，就有了编译这本书的计划。选译工作当然阿克顿无法胜任，他至多把世骧的译稿加以润饰而已。这本书我在耶鲁大学时曾粗略翻看过，现在一时无法重读（哥大图书馆那一本早被偷走了），真想知道世骧选了哪几个人，哪几首诗，他的译笔如何[①]。

辍笔了好多天，《纯文学》八月号已航邮寄来，把叶珊《柏克莱——怀念陈世骧先生》那篇至情之文，一口气读了，非常感动。这篇文章提供了些宝贵的传记资料，虽然世骧留学英国之说是误传[②]。世骧绝少谈到早年的生活，所以连他最得意的门生叶珊亦知道得不多。世骧和美真爱情弥笃，他从来在我面前不提他的前妻，我也不便开口问他。但世骧初来美国时住在纽约，并在哥大教过一阵书（代王际真），所以他纽约当年的老朋友见到我时，会谈到他的前妻。她叫姚锦新，是很有才气的音乐家，弹得一手好钢琴。一九四五年抗战胜利后，她

---

① 世骧同阿克顿早年曾合译过孔尚任的《桃花扇》，一直未出版。世骧去世后，该稿由世骧加大同事白之（Cyril Birch）加以整理，现已出版：*The Peach Blossom Fan* （University of California Press，一九七六）。（一九七七年加注）

② 本文是一九七一年暑期写成的，同年十一月在《传记文学》上发表后，曾寄正于世骧兄生前好友蒋彝先生。蒋先生说：世骧没有去英国留过学，一九四一年从国内直飞美国的。到美国后，有一个暑假他曾去英国小住，请益于牛津名教授鲍勒爵士（Sir Maurice Bowra），也同蒋先生缔交。

急急返国省亲，可能那时夫妇间感情已破裂，竟一去不返①。世骧是诗人，心头所受的打击一定很重，在柏克莱有好多年一直过着单身的生活。在一篇文章里，世骧表示对李义山《锦瑟》诗特别爱好，尤其把最后两句："此情可待成追忆，只是当时已惘然"，作了最精辟的分析，我怀疑会不会因姚女士出走后，他读这首诗，感受更深？

我一九六〇年底飞西岸访兄后，柏克莱只去过两次，都在一九六五年：二月间济安中风不治的那一次，另一次在七月间，偕同世骧夫妇到加州太合湖Lake Tahoe开会前，先在他们家里住了三天，并往济安墓前献花。奔丧的那一次，有九十天工夫我住在六松山庄上，世骧夫妇自己这样伤心，还要照顾我，怕我哀伤过度，实使我终生感激。出丧的那一天，世骧在殡仪馆朗读哀诔之后，我们两人忍不住抱头痛哭，此情此景，犹在目前。

叶珊同他的恩师有四年多差不多天天见面。我则除自己西征的三次外，只有世骧到纽约来，或者在别处开会的时候才能同他相见（一九六六年在东京相叙一下午，那是巧遇）：差不

① 一九七四年八月底我在波士顿总领事吴世英先生府上同他聊了一个晚上。抗战初期吴先生和世骧同在长沙教书，过往甚密。他给我看了一本照相簿，其中有不少世骧长沙时期的照片，也有两张世骧和姚锦新婚后的合照。姚女士脸庞是圆的，长相很甜。她是德国留学生，初到美国，想是一九四二年。她自己作曲，托赵元任先生（那时他是哈佛教授）找一个会编歌词的人同她合作。赵先生介绍世骧与她相会。两人一见钟情，两星期后就订了婚。翌年结婚，想不到两年之后就劳燕分飞了（世骧同姚女士在赵家初会这段掌故，是世骧另外一位老友告诉我的）。

多每年亚洲学会的年会，一九六七年初在百慕大（Bermuda）开的那一次会，加上上文所提到在英国、在太合湖、在处女岛开的三次会。处女岛那一次会议去年十二月举行，今年三月底亚洲学会又在华府开年会；回想起来，我能在世骧故世前半年之间有两个较长的机会同他相聚，真正难得，因为在处女岛开会之前，我们有一度信札来往不勤，原由虽没有说穿，但我想世骧背后在埋怨我。事情是这样的：在太合湖开会的时候，我和济安几位生前好友讨论出版他遗著的事情；决定梅谷（Franz Michael）写《导言》（Foreword），我写《序》（Introduction），世骧写《跋》（Epilogue）。事实上一本好书序跋不必太多，但当时众人认为我同世骧有各人写一篇东西的必要。《黑暗的闸门》到一九六八年才出版，济安的去世已是三年前的事，对美国读者而言，不再有新闻价值。不料世骧太重感情，在《跋》里所写的一切都是他和济安交谊之事，华盛顿大学出版所所长读了之后，大不以为然，觉得这篇《跋》太personal，不便刊出。我和华大几位教授也有同样感觉，但总觉得不好意思向世骧开口。那位所长说，此事他负全责，写了封信说明跋文不用的原委，措辞是很客气的，但世骧竟一字不复，表示他的极端失望和生气。后来书出来了，我也不得不把此事解释一番，世骧好像回信也没有提到这件事，显然他心头受了损伤，同时也不免怪我（我虽没有出面，但事实上书是我编的）。今年年初叶珊托世骧为《夏济安选集》写序，他这几年的心病才霍然而愈，重新写了篇序，他写序时兴奋的情形，可在下面引录的那封信上见到一二，这是他给我的最后第二封信：

志清老弟洞妹俪鉴：纽约一别竟觉时间甚长，盖因思念之甚也。二位新家庭快乐融融，与美真详道，大喜。唉惠寄梨果极美，深谢。新潮丛书将出济安遗著，前二三日内赶出一篇序文，不觉将近七千字。本拟将英文未用之原跋译改省时，下笔追念，思潮如涌，乃成此新长论。文不及太加修饰，但觉意见颇有重要处，为台地新旧读者，为济安之久远遗泽，当颇有意义。稿急未清抄，已付靖献细校上版。映出一份寄上，老弟以为何如?写时连气呵成，段落太长，又勾画分段，映本或不太清楚，慧眼当可辨也。今春三月底美京亚洲学会之会将往，年近将迈，反更江湖多事。吾弟、妹可否同往看擂台，可在美京同赏樱花醉一杯也。

顺颂　俪祉

愚兄　世骧

美真附笔候　一月十九日

在"纽约一别"以前，我们在圣十字岛上开了四五天会，开会免不了受气，但世骧见到我，见到他一位已转学哈佛的高足，华裔女郎Angelina Yee（她在会场任记录员），着实高兴。每晚打长途电话给美真，也一定叫我和Angelina说几句话。世骧夫妇自己没有子女，见到聪明可教的女孩子，心里着实喜欢。

为了圣十字岛这个会，世骧写了篇长达七十多页的论文，讨论屈原作品里的时间观念，非常精彩，可说是他的生平杰作。但他中西学问引证太广，不是每个汉学家都能欣赏的，偏偏那篇文章的指定讨论者是日本汉学权威吉川幸次郎。他同世骥私交也相当深，但世骥的西洋学问他无法欣赏；同时世骥撰文，字汇太富，句子太长，吉川先生英文程度有限，可能看不大懂。所以他用英语讨论该文时有些阴阳怪气，作模棱两可之语，世骥非常生气，只是不便发作。一两天后讨论港大中文系黄兆杰博士的论文，大家都觉得很不错，只是吉川倚老卖老，找到一个小题目，要考问他到底，那时世骥才挺身而出为黄兆杰辩护，也可说把吉川教训了一顿。陈颖士在他的挽联上用"曰侠曰儒曰名士"这七个字称呼他的故友，很有见地，世骥那副侠骨热肠，真叫人佩服。

每次开会，世骥受不少气，也有自己很得意的时刻，会后同好友检讨是非，评判人物，有好几天话讲不完，这可能也是他爱开会的原因之一。从处女岛飞回美国大陆，世骥在我寓所住了一个晚上，在另外一位有汽车的老朋友家住了两晚，因为那时计程车罢工，交通不便，非得有人接送飞机场不可。王洞以前曾在柏克莱念过书，世骥当然见过她，但印象不深。他看见我们"快乐融融"的确非常高兴，而且的确会详告美真。

三月底，如信上所言，他又要到华府去打擂台，我实在没有意思去参观，因为那次会议上我毫无任务，纽约华府虽然距离很近，来回飞机票也要六十元，我师出无名，这笔钱实在不想花。但世骥约我一同在纽约起飞；因为他要住在吴鲁芹兄家，鲁芹兄也一定要我去同住，盛情难却，只好去了。想不到这是天意，让我多一次和世骥相叙的机会。那次吴家管住宿，三顿晚饭都是盛筵招待。但总不免想起一九六四年三月底的情形。那时亚洲学会也正在华府开年会，世骥主持一个文学小组，我们兄弟都有论文宣读，听众的反应很好，做主席的脸上也有光彩。这次有一个晚上鲁芹夫妇陪世骥打牌，因为我实在不会打，临时找一个小朋友凑数，我看了几副牌，想起了七年前世骧、我们兄弟同在吴家喝酒谈笑的情形，总觉得不对劲。翌日晚饭后鲁芹兄嫂和世骧一起送我到机场，因为赶九点钟那班飞机，他们也没有下车，大家招手告别，想不到我从此同世骧永诀。

世骧少年得志，二三十年来一直坐镇柏克莱学府教导了好多青年学子（现在不少是名教授、名诗人），一生事业上没有受过任何挫折。加上他同美真恩爱万分，家中高朋满座，在生活享受方面，从没有亏待过自己：抽最好的板烟，喝最好的酒。虽然平时工作紧张，一有空不免开车到名胜区玩玩，或者到Las Vegas去欣赏一下夜总会的节目；每隔一两年总有机会到远东或欧洲去跑一趟，重会各处的好友，在我的朋友间，没有人比他们夫妇更懂得生活的艺术了。惟一的遗憾，世骧研究中国古代文学、文艺批评、唐诗多少年，虽然在这三方面写了不少有卓绩的论文，终究没有时间把自己的心得系统化起来写一本自成一家言的专著。

世骧在北大想是读外文系的，因为中文系的学生往往不容易把英文学好，而外文系的学生从小对国学有很深的根底的，人数不少，最显著的例子当然是钱钟书。钱钟书虽然博闻强记，治西洋文学造诣特高，但最后还是致力于中国旧诗的研究。这好像是治西洋文学的中国学者的命运：不论人在中国、外国，到头来很少没有不改治中国文学的。比世骧长一辈的朱光潜，虽然多少年来在武大、北大教英诗，发表的文章大多数也是讨论中国诗的。世骧同朱光潜在治学上有基本相似的地方，即是他们对美学、对带哲学意味的文艺批评、文艺理论特感兴趣。朱光潜公开承认是克鲁齐（Croce）的信徒，世骧在国外年数多，对现代西洋文艺批评各派别都了如指掌，但他好引证史宾诺莎、康德，注重直觉（intuition），他对美学的认识，也可算是唯心派的，显然受克鲁齐影响也很深。但朱光潜返国后，写文章初以中学生为对象，立刻成大名；目前虽然一般爱好文艺的台港青年，都知道陈世骧的名字，但读过他文章的究竟极少极少。除了在台北《文学杂志》上发表的两三篇外，他的论文都发表在《清华学报》、《中央研究院历史语言研究所集刊》等等学术性的刊物上，专供同行参阅之用，普通读者不易见到。我知道叶珊要把世骧的中文著作和一部分中译的英文论文编成一本集子出版，非常高兴，因为这样世骧的著作可流传更广，在青年读者群中产生有益的影响。

除了是有美学、哲学训练的文学批评家外，世骧也是翻译能手，对字义语源特别有兴趣的汉学家。因为他论文中包罗的学问广，往往两面不讨好：搞文艺批评的觉得他太留意古字的涵义，引证甲骨文、尔雅、说文，读起来好不耐烦；老派汉学家觉得他在考据训诂的文章里加了些西洋理论、西洋术语，也怪讨厌。事实上，世骧不是不会写使一般汉学家读后心里感到舒服的文章。他那篇《〈想尔〉老子道经敦煌残卷论证》（《清华学报》新一卷第二期，一九五七），无懈可击，考证精密，从敦煌石室内发现的那件手抄文件，推想到后汉末年道教盛行四川的情形，有很多新的发明，虽然饶宗颐先生研究《想尔》老子道经时间更长，想来发明更多。世骧如多写这一类的文章，在当代汉学界一定公认有更高的地位。但他不情愿这样做，因为他觉得研究中国文学，不借鉴西洋文艺批评和西洋文艺多方面的成就，是不可能的。他情愿另辟新径，文章不讨人喜欢没有关系，不情愿在大家踏平的路上再走一遍。

因为世骧抱有这种冒险、创新的精神，虽然他一生著译不算多，在研究中国文学的国人间自有其独特的地位，而这种地位自有其永久性，不应因为后人的著译比他的更好更精而动摇。譬如说，世骧专论《诗经》的文章只有一篇，他指导叶珊的博士论文也是《诗经》。按理叶珊的论文应该比他恩师那篇更有贡献，否则文学研究也谈不上有"进步"两个字了。同样情形，世骧《中国现代诗选》，至少有十年，市面上没有一本类似的书与它竞争。抗战以后，译介中国新文学的书就多了。许芥昱那本《二十世纪中国诗》（*Twentieth Century Chinese Poetry*，一九六三年出版），被选上的诗人就要比世骧那本多好几倍，且不论两书译笔的高低。叶维廉所译的《中国当代诗选》（*Modern Chinese Poetry*），去年刚出版，选了二十位台湾诗人，更补充许著之不足。世骧最精心的译作当然要算是他一九四八年在北大五十周年纪念专刊上所发表的那篇《陆机文赋》了。但隔了几年方志彤先生也在《哈佛东亚学报》上刊出了他译的《文赋》。方先生也是学贯中西的文艺批评家，两人的译笔实在分不出高低。世骧曾在《历史语言研究所集刊》（一九六一）上发表过一篇非常扎实有创见的文章，题名《诗字原始观念试论》。一九七八年之后周策纵在他自己编的那本题名《文林（*Wen-lin*，一九六八）》的书里发表了一篇讨论"诗"字的论文，*The Early History of the Chinese Word Shih*（*Poetry*），文长五六十页，讨论"诗"字的意义的演进当然比世骧的那篇更详到了。

一九六〇年初期，世骧受《中国季刊》之托，写了两篇讨论大陆新诗的文章：*Multiplicity in Uniformity*：*Poetry and the Great Leap Forward* 和 *Metaphor and the Unconscious in*

*Chinese Poetry under Communism*，对大陆文学提出了很新鲜的看法。后来世骧还写了两篇报道式总论大陆文艺的文章，一篇题名*Artificial "Flowers" During a Natural "Thaw"*，一篇可能至今尚未发表，也很长①。但世骧虽然很关心大陆文艺，二三十年来古代文学才是他真正的兴趣所在，尤其诗经、楚辞、唐诗，和早期的文艺批评，差不多每年要重温一次，心得最多。在这几方面世骧都留下了分量极重的文章。

《中国诗之分析与鉴赏示例》（《文学杂志》，一九五八）和《时间和律度在中国诗中之示意作用》（《历史语言研究所集刊》，一九五八）这两篇文章都可以说是世骧的读诗心得，引证以唐诗为最多。第一篇集中分析杜甫的绝句《八阵图》。世骧非常偏爱这首诗，认为它代表一种"静态悲剧"，在气势上简直可以同古希腊悲剧相颉颃。在我看来，一首四行的诗无论如何是不能同阿斯基勒斯的悲剧同日而语的，杜甫咏诸葛亮的诗很多，其中最伟大的一首，悲剧性最浓的一首，在我看来，当然是《古柏行》。可惜我从未把我自己的意见当他面提出来，加以讨论。世骧自己觉得这篇讲稿太短，意犹未尽，隔了几年，他爽性用英文写了篇更长的《〈八阵图〉圜论》（《清华学报》新七卷第一期，一九六八），把此诗作更详尽的分析。全文气势极畅，我虽然不同意世骧的看法，但他读诗细心的态度，照旧使我心折。

世骧晚年最用心写的文章当然是他讨论《诗经》、《楚

---

① 这一篇题名*Language and Literature under Communism*，载吴元黎主编的《中国手册》（*China: A Handbook*），一九七三年出版。此书定价奇昂（美金三十五元），我尚未看到。

辞》那两篇了。《诗经》那一篇（The *Shih-ching*：Its Generic Significance in Chinese Literary History and Poetics）在百慕大会议上初次公开，后刊《历史语言研究所集刊》第三十九本，已由叶珊译成中文，可能已发表；《楚辞》那一篇，上文已提到过，在处女岛会议上公开。前文着重讨论一个"兴"字，考据的味道比文艺批评的味道重，但不失为极有创见的论文。一九六八年二月二十四日世骧给我封长信，其中一部分说他有写书的计划：

> 三月末旬亚洲学会，今次因又受约，决来一行，并稍讲《楚辞·九歌》之分析[①]。虽是旧题，觉近有新见，或尚为一向论者所未注及，或可提供参商。前作《诗经》一文，稍发多年心得，具体道之，由微以知著，颇蒙弟嘉许为所至慰。今于《楚辞》所见，惜会议时短，只能约略言之，容后细缀成文，希可详商。《诗经》、《楚辞》多年风气似愈论与文学愈远；乐府与赋亦多失浇薄。蓄志拟为此四项类型，各为一长论，即以前《诗经》之文为始，撮评旧论，希辟新程，故典浩瀚，不务獭祭以炫学，新义可资，惟求制要以宏通。庶能稍有微补，助使中国古诗文纳入今世文学巨流也。吾弟才高精勤，治中世以及现代历有卓绩。区区所作，或终将衔接，与足下成合围之势，思之可喜。事多倥偬，校务又常增烦琐，只徐为之，不妄作也。

---

[①] 此文已发表于《淡江学报》第二卷第一期。题名*On Structural Analysis of the Ch'u Tz'u Nine Songs*。

当时接到信，知道世骧要写本书，把中国古代文学四大类型一网打尽，非常兴奋。同时他嘉许我研究"中世""现代"文学的成绩，希望我同他"合围"中国文学的堡垒，又惭又感，立即写复信，祝他的计划早日完成，因为在美国，对《诗经》、《楚辞》、乐府、赋同样有深切研究的，实在可说没有第二人了。但在"只徐为之，不妄作"的原则下，他完成了第二篇不上半年就离开了我们，论赋及乐府的两篇没有写出来。但可喜的是他最后一篇论《楚辞》的文章——虽然吉川先生不太欣赏——毕竟是他的杰作。此文将在《清华学报》发表，中译文想也会迟早问世的。

世骧英文、文言、白话文都写，以我的观察，他文言底子最深，所以写得最好；《〈想尔〉老子道经论证》这类的文章，读起来真舒服；有些小品如《爱文卢札记小跋》（《清华学报》七卷第二期），文字提炼更精，直追桐城诸大家。他白话文不常写，写起来总不免文白相杂，不如他的文言文。他的英文也是精心苦学的，早年所下的功夫恐怕不下于济安，所以他文气足，文句长，字汇大。但有时文章华过于实，意思交代不清楚，这是他的毛病。若论文章好坏，他写的书评反而较他的长篇论文更多精彩可咏之处。那篇《中国二诗人》（*Two Chinese Poets*）的书评（载*Journal of the American Oriental Society*，一九六二），读后真叫人拍案叫绝。该书作者休斯（E. R. Hughes）生前在牛津大学教书，天资不高，抗战期间在我国内地研究先秦诸子，还稍有成绩；后来对骈文，对汉赋大有兴趣，可惜文字了解力太差，实在谈不上研究。书题上的"二诗人"指班固、张衡，原来休斯想译《两都赋》、《两京赋》，借这四篇赋来研究汉代的生活和思想。书未写完，人已死了，书中错误百出，世骧大开其玩笑，亦庄亦谑，借以警告没有资格搞汉学的洋人。此文下半节以对话体写出，最后书评人告诉作者：

> But allow me, sir, to say that your work never fails to summon in the thoughtful mind its love for truth, its care for accurate representation of details and a feeling that the advancement of Sinological knowledge always needs persistent, meticulous endeavor. Your efforts in their own way will for ever remain a salutary influence.

这两句妙不可言，措辞非常客气而毒辣，颇有些约翰生博士的味道。可惜我没有本领把它译出来，只好让懂英文的读者细细去体会。

一九七一年初稿，一九七四年订正
选自一九七四年十月台北纯文学出版社初版《文学的前途》

# 东夏悼西刘

## ——兼怀许芥昱

一

故友刘若愚教授，字君智，想不到华裔同行间一直有人戏称他"刘大智"。这个绰号，我想若愚兄自己没有听到过，我也是在去年七月二十四日《中国时报·人间》版上看到刘绍铭《孤鹤随云散》悼文后才知道的。此文副标题虽为《悼刘若愚先生》，但绍铭弟同他显然并无深交，悼文主要写他是个"不好惹"的角色，学问虽好，著述虽多，"人缘"却很坏。加上若愚兄长年不写中文文章，华人读者之间他的知名度不高，绍铭弟对此也表示遗憾。若愚兄五月二十六日逝世后，《孤鹤随云散》是我读到的第一篇悼文。此文七八月间在台港两地发表前后，竟没有同事、友好为他写过一篇更详尽、更严肃的纪念文章，追叙其生平且把故人一生治学的成就，公允地评介一番，表示若愚兄的"人缘"的确不太好。据我所知，同行之间，印大罗郁正教授同他友谊最笃，芝大余国藩教授对他的才学也是一直表示敬佩的。他曾于《中国时报》八月三日《人间》版发表了一首《悼刘若愚教授》的《满江红》词，意长情深。此词国藩弟年初寄来后，我才看到。若愚兄逝世九足月，在报章上看到悼念他的诗文，实在不多。

相比起来，一九八二年正月四日许芥昱教授在加州湾巨大风暴中遇难后，半年之间要有多少至亲好友、中外同事写诗文纪念他。葛浩文（Howard Goldblatt）、张错编辑的那册《永不消隐的余韵——许芥昱印象集》同年夏季截稿，十二月由香港广角镜出版社出版，集了五十多篇诗、文、信札，洋洋大观。芥昱兄向以诗画交友，让人家既看到他的才华，也感到他那份热烈的友情。我同他见面次数不算多，但我伏案工作累了，抬起头来即可看到墙壁镜框里故友赠我夫妻的一幅小型山水画。作为一个学者，许芥昱的成就当然比不上若愚兄，刘教授是内行公认自成一家言的中国诗学权威，但讲做人，芥昱要比他成功得多了。

若愚的最后一本书《语际的批评家》（*The Interlingual Critic：Interpreting Chinese Poetry* 一九八二年印第安纳大学出版所出版）①，提到"千秋万岁名，寂寞身后事"这两句杜诗。刘兄认为"寂寞"指"身"不指"事"，晚近几位英美学者都把此句误译了。但对不相信死后还有知觉的现代人来说，"千秋万岁名"也改不掉尸体落土、火葬之后的"寂寞"，两句这样解释，似更有诗意。若愚生前不像芥昱这样广交诗画文

---

①　本文所录刘著中文译名，皆采自附于《读夏志清〈中国古典文学之命运〉有感》原稿的一节作者自我介绍。《知识分子》（一卷四期）刊登了刘教授投书，但未载其简介。本文正文只提到了刘氏四种著作，余三种为：《李商隐诗》（*The Poetry of Li Shang-yin*，一九六九）、《北宋大家词》（*Major Lyricists of the Northern Sung*，一九七四）、《中国文艺精华》（*Essentials of Chinese Literary Art*，一九七九）。

友，晚年独身，也一直没有红粉知己相伴，去世后至今少有人撰文纪念他，说起来要比芥昱"寂寞"得多了。一个中国文学研究者的英文著作，不像中国人用中文写的诗、小说，甚至文艺批评，保证不了什么"千秋万岁名"，但若愚兄的七本书，其中有几部三四十年内不断会有中外学子去参阅，这是可以断言的。

我悼若愚兄，同时也想起许芥昱，不仅因为《印象集》里少了我的一篇文章，至今觉得对不起故友。许、刘二兄同我都是英文系、外文系出身，都于四十年代后期留学英美两国，也都因大陆政权易手而各自在海外奋斗的。芥昱兄来美比刘、夏两人早（一九四五年四月来美充任中国空军的翻译官），但他正式在奥立岗大学新闻研究所进修，也已在一九四七年的秋季了。我自己一九四七年十一月抵美，翌年正月进耶鲁研究院读英文系。根据《语际的批评家》绪言自叙，若愚兄北平辅仁大学西语系毕业后，在清华研究院英文系读了一学期才乘船去英国布里斯多大学（University of Bristol）进修英国文学的，时间想是一九四八年初。

到了六十年代初期，我们三人都有著译问世而在美国学术界初露头角了。我的《中国现代小说史》一九六一年三月初版，书序写于一年前，其实未加增补的原稿早已于一九五八年底即已写就了。刘若愚的《中国诗学》（*The Art of Chinese Poetry*）一九六二年在伦敦Routledge & Kegan Paul出版（美国版同时由芝加哥大学出版所发行，此后刘的四部著作也皆由芝大出版），但书写成于若愚香港教书期间，也是五十年代后期的作品。许芥昱一九五九年拿到史丹福东方语文系博士学位后，即在旧金山州立学院当助理教授。他编译的《二十世纪中国诗》（*Twentieth Century Chinese Poetry*）一九六三年由纽约双日公司出版，全书四三四页。一般说来，译作比不上著作受重视，因之在英美学术界，我与若愚的两本书似乎地位更高。但芥昱这本书，选纳了从早期到四十年代后期所有的重要诗人，至今仍是"新诗"的最佳英文读本。芥昱兄译笔如此流畅，读他的译作往往比读中文原诗更有味道。

二

近年来，华裔学人在美国出版的学术性著作如此之多，目前来自台、港、大陆的留美学生简直难以想像我同刘、许两兄弟当年艰苦奋斗的情形。胡适留学期间哥大即有个中文系了，但当教授的当然都不是中国人。我的哥大前任王际真先生（刚过八十八岁生日，走路比我还快）一向位低薪薄，到晚年才升任为正教授，虽然早在三四十年代，他《红楼梦》节译本、《鲁迅小说选集》以及其他三种古今短篇小说集已出版，在美国当年的中文教授间，算是成绩卓著的一位了。同时间的华裔中文教授也有人编过些文学读本和汉语教科书的，但却真没有人写过一本中国文学研究的专著。

过世已多年的陈受颐先生乃芝大的英国文学博士，曾长期在加州帕慕那学院（Pomona College）任教中国文学。早在五十年代我即听说他在写一部巨型的中国文学史，同行显然对之寄予厚望。此书——*Chinese Literature*，*A Historical Introduction*——终于一九六一年由纽约朗那出版社（Ronald Press）出版了。但书里错误百出，陈老先生不仅粗心大意，而且他对古诗文显然了解也不深。韦理（Arthur Waley）曾把

"赤脚大仙"译成"The Red-legged lmmortal",至今国人乐道此事,表示汉文实非洋人所能精通。但岭南世家陈受颐,翻译《世说新语》里一句话:"张季鹰纵任不拘,时人号为江东步兵",竟把最后四字直译(未加注释)为"The Foot Soldier From East River"(陈著,页一五七),显然不知"步兵"在这里指阮籍,也同样大闹笑话。英国汉学家霍克思(David Hawkes)为《美国亚洲学报》写书评,特举此为例,表示中国学者学问不过如此,也等于为他受业师韦理报仇。当然"江东"译成East River,也表示陈老先生实在糊涂,与他汉学程度无关。早几年,马瑞志(Richard B. Mather)教授在他的《世说新语》全译本里已把张翰的绰号正确地译为"Juan Chi of East of The Yangtze River"了。

陈著《文学史》一炮不响,亏得同年出版的《中国现代小说史》站得住脚,给华裔学者争回些面子。捷克学人普实克(Jaroslav Průšusek)原也想把我一棒打倒,从此翻身无日,想不到反给我在强有力的答辩里揭露他自己治学的刻板与浅薄。翌年若愚撰写的《中国诗学》,虽然篇幅不多(正文一百五十多页),而且显然是专为不懂、不太懂中文的英语译者而写的,但内行诗家一翻此书即知道作者不仅对诗词、诗话真有领会,他对西洋诗学也很有研究,不得不予之佳评。事实上,若愚在清华当研究生时,已是英国诗论家燕卜荪(William Empson)的学生兼助教,对李却慈(I. A. Richards)、燕卜荪师徒两人的著作,读得很熟。赴英深造,名义上虽在布里斯多大学修硕士学位,实际上他是追随牛津诗学名教授包勒(C.M. Bowra)写论文的。日后若愚兄借用二十世纪英美诗评家的理论和方法来整理中国诗,当然就给他整理出头绪来了。

陈受颐的《文学史》惨遭围攻之际，美国汉学界出了夏志清、刘若愚两个新人，都是英文系出身，西洋文学读得比一般欧美汉学家多，英文也比他们写得漂亮，的确大受同行注意，从此也不再有人胆敢忽视、小视华裔学人了。刘绍铭在悼刘文里谓："国人在英美学界替中国文学拓荒的有二大前辈：小说是夏志清，诗词是刘若愚。"绍铭弟同我私交虽厚，同若愚兄交情极浅，但也无意捧他，所谓"二大前辈"，倒的确是美国华裔同行一致的意见。

一九六二年九月开始，我一直在哥大教书；若愚兄一九六七年离芝大而去史丹福任教后，也就在西岸定居。我至今未知是哪几位年轻同行，煮酒论英雄，品定我们为"东夏西刘"的。但此说一说，传遍美国著名学府的留学生间。六十年代后期我去哈佛演讲，从谢文孙口里初听此说。文孙弟是中国近代史专家，那时还在念博士学位，早年也是先兄的得意高足。

## 三

年轻时在美国学术界打天下，不仅要努力著作，也还得忙于奔波，不时参加会议，在同行面前露一两手。一九六一年初，我还在波茨坦纽约州立学院教英文，但《小说史》即将出版，为谋职方便起见，想要在亚洲学会年会上宣读一篇论文。托先兄问陈世骧，才知道明尼苏打大学马瑞志教授正在筹备一个中国文学小组会议。我写信去，马教授居然看世骧面子，容我读一篇有关《红楼梦》的报告。此文原题《〈红楼梦〉里的爱与死》，公开宣读时已改题为《〈红楼梦〉里的爱情与怜悯》。

我于三月二十六或二十七日飞往芝加哥，下榻著名的帕墨旅馆（Palmer House），二十八日下午二时到达小组会议室，才同马瑞志、许芥昱初会。原来芥昱也想露一手，特来芝城读一篇评析李清照词的报告。另两位读论文的，一是傅汉思（Hans Frankel），我早一年去西岸访兄，由济安哥介绍认识的；一是柳无忌教授，一九三一年即已是耶鲁英文系的博士，我在耶鲁那几年，他也在母校，孜孜不倦地研究孔子与儒家思想。这个讨论小组，许、夏两人无名，马、傅、柳三人当时名气也不大。但不出多年，五人都称得上是各有专长的名教授了。

柳先生那天讲苏曼殊的生平，为日后写苏氏评传做准备。芥昱兄那篇《李清照词》（The Poems of Li Ch'ing-chao），后刊于一九六二年十二月那一期老牌学术季刊PMLA，并附许教授自译的易安词多首。PMLA读者主要是英美语文以及其他欧美两洲语文的教授和教师，《李清照词》乃该季刊破天荒第一遭刊登的中国文学论文，芥昱兄当年应感到特别光荣。我自己那篇，会场上有位《批评》（Criticism）季刊的编辑，乃韩国人（不知是否美国土生），听了中意，日后来信索稿，也就寄去发表。同时该文加以增补后，成为《中国古典小说》的一章。

一九六一年，芥昱兄还没有留髭，人看来英俊潇洒。小组会议结束后我同他谈得很投机。一九六九年跟王洞结婚之后，我同芥昱兄的友谊也加深了一层。原来王洞当年曾在旧金山市立学院教过中文，芥昱正是她的上司，对她极为照应。一九七八年初芥昱兄来访（此事我曾在《中国现代小说史》中译本序上提到过），三人畅叙一晚，也提起我和他在芝加哥会场上初会的情形。我特在书架上找出年会节目表给他看，两人不禁大笑。节目表芥昱早已丢了，还嘱我把印上我们小组会议节目的那一页影印寄给他。想不到四年之后，他想抢救书房里自己的手稿而丧生。一九六一年五月，赫胥黎（Aldous Huxley）的洛杉矶郊区住宅一夜之间烧得精光，他所藏有的书信、手稿、书籍、油画都付之一炬，但离开凶宅前，他毕竟带走了一部尚未完成的小说手稿［《岛》（Island）］，太太也抢救了她珍藏的Guarnieri名牌小提琴。水灾急不待防，有时比火灾更可怕。

## 四

一九六三年三月底我同若愚兄初会，也在亚洲学会的年会上。那年开会地点在宾州费城，我乘火车去很方便，若愚如还在夏威夷大学任教，得老远乘飞机赶来。他第二本书《中国的侠》（*The Chinese Knight-Errant*，一九六六）序里提到他在费城年会读了一篇讨论古代游侠与儒、墨、道三家关系的论文。那场小组会议我记得很清楚，而事实上，我们不可能有比该次更早的聚会了。《语际的批评家》自序那一章所记大事，皆未系年月，单知刘若愚先在布里斯多、牛津两地攻读两年，再去伦敦大学任教中文课程五年。此后他在香港执教五年才去火奴鲁鲁的。我来美留学后，要待一九六二年暑期，才有机会赴英国开会，若愚兄那时当然早已离英他往了。在费城两人初会，必然热烈地握手言欢，谈了一些衷曲。沪江同学张心沧、丁念庄是我海外最老的朋友，大半年前特去剑桥访他们，同若愚谈话一定也提到他们两位。

若愚兄那时在写《中国的侠》这本书，《水浒传》里的侠义人物也是他注意的对象。我早一年在印第安纳大学宣读的《水浒》论文，已部分刊出于该校主办的《比较文学年刊》（*Yearbook of Comparative and General Literature*）。若愚兄认为我把《水浒》评价太低，太看重梁山英雄仇视女性的"帮会道德"（gang morality），特问我可否在他新书里对我的观点加以驳辩。我当然一口答应，但心里总觉得有些奇怪，同行中西朋友，还没有第二个人初见面就要征求同意与我笔战的。说得好听些，若愚虽爱朋友，却更爱真理，不怕为辩护真理而开罪人。说得不好听些，刘若愚确如绍铭所言，是个"'不好惹'的角色"，"生性要强"，潜意识中惟我独尊，总想把与自己意见不合或批评研究方法不相同的著作，评得较苛。

绍铭悼若愚文里引译了哈佛教授奥温（Stephen Owen）新著的书评一节。此书我尚无暇阅读，不知刘兄评得公允与否。但奥温一九八一年出版的皇皇巨著《盛唐诗》（*The Great Age of Chinese Poetry*：*The High Tang*）我是读过的。此书从王维写到韦应物，奥温对大小诗人却有他自己的见解，古今评家的意见他或采纳或驳斥，很见功夫。若愚兄当年在*CLEAR*期刊（第四卷第一期）上写书评，我认为把此书评得太苛刻一点。余国藩在《亚洲学报》（一九八三年五月号）写的书评，给《盛唐诗》最高的评价，我认为公正得多。

《中国的侠》一九六六年出版，我自己那本《中国古典小说》（一九六八年哥大出版）也已写就，没法子只好给《水浒传》章加了两个长注，答复若愚反对我的意见。有兴趣的读者不妨参阅《中国的侠》书一一四至一一六页和《古典小说》三四〇至三四三页注十四、十七。一般说来，这场辩论之后，若愚治诗词与诗论，我治古今小说，河水不犯井水，没有什么冲突。但想不到若愚兄去世前一年左右，他还特别投书《知识分子》（*The Chinese Intellectual*）提出几点责问，等于同我挑战。挑战者位低资浅，有地位的学者尽可置之不理，没有人会认为那学者自知理亏，默默认错的。但西刘对东夏提出质问，同行等着看好戏，我就非写答辩不可，虽然心里很不愿意。二十年前为《水浒》交锋一场，没有关系。二十年后，两人都名高望重，实在不必要在一份学术刊物上公开笔战了。

我是《知识分子》的编辑顾问，总编辑梁恒是我的学生。他向我索稿，我就答应写一篇《中国古典文学之命运》。这个题目极大，我先交了个上篇，刊于一九八五年四月发行的春季号（第一卷第三期）。我那篇论文尚未全部刊出，刘教授实无必要迫不及待地写出《读夏志清《〈中国古典文学之命运〉有感》那封投书。再者，若愚兄一九六九年八月在新七卷第二期《清华学报》上发表《李商隐诗评析》后，还没有发表过中文文章。晚年他自称是"语际的批评家"，专用英文讲述中国诗和诗学，对一般中文刊物上发表的文学论文，尽可和他意见不同，他从不驳辩。这次特写中文投书，刊登《知识分子》同年夏季号，我真感到情形不简单，否则多年老友，两人通信讨论问题，有何不可？

最说不通的，《中国古典文学之命运》上篇根本未提刘教授之名，他却认为：

> 他虽然没提名道姓，可是所谓"今日美国（大学）东亚语文系也讲究文学理论、比较文学这套东西，道地的汉学并不吃香"这句话隐然包括我在内，我不能不"表态"。

意思是说，我既在《中国古典文学之命运》上篇里，讲到"文学理论、比较文学这套东西"，不提他也就等于提他了。若愚兄实在把自己看得太重要了："一夫当关，万夫莫开"，你要讲"这套东西"，就先得过他这个关。但"文学理论、比较文学"的道路非常宽阔，不比李白《蜀道难》里的剑阁，不是人人先得向某某权威打个招呼，或者留下买路钱才能过关的。即在中国古典文学这一门学问里，理论家、比较文学家路数很多，不必都被刘若愚"认同"的。"尚同"是墨子提出的观念：上下意见一致，也就天下太平，但人民思想不自由，过着太平日子也没有多大意思了。"文学理论"、"比较文学"是少数读书人搞的东西，更不必"尚同"，虽然任何理论家都希望会有很多、很多人听从他的理论。

## 五

我在《中国古典文学之命运》中篇里，写了一长节，答复了若愚兄的质问。此篇写于寒假，去年二月初刊出于第二卷第二期《知识分子》冬季号（二月四日梁恒在彭亭餐厅请吃午餐，把该期分发给两桌客人）。三月十八日星期二晚上，余国藩教授从芝加哥打来电话，谓若愚兄一星期前进医院，病情危急，人已进入昏迷状态（in a coma）。消息骤来，我大为震惊。若愚虽投书挑战，无论如何他是我最敬佩的同道和朋友，他比我年轻，怎么会得此绝症？电话上我一无主张，问国藩弟如何表达我们对病人最大的关怀。国藩说若愚已说不出话，只好打电报去，还有希望他能看到。我就套用国藩电报的字句，也打了一个电报到医院里去。

隔一两个星期，才从余宝琳教授（Pauline Yu，我的同事，也是刘教授的高足）那里听到消息，若愚割除喉管后，经过良好，人已清醒过来。过几天又听说他已离院，回到自己家里或者小型疗养所去疗养了。但多年前我曾目击另一好友卢飞白患食道癌绝症后虚弱的样子，就知道若愚兄不久于人世了。我到医院去探病，飞白兄虽已切除一部分食道，喉部未受损害，照旧可以说话。若愚是连话也讲不出了。

柏克莱、史丹福一带四季如春，气候比纽约好，但不知如何，亲友同行间早死、横死的特别多。济安、世骧、吴鲁芹兄我都写过专文追悼过。此外，柏克莱东方学图书馆主任欧文（Richard G.Irwin）饮弹自杀，同校中国史专家李文森（Joseph R. Levenson）翻舟丧命，都是当年同行常谈到的不幸事件。许芥昱横死，更让人相信湾区的风景虽佳，风水却特别坏。

芥昱兄虽抽烟斗，他身上无半磅肥肉，做事特别勤快，若未遭祸，应该是长寿的。济安、世骧、若愚三兄早亡，我想都和烟酒有关。我不知道若愚兄是否人在北平时，已嗜烟酒。但一旦去了英国，即使大学期间一无嗜好，迟早也会给老师、同学同化而去享受烟酒的文明的。三十年代初期，大家对抽烟并无戒心，林语堂先生还在《论语》半月刊上提倡吸烟，真认为牛津、剑桥学子，同导师单独谈话时会给烟味熏陶而增添智慧的。

印象中，英国学界人士更爱杯中物，因之英国留学生比美国留学生更易养成饮酒的习惯。我同若愚初交，即看出他嗜酒，但从六十年代到八十年代，他的酒量愈来愈大，人也变得不像初交时容易亲近。有些朋友醉后人更风趣、更潇洒。若愚兄则反是，醉后人变得难以相处，脾气更大。听说史丹福华人同事间，请客真怕刘教授酒醉，把别的客人也得罪了。

一九八三年六月，我和若愚兄都接受了夏威夷大学韩籍名教授李鹤洙（Peter H. Lee）的邀请，去汉城开会。同会者还有李欧梵、杜国清，以及另五位美国大学教授。会议结束之后，鹤洙兄带领众人同游韩国南部之寺庙。讲道理，我同若愚有六七天朝夕相处，应该交情转深，但事实上并没有。到了那一年，若愚早已酒精中毒，因之午晚两餐皆需烈酒佐膳。偏偏招待我们的文化机构，只供膳宿不供酒，若愚又不甘独饮，我们陪他、也请他喝酒，多了一笔支出，但也没有增加多少酒酣耳热的乐趣。若愚兄并非开心的人：早同太太离异，一人独居一幢房子，显得更冷清寂寞。最伤心的是，爱女美文（Sarah）十多岁已患白血病（Ieukemia），给他打击极大。有一个晚上，我同国清在他旅馆房间里，陪他独酌，听他酒言酒语，讲些牛津、伦敦往事。人生寂寞，酒后记住的绝不会是因著作等身而带来的荣誉，反只是初交洋妞时一些"优胜纪略"。若愚逼尖喉咙学女孩子讲话，我和国清都听不太懂，只觉得他处境如此，是很值得同情的。

比韩国之行早了大半年，若愚、国清曾于一九八二年八月同来纽约参加一个在纽约大学举办的国际比较文学大会。刘、杜师生两人我皆已多年未见，这次有机会同他们接风，特别高兴。若愚人比以前瘦一些，但精神很好，谈锋也健。刘兄身材不高，脸圆圆的，早年有些胖，头发很乌很厚，嘴里老含一根雪茄，看来有些像照片上的大导演刘别谦（Erns't Lubitsch），虽然导演的犹太鼻子和他嘴里咬着的雪茄，都比若愚的更为肥大。那次纽约见面，嘴里并无雪茄，若愚很得意地对我说，烟酒不应兼嗜，早已听从医生的话，把烟戒掉了。我自己也深知抽烟之苦，却照旧香烟、烟斗并抽，见到刘兄比我更有毅力，好不羡慕。想不到戒烟多年，若愚还是因烟丧生，虽然长年饮酒，身体各器官都被损害，癌症也就更容易乘虚而入了。

用功读书的人，进入中年后，不免时有病痛。我运气好，十年前只因十二指肠出血进院住了两周，溃疡之症，比起癌症、心脏病来，无论如何死亡的威胁要小一些。大病之后，我反而注意身体起来，烟虽未戒（两年半前终于戒了），却改进饮食，每日吞服大量维生素、矿物质，每晚照旧散步，因之受害不大。若愚兄可能不相信维生素，或者同大多数人一样，晨服一丸，就觉得很对得起自己了。我有两个朋友，四五十岁即得不治之癌症。我去医院访病时问她们，平日服用维生素否，她们都摇头，因之我更深信维生素、矿物质之重要。

若愚兄每饭必酒，需比常人加倍服用维生素B、C，才能抵消烟精之毒。一九八四年秋，若愚曾来新泽西州罗脱格斯大学（Rutgers University）访问一学期，因之我同他见面次数较多。到那一年，他较前更瘦，朋友都劝他少喝酒，他也自知节制，但显然已太晚了。一九八五年夏天，他检查身体，即知已患癌症。但他把消息瞒了，很可能连他的爱女也未通知，怕她得讯后自己病况转劣。

若愚兄比我小六岁，五十九岁去世。张心沧也比我年轻两三岁，前几年得了一场大病，也就提前退休，隐居剑桥。他们皆极聪明，中学跳级，因之大学毕业还不满二十岁。他们外语底子都比我好，若愚中学即读法文，因之造诣甚高。心沧大学期间读了两年德文，毕业后自修意、法二语，有欧洲女老师指点，进步很快，不像我总共在大学里读了一年德文，以后德法文全凭自修，一无会话的训练，自然忘得快①。现在若愚已亡，心沧不必退休而先退休，我比他们年长而还在教书，不免感到有些寂寞。

说真的，当年在大陆读外文系而后来在美国教中国文学的友好，柳无忌、李田意这两位耶鲁博士都已先后退休。除我之外，曾有英文专著出版而尚未退休的，可能就只有罗郁正、时钟雯这两位上海圣约翰大学的高材生了。屈指算来，朋友间其他华裔中国文学教授都于一九四九年之后，始在台、港、美国各地读大学的，其中好几位台大学士也还是先兄的高足，说起来我真可算是前辈了。尚未退休的同行之间，只有威斯康星大学终身职教授周策纵比我年长，但他从小打好了深厚的国学基础，同外文系出身的学者，教育背景不太一样。

# 六

一两个月前，我准备写悼文，重翻了刘兄的著作，也重读了二十多年来他寄我的书信。一共留了二十封，新年贺卡只留了一张，有些嘱写推荐信的短简都未留。若愚兄申请休假研

---

① 我在沪江的那四年（一九三八年至一九四二），无人教授法文，大家只好选修德文。大三那年，我同心沧一起读德文，原想大四再修一年，不料校方查出我副修历史、哲学，不合格，一定要副修一门非属文科的科目，才能毕业。没有办法，只好在大四那年选修"会计"、"银行"这两门课，加上我在大二那年已修了"经济学"，副修商科的学分足够了。但德文荒了一年很可惜。

究金，我必为推荐人之一，我要申请研究资助，他也必写推荐信无疑，而且两人都不拆烂污，写此类信很用心。因之东夏西刘都轮流开过两次中国文学的暑期研究班，四年制大学本部教授、教员都可以申请，被选上的十二名每人由政府津贴两千元。有些教授上了我的课，再去史丹福暑期班，也有的，先上若愚兄的课，隔几年再来哥大，情形很有趣。一九八五年暑期，若愚兄又开了一次暑期班，其中有两位早几年在我班上的，更有一位是刚拿博士学位的哥大学生。据那位老学生的报告，若愚兄到了暑假才查出身患癌症，因之教书情绪很低落，学生上课也就无精打采。若愚兄生性好强，但力不从心，也就无可奈何了。

重读旧信，发觉我们两人不仅事业上互相支持，刘兄字句之间真有友情流露，颇为之感动。若愚的第一封信一九六五年二月二十六日从匹兹堡发出，是听到济安二十三日去世消息后写的。全信抄录如下：

> 志清兄：顷接友人郑喆希兄函，惊闻令兄济安先生逝世，不胜震悼。上月见世骧兄时，尚戏言令兄可能结婚，不意言未竟而济安兄已作古，人生果如是耶？谨致吊唁，并望节哀料理后事。感慨百端，不尽宣。
>
> 弟　若愚顿首　　二月二十六

但此后大半信件都是英文写的。同年四月十二日，若愚来信谓在旧金山亚洲学会年会未见到我。本月二十日，他同洋太太克来阿（Claire）将来纽约一周，住皇后区老友张暄家。若愚既来纽约一周，我就向系主任狄百瑞（W. Theodore de Bary）

提议请他作一次演讲。狄教授当然慨然同意，因为我早告诉他，刘若愚着实是个人才，匹大绝非其久栖之所，如能请他来哥大，岂不善哉！华兹生（Burton Watson）那时在系里教授古典文学，但他不时要去日本。多年之后，他终于辞掉教职，长居岛国。那天下午我介绍若愚兄在恳德堂休息室演讲古诗歌里的游侠，陶渊明那首《咏荆轲》当然也在讨论之列。听众甚多。

不知是否同一天（可能是早一天），若愚偕克来阿光临舍下。记忆中，我们两对夫妻围坐厨房长桌谈话，已在晚饭之后，但卡洛和我有没带他们上馆子吃饭，则已记不清了。他们带了一瓶Herring名牌的樱桃甜酒来，则记得很清楚。那时我连白兰地都不太欣赏，饭后酒只爱喝橘子味道的Drambuie。从未品过樱桃酒，因之这瓶酒异味新尝（太甜），印象较深。若愚兄英国太太克来阿我就只见过一次，反而记不起她的样子了。若愚兄最宝贝独生女是到了芝加哥或史丹福后才出生的。我从未见过美文，否则克来阿的长相一定可以联想起来。

一九六二年七月，我在匹大教满了一年，即来哥大。同样情形，若愚在匹大只留了一年，就决定去芝大了。一九六五年八九月间，他从匹、芝二城来信，谓亚洲学会年会明春在纽约市举行，问我有无兴趣参加一个由他组织的小组会议。回信我一定说，当众念论文已不感兴趣，总评之职则乐意充任。翌年四月五日，我们果然在 Americana Hotel重聚。小组会议总题为《中国文学与西方批评》，先由罗郁正（那时还在爱渥华大学）借用尼采学说讲诗，史各特（A. C. Scott）第二个上台讲明清戏剧，柳无忌最后比较苏曼殊、马君武、胡适所译拜伦《哀希腊》名歌三种不同的译本。史各特原是英国驻香港的官员，若愚想在香港教书期间即同他认识的（《中国之侠》好几幅小型插图出自他的手笔）。若愚明知各氏提供的论文写得太差，事先向我求情。但人在台上发言，要听众听得过瘾，有时真会身不由己，把恶劣的论文嘲评一番。

我保存的下一封信，一九六七年十二月二十日从史丹福邻近小城Menlo Park发出，想来若愚同年暑期西迁的，在芝大只留了两年。信上说，史丹福同事、小说专家韩南Patrick Hanan决定要去哈佛了，刘自己有意请我去接他的职位，但中国史这个教职也空着，校方可能先聘一位史学家。但即使明后年来不成（信上接着说），陈受荣老教授——陈受颐之弟——退休后，系里总会有空额，可请我来。翌年十月二十日他寄我一封五页亲笔信——二十封中最长的一封——主要写下了《中国古典小说》的读后感。我评《水浒传》道德意味太重，他虽不敢苟同，但他对全书的确拜佩不已。因之这封英文信首段就说：

> 我至今怀着美梦，陈受荣退休，你会给劝诱来史丹福。只要你我二人同心协力，敝校应可成为一个真正中国文学研究的中心。（Between us we could make it a real center of Chinese literary studies.）

若愚兄生性孤傲，好多中国文学同行他认为是没有资格当他的朋友的。六十年代后期，他屡次在信上对我表示友善、钦佩，也真可说是难得的交情了。

重读旧信，陈世骧去世后若愚兄写于一九七一年四月二日那一封信也给我很多感触。下面引的那一段文字不难懂，我想不如直录存真，用不到把它译成中文：

世骧's death was a great shock to me. After attending the memorial service, I came back re-examining my own life and wondered what it's all for. I resolved to drive myself less hard in my work and pay more attention to personal relationships. But being me I don't seem to be able to relax. I suppose I'm simply born with 操劳命 and can't take things easy.

世骧、若愚二兄生前都嗜烟酒，过世时都只五十九岁，未活满一花甲。但七十年代初期，一般教授们还不讲究养生之道，若愚那时年纪还轻，根本不会想到，世骧短寿，不因操劳过度，只因抽烟喝酒，多吃油腻，再加上常服安眠药，心脏机能也就跟着衰退了。若愚自己工作一向勤奋，开完追悼会回家，想想人生一场空，日夜用功又怎么样，还不如在亲友身上多花些时间，待人接物和气一些，自己收获更大。但若愚自知生就"操劳命"，轻松不来，到头来还是觉得一人关在书房里读书写书更开心。除了对美文特别关爱外，他是不太注重"人际关系"的。

## 七

但世骧过世后，刘兄倒有一年半载不时想起他。去年六月二十八日郁正兄来信，特别提到一九七一年十二月间（那学期想他也在史丹福任教），若愚建议两人同去世骧家吊慰其夫人。若愚一进会客室，见到世骧遗像，竟哭了几分钟，留给郁正很深的印象。一九七二年六七月间我飞旧金山参与一个中美学人合办的中共问题讨论大会。这是我于世骧逝世一年多后第一次到湾区，同美真见了好几次面。有一次晚上是若愚开车带我去六松山庄的。他见到遗像，也就鞠躬致敬，口里"世骧，世骧"叫个不绝。早半年前见到遗像，我完全相信郁正兄信上的记载，他真会哭泣成声的。

但据我所知，陈刘两兄交情不深。世骧去世后，若愚感慨甚多，且自勉好好做人，我想不止是爱惜其才。他一定感到二人都先后在北平受教育，也都酷爱中西诗学，晚年有缘在西岸两大学府各任中国文学教授之职，讲道理应该是极亲密的挚友，而事实上并非如此，不免心头难过，而悼意更浓。二十年前我曾目击陈刘针锋相对的一个场面，因之充分了解为什么他们未缔深交。

一九六七年正月，我在台北赶完一篇讲战争小说的论文，飞香港逗留两三天，即飞回纽约。到家不出数日再乘机去百慕大岛参与一个讨论中国文学类型的会议。提供论文的十一位学者，都是一时之选，阵容非常整齐。华裔学者一共只有四位，刘、陈、夏之外，还有一位叶嘉莹教授。她那时从台北移居北美洲才不久，海外名声不大，但深为哈佛教授海涛坞（J.R.Hightower）所赏识，她提供的那篇论文也是海涛坞亲自译出的。在此类特邀参加的会议上，即使有人提供的论文内容欠佳，也不便当面苛评。评者尽可提出相反的意见供作者参考，但态度上应该是诚恳而客客气气的。刘若愚评世骧的论文，却说不上诚恳客气。

陈世骧那篇论《诗经》的长文，早已有杨牧的译文，题名《原兴：兼论中国文学特质》，载《陈世骧文存》。讨论该文的那一场会议，由若愚兄充任主席，当然最理想，两人都是公认的中国诗学专家。但刘兄对陈公的论文不加一句赞词，却提出了一连串的问题（至少五六个），要求世骧加以答复。世骧是最要面子的人，《原兴》又是他极用心写的力作，现有年轻学者挑战，态度说得上傲慢，心里的不高兴也就浮现于脸上。他把问题一一答复，总算对付过去了，论争也没有扩大。但他对若愚记恨在心，我想是一定的。若无此类不愉快的经验，若愚去史丹福后，世骧一定会推心置腹同他缔交的。

若愚兄太好强，同行都有些怕他，对他也就不会有太好的印象。一九六九年十二月，我和世骧同去圣十字岛（St. Croix，维尔京群岛之一）参与中国文学批评讨论会。这次会议出席的人数比百慕大那次多一倍：除有声望的教授之外，也请到了好几位年轻的学者。若愚身为诗学权威，必在被邀之列，但可能事忙，无暇特为此会写篇论文；也很可能，他有意要让王靖宇——韩南去哈佛后，史丹福聘了他——在大会上露一手，自己不去而推荐了他的新同事。但若愚兄虽未出席，却把要在大会上讨论的各篇论文，看得很仔细。可能有两篇论文意见同刘教授不合，或者点名批评了他，他特别写了两节声明，交给王靖宇，嘱他在众人讨论此两篇论文之前，先把声明宣读一下。说起来，这是相当可笑的举动：你不在会场，人家在尚未正式公开的论文里发表的意见，干卿底事?将来论文刊出后，再辩正不迟。假如性子急，你同这两位学者——不论有无交情——书面上讨论问题也无不可。刘兄这样派王教授为其全权代表去纠正人家的"错误"，给人的印象，他高高在上，简直神圣不可侵犯，自大得有些滑稽。

# 八

在美国教文学理论的教授们，说起来只有在"新批评"全盛期，大家相安无事。"新批评"失势后，新兴的文学理论派别也就愈来愈多。像刘若愚这样专教中国文学的理论家、批评家，要专教西洋文学的理论家对他感兴趣，且受其影响，谈何容易?即在专研中国文字的小圈子里，要人人听从你的话，按照你的理论去认识文学，也是大难事。但若愚兄不止是用英语讲述中国诗学的"语际的批评家"，他更想把我国传统的同二十世纪欧美的文学理论综合起来而自成一家言的"语际的理论家"（an interlingual theorist），真的雄心不小。

若愚兄自己佩服的西洋文学理论家李却慈、威来克（René Wellet）、尹嘉顿（Romon lngarden）、杜富仁（Mikel Dufrenne）——后两者乃欧洲现象派文艺理论家，七十年代以后，刘教授就一直对他们十分推崇——都是不懂中文的（李却慈早年查阅过孔孟经典原文，但说不上学过中文）。时至今日，所谓"世界文学"，当然包括东方古今名著在内。同样情形，当今最具声望的欧美文学理论家，假如他们治学的范围逃不出西方这个大传统，而对中、日、印度的文艺理论一无所知，会自感有些"土"（Provincial）。若愚兄看准这一点，整理中国固有的文学理论以便有贡献于文学理论的国际性之研讨，这可说是他晚年治学的大目标。

《语际的批评家》出版前后，刘若愚即已开始从语言本身的自相矛盾性（The Paradox of Language）这个题目来探讨诗学，同时也等于进一步研讨道家、禅宗的美学。一九八四年秋季，若愚在罗特格斯大学作客，我邀请他来哥大演讲，题目即为《诗与语言之自相矛盾性》。他讲得很精彩，更让人感到若愚兄未克成书而先走一步，乃学术界莫大的损失。但林理彰最近来信说，先师授权，嘱他把书早日补成，这不能不说是个好消息。林理彰公认是刘教授的大徒弟，刚写了本专著译介《沧浪诗话》，由他整理、补充先师遗著，一定十分胜任的。

若愚兄二十多年来，不断用英文著书立说，为中国文学、中国文学理论争取国际重视，用心良苦，功劳甚大。有朝一日，在研究院开"文艺理论"这门课的西方教授们，不仅引用刘若愚的著作为参考资料，而且认真在课堂里讨论起陆机、严羽、王士祯来，我的故友也可以含笑黄泉了。我真希望由林理彰补成的刘氏遗著，在西方文学理论家间发生巨大影响。《中国文学理论》此书主要用归纳法把历代理论家、诗话家分门别类综论一番，对西方理论家用处不大。

# 九

我和若愚兄对中国古典文学的看法，不太相同，但我们大学期间即爱好文学批评，出国以前都曾得到燕卜荪的赏识，早年的求学生涯是十分相似的。亏得燕卜荪对我一篇《布莱克》论文加以谬奖（若愚兄大学期间即对布莱克十分倾倒，见《语际的批评家》页XIV），否则我不会拿到李氏奖金而来美国留学的。若愚兄既是燕卜荪的助教，赴英留学一定也得力于他的推荐的。我和若愚在海外进修期间，所读的当代英美文学批评都不出那几位名家的著作。要说有分别的话，英国批评家间，我更为李维斯（F. R. Leavis）所吸引，而若愚可算是李却慈、燕卜荪的嫡裔学生。我在上海期间即已读过李维斯两本书，受他影响，也就一直没有去读吴尔芙夫人的小说。若愚在辅仁写学士论文，即专研吴尔芙，表示他未读过李维斯，或者看到了李氏对"百花区"（Bloomsbury）作家群的批评而不为其所动。

我们完成学业后，都为谋生而兼治中国文学。若愚兄在伦敦大学亚非研究院教中文开始，即用心研读中国诗，而我拿到博士学位后，即找定中国现代文学这个大题目为我研究对象。这是两人西洋文学研究暂告一段落后，初探中国文学领域，起步方向之大大不同。我一开头即把胡适、陈独秀、鲁迅诸君子在《新青年》发表的文章细加阅读，也等于生平第一次对中国传统社会和文化的种种弊病认真加以注意起来。起初我对新文化倡导人的话不敢全信，但后来发现所有严肃的中国现代小说、戏剧，却写出了一个封建社会的腐败黑暗，不由我不对那几位五四巨人表示由衷的钦佩。读惯了新文学，发现历代文人所传下来的诗词文章，都吞吞吐吐不敢说真话，或者尽发个人牢骚，而不敢反抗黑暗势力，为老百姓、为自己争取做人应有的尊严和幸福。不可能到了晚清时代，中国才突然变得黑暗起来。中国之黑暗由来久矣，历代文人未加揭露，只因为他们早已习惯于黑暗，在自己的小天地里饮酒赋诗，生活还是很舒服的。而这些绝大多数的文人骚客，眼瞎耳聋，不问不闻，也就是君权专制时代中国文化的必然点缀品、装饰品。两千多年来中国文化走错了路，读书人只想做官，一般人民但求偷安过日子，一切文艺也就少有生气，包括文学在内。当然，正因为如此，那几位肯为自己、肯为老百姓说真话的大诗人、大作家，也就更显得伟大。

若愚兄从未考虑过中国文化的优劣问题，也从未花过一长段时间攻读中国现代文学，因之我们可以说他对现代中国之实况并不太关心，而同中国固有之文化传统却一直没有脱过节。当然他一直在读欧美文艺理论的新著作，讲这方面的学问，态度上比我新得多，但他对中国文化、文学的看法，却比我守旧、保守。读《语际的批评家》自叙章，我们知道若愚从小由母亲亲授四书、唐诗，中学期间他自修西洋文学，显然同我当年情形一样，对中国现代文学兴趣不大。进入大学后，专攻西洋文学，陶醉于吴尔芙夫人、亨利·詹姆斯的世界里，中国现代文学当然更不屑一顾了。艾略特、李却慈、燕卜荪，以及美国的"新批评"家，都以文论文，若以当代英美批评家为楷模，去治中国诗，就有做不完的工作要做，也就不必注意文章以外的大问题了。二三十年来若愚兄治中国诗，就一直停留在这一阶段，对中国的旧文化、旧社会，若非真心拥护，至少也可说保持一个"中立"的态度。

　　对若愚兄来说，中国文学传统同西洋文学传统历史同样悠久，其成就之光辉也当然是相等的。因之若愚兄两次同我笔战，都为中国古典文学及其公认的经典作品辩护，我们二人互相敬佩，实在是一无私人怨仇可言的。若愚以诗论诗，以文论文，觉得中国古典文学比起西洋古典文学来，并无愧色。他认为，即使"中国文学没有史诗和悲剧，我们可以回答西方文学没有赋、律诗、词和散曲"。关于此点，我已在《中国古典文学之命运》中篇里作了详细的答复。下篇完成后，《中国古典文学之命运》全文当会在台港刊物上发表，我的答辩也不必在这里加以重述了。

　　我从来不以比较文学家自居，主要因为自己外国语言懂得太少，不读文学原文，何从比较？但也可以说，近二十年来，不论读什么书，想什么问题，我一直在从事中西文化之比较。在我看来，中国传统文化比起西方文化来，如此黯淡无光，若仅凭形式、文字、意象种种文学因素去比较中西文学是没有多大意义的。时至今日，我这句话当然不太中听——一方面，我们爱面子；另一方面，海内外从事中国古典文学研究、从事中西文学比较的学者如此之多，他们总要想尽方法把中国文学说得有趣一点、伟大一点，这样才对得起自己，否则时间放进去，从事一项不太有多大意义的研究，真有些太冤枉了。

西洋学者且不去说他，目今的华裔中国古典文学研究者，不管人在台、港、大陆，或者异国，真正关心传统文化优劣问题的，可说少之又少。大家认为旧文化、旧文学，给当年新文化健将批得够凶了。不管优劣，我们现成有这大笔文学遗产，就应该为之骄傲。我们接触到的新的文学理论、批评方法，又如此之多，借用这些理论、方法来处理这笔遗产，还怕人手不够，管他什么文化、文学的优劣问题？但我总觉得这是个最基本的问题：那些并未进入个人境界的诗词、庸俗粗劣的小说戏曲，如有学者借用西法硬把它们说成有趣、生动，甚至伟大，我总觉得他在自欺欺人，缺乏批评家应忠实于自己阅读反应的那种最起码的真诚。学界情形如此，我没有办法，近年来一直在唱反调，坚持胡适、鲁迅、周作人他们比绝大多数当代学者、评家更有勇气、骨气，对我国旧文化、旧文学的了解也更为透彻。

若愚兄两次同我笔战，表示他自己对传统文化、古典文学很满意。东夏西刘，两人刚出国留学时文学背景极相像；到了晚年，在有些文学问题上，两人的思路简直可说是南辕北辙了。我现在对两千多年来维护君主专政的旧思想传统抱有深度的反感。上文早已说过，若愚兄一心治文学，思想比较保守，很可能没有工夫去想大问题，同旧文化的传统也没有脱过节。果然到了八十年代，若愚兄认真地在练字，也在认真地习写旧体诗词了。一九八二年他飞返大陆省亲，重访北京故居，初游西安、江南，感触甚多。返美后，写了八首《壬戌诗草》，并附序，亲笔行书誊清，再把影印本分赠友好。周策纵、杨联陞这几位从小写诗的国学前辈，看到这份《壬戌诗草》，可能并不觉得太好。若愚人再聪明，中年习写七律、绝句，功力总要差一点，这是没有办法的事。但刘兄长年教诗，旅游归来，深觉得自己不写几首《返国即事》、《登慈恩寺大雁塔》这类的诗，有愧于心。诗当然要写在宣纸上，因此书法也非加以苦练不可。古代文人的玩意儿离不开文房四宝，再加上印泥、图章。即对长年居住美国的文学教授而言，它们的诱惑力还是很大的。

## 十

悼文末了，不妨把若愚兄的家世，也略加交代。他早对我说过，母亲晏氏，乃北宋词家二晏之后，父亲是谁，却没有提到过。我初读《语际的批评家》自叙章，才知道其父乃通晓英文的旧式读书人，年轻时曾用文言文译过几个短篇和一本侦探小说，乃去信一问究竟。若愚一九八二年十一月十六日复信上说，父亲字幼新，即以此名投稿旧派文人杂志《礼拜六》周刊。所译侦探小说，中文题名《侠女锄奸记》。若愚谓香港大学冯平山图书馆可能藏有一册，但他自己却未去调查该书原名及其作者姓名。若愚系幼子，同其姐姐若端极亲。她长年在北京中国科学院工作，想是大陆有名的科学家。若端曾来史丹福，在弟弟家住过一阵。若愚逝世前后，她也特地飞来，照料后事。

余国藩那首《满江红》，一开头就说："天妒英才。天可是，无情冷酷。"此两句给我感触甚多。你尽可说，若愚烟酒损身，咎由自取，与天公无关。但爱女年纪轻轻，即患上白血绝症，不能不说是老天的"无情冷酷"。我的女儿自珍一九七二年正月生下来就是低能，做父母的为她辛苦，有好多年我简直休想再静下心来用英文著作。美文得不治之症，我很能想像晚年若愚兄内心的痛苦，但他照旧勤奋著作，毅力之强令我吃惊。三年多来，自珍已交托纽约州兰一个低能儿童训练中心教育，我虽然不太放心，自己读书、研究的时间比早几年充裕得多了。但自己年纪也大了，对美国学术界的"功名"也早已看穿了，六十六岁的人身体最重要，今后能多写几部著作，也就不去勉强自己了。若愚兄如此努力，竟未活到六十岁。先兄济安一九五七年再度抵美后，也勤于著作，却比若愚更少活了十岁。老天对那些身无旁骛的纯学者，有时真是"无情冷酷"的。

本文主要追叙我同刘兄交往的经过，也写下了我对他个性和为人的了解。文章开头，我也对五年前过世的许芥昱兄表示怀念。刘若愚生前撰写了七本英文著作，此外未结集的论文、书评尚有很多。有兴趣的读者可到图书馆借阅其专著；《中国诗学》、《中国文学理论》两书现成有中译本，阅读更方便。本文主要写刘若愚这个人——绘像求真，因之未把其为人加以百分之百的赞扬，有些不合写悼文的体例，希望读者不会感到诧异。同行友好都知道刘若愚脾气大，难以相处，假如我在悼文里一味恭维他，反而看得出我在作假，而对刘兄没有多少真感情了。本文一再提及我对其治学精神之敬佩，悼文里既不便多写学术讨论，但望将来另有机会写篇论文，专评故友著作而借以肯定其治学之光辉成就。

一九八七年二月二十五日完稿
原载一九八七年六月《香港文学》第三十期

# 最后一聚
## ——追念吴鲁芹杂记

## 一、盛装赴会

今天四月二十九日，明天即是吴鲁芹兄逝世九整月的忌日了。去年七月三十一日，也是个星期天，我晚饭后散步回家，王洞即对我说，葆珠嫂刚来电话，鲁芹已于昨天去世了。消息来得突然，只好再打电话到旧金山鲁芹大女儿家，一问详情。葆珠告诉我的，也即是她《写在〈文人相重〉书前》（《传记文学》第四十三卷第五期）的那一段：

> 七月三十日下午五时，鲁芹穿上一套我们共同最喜欢的笔挺西装，把领结都找了出来，非要我挑最适合的一个搭配，然后高兴的拉着我的手，参加邻居百余人的酒会，走下石阶，趋前一步正含笑与朋友握手时，心脏病猝发昏倒不醒，五时四十五分在医院逝世。我、女儿女婿、外孙外孙女均随侍在侧。

这段情节，好多旧金山地区的文友，撰文悼念鲁芹时，也提到过。鲁芹原是台大外文系的"服装最佳教授"（先兄济安戏语），想不到临死他也把自己打扮得漂漂亮亮，如赴盛宴。早在五十年代，台北酒会太多，鲁芹感到吃不消，曾写过一篇谈"鸡尾酒会"的名文，表示每次赴会，"明知此去凶多吉少，受罪无疑，居然从容就义，那精神是很有'赴汤蹈火，皆所不辞'的气概的"。一九八〇年，鲁芹兄嫂从华府近郊阿灵吞镇（Arlington）搬居秣陵郡（Marin County），San Anselmo村幼鹿坡（Fawn Drive）后，除麋鹿松鼠之外，邻居根本不多，酒会的"传票"当然更少。鲁芹对鸡尾酒会显然减少了恐惧感，想不到那次赴会，反给阎王的小鬼当胸一拳，打得昏迷不醒。

即使写追念师友的文章，鲁芹也语多幽默。上面这段文字，有意学他，当然也学不像。事实上，那晚同葆珠通电话后，心境沉重，哪里有兴致去幽他一默?年过花甲以后，每年还能交到几位同行少年才俊的新朋友，但比我年长的老朋友，就像孔乙己碟子里的茴香豆一样，"不多了，我已经不多了"。每给小鬼抓去一个，我生命上就添了一块无法填补的空缺。鲁芹善做梦，一倒在床上，往往就进入梦境。有一次在翡冷翠做客，梦里竟同徐志摩攀谈起来。十多年来我绝少做梦，的确鲁芹走后，从未梦里相会过，虽然清醒的时候，不时会想到他。

## 二、年会纪胜

我同鲁芹最后一次相聚，是在去年五月三十日那一天，恰巧是他永离人世前两整月。他同葆珠住在阿灵吞那十几年，我们每年至少会面两三次，起初我也常有机会去华府，一九七二年初添了小女自珍后，为家务所累，就没有兴致东跑西奔，亚洲学会的年会也难得去参加一次了。今年破例，高克毅兄有兴致邀我到华府玩玩，三月下旬又出席了一次年会。这之前，赴华府开年会，已早在一九七一年三月底，也即是鲁芹《记与世骧的最后一聚》那一次。世骧身任一个小组会议的主席，鲁芹连带也邀我去他家住两晚。那三天，上下午我大半时间在国会图书馆显微灯下看胶卷珍本小说，傍晚才同世骧、鲁芹兄嫂相聚，畅吃畅谈。但世骧爱打麻将，我偏偏是个生手，第一天晚上勉强应战了半小时，就自告奋勇充任"侍应生"，"倒茶添酒"。虽如鲁芹所记，我"一面妙语如珠，一面也时时注意各人杯中的情况，真是克尽厥职"，总感到济安不在，比较冷清些。一九六四年那次华府年会情形就不同了：我们兄弟、鲁芹、克毅、世骧皆在场，真可谓漪欤盛哉。张爱玲那时也住在华府。她虽不爱凑热闹，克毅做东，请了我们兄弟和世骧，她也出席了。席间有人打翻了一杯香槟，想来不是济安，就是爱玲。

## 三、重游湾区

鲁芹远迁西岸后，见面机会就少了。去年五月那次"最后一聚"，真得感谢加大教授白之（Cyril Birch）兄，请我去参加一天加大、斯坦福合办的《红楼梦》座谈会。二大学中国文学部门人才济济，但他们经常聚会，学期终了，开次座谈会，远道邀我去参加，至少会场空气可以热闹些。白之也很欣赏我的风言风语，明知我近年来对《红楼梦》并无研究心得，同行老友多见一次面，总是乐事。

二十七日晚上抵达旧金山机场，当夜即在加大教职员俱乐部（Faculty Club）打电话问鲁芹：明天我讲《晴雯之死》，有无兴趣来捧场。他说谢了，我也不勉强。一九六二年至一九六三年这学年，他在美国七座不同地区的大学讲学之后，已算告退杏坛，再无兴致同洋教授、研究生同处一室互通姓名了。一九六四年那次年会，我们兄弟各读论文一篇，但那是照讲稿直念，一无笑话穿插，听来沉闷。隔几年，我又在华府演讲一次。有一位华侨牧师，酷爱中国文化，请我在一个星期天下午讲中国文学。我答应去，主要因为可以当晚同鲁芹兄嫂聚餐。两位当然驾临教堂恭听，但讲题太笼统，华侨听众教育程度不齐，也就不便多讲笑话，讲得糟透。现在想想，鲁芹听我当众表演两次，皆甚乏味，那天座谈会如肯赏光，倒可纠正他对我的错误印象。十多年来，我各方面没有进步，惟用英语演讲，因面皮已老，很会讨好听众。《晴雯之死》这个题目富有悲剧性，但由我讲来，却笑料不断。写轻松小品，幽默长文，当今名家无人可与鲁芹匹敌。但他在美国表演"马戏"仅一年加两个暑假，功力不如我。我这场表演，他如能看到，一定会非常满意的。

二十九日，我约美真嫂吃了一顿brunch（早餐性质的午餐）。两人多年未见，各叙家常，话题不断。美真得风气之先，早在六十年代就做柔软体操，多吃蔬菜水果坚果，少吃肉类，因之驻颜有术，至今身段苗条如少妇。偏偏世骧是位美食家，两三天不上馆子，心里就不舒服。加上他烟斗不离手，晚餐前必饮大杯威士忌，体格素健也没有活到六十岁。假如他跟美真学习，少吃油腻，戒绝烟酒，我想一定至今还健在。饭后重访"六松山庄"，再去上坟，向先兄故友致敬。

## 四、送行畅叙

那天晚上陈若曦、段世尧伉俪为我接风，请了三十多位客人，而且都是来自各处的炎黄子孙，连老友水晶也在内，非常热闹。偏偏那晚鲁芹兄嫂另有饭局，未能出席，可说是美中不足（临行太匆忙，没有写信通知他们，这是我的疏忽）。三十日上午十一时我已订了机票，飞往阿利桑那州图森市（Tucson）去访缪文杰、翟惠琰伉俪。两位先后都是陈世骧高足，专治中国诗，成绩斐然。他们有约在先，日期不便更改，留下来只有三十日早晨那段时间可与鲁芹兄嫂聚首。我也就不客气，早先约定请他们送我到机场。但加大校园很大，俱乐部偏偏是座三楼木屋，为四边树木所掩盖，很不容易找。美真嫂多年未来校园，那天早上进校门后找了半小时才找到，鲁芹对校园更不熟悉，而且远道从秣陵郡山区赶来，真怕他们不能及时赶到。我不得不同水晶打个招呼，假如过了九点钟，鲁芹还未找到俱乐部，我就打电话给他，烦他马上送我上机场。

俱乐部虽然不好找，还是给鲁芹找到了（早一天他研究加大地图，才没有多走冤枉路）。时间不敷，我已先用了早餐，鲁芹兄嫂就只有喝杯咖啡的时间。出发前还在俱乐部门口找人拍了一帧三人合照，曾刊登于《传记文学》第四十三卷第三期。从加大开往机场，要五六十分钟，我就坐在前排，葆珠坐后排，一路上三人交谈不绝。

我早知道去夏台北畅游一月后，鲁芹身体就不大舒服。读《联副》上《老汉返台日记》连载，得知鲁芹差不多天天有三个饭局，真亏他撑得住。好几年前我返台北参加一个会议，也因饭局太多，炎暑逼人，加上上下午都得开会，不出三四天，觉得身体不好，就请董保中兄陪我叫辆计程车驶往荣民医院。我那时已小有文名，医师看护都待我如贵宾，照顾无微不至，在医院里度假比开会更舒服。日间晚上都有熟与不熟的文友来探病。张佛老是鲁芹晚年交识的至友，通信多年，老汉返台后两人才见面。我同佛老初会，即在荣民医院，至今感激他大热天乘巴士来问病的盛情。

## 五、老汉手札

在汽车上谈话，才知道鲁芹早两月曾大病一场，系早年犯过的心脏病复发，并非因饮食过度而引起的小毛病。闻讯不免吃了一惊：读他十二月写的年卡，虽知道"近来经常'违和'"，而且"来年打算封笔"，感觉上我不以为病情严重。二月二十日信上写道：

> 贱躯自去年十月起即不大好，遂尔辍读辍耕（笔耕也）。三个多月吃吃玩玩打打麻将，然麻将对身体实有害无利，故又掉头读一点轻松的东西自遣。某日读《伍尔夫书信集》发现其中有致凌叔华书数封，忽灵机一动，认为大可写《文人相重》来对抗"文人相轻"的说法。春节过后重新开笔并向叔华师母索来原件之影印本，佐以弟对她们同代那一伙人的知识作注释，相信很快即可完工。以后每隔两三个月读几本书，还可续写二篇三篇。目前所能想到的包括 *James and Stevenson*，*White and Thurber*，*Pound and Ford*。弟着重说故事，与学术无关。不过借此可督促

自己继续读书，比把时间花在麻将桌上为佳也。请兄随时给我一点guidance，以匡不逮（文学史上李杜元白亦相亲相重，但是那种冷饭弟不想炒也）。今日忽然想到给兄写信，还有另一件事。听说亚洲学会三月下旬在旧金山开年会，不知兄来开会否?如来请通知我们一声以便早有准备。

我赶快回信，告诉他师出无名，年会是不去开的了。爱默森与惠特曼等美国文学史上文人相重的例子，倒提供了两三个，等于敷衍塞责：此类文坛佳话，鲁芹当然熟知其详。我受殷张兰熙之托，要为她编选的彭歌短篇小说英译集写篇序，想把彭歌的长篇小说也读了再写，深知老汉同彭歌私交最深，信上也请他寄几本小说给我。同时想到要写封信给张佛老，请他给我住址。三月六日的回信是鲁芹给我的最后一封信，抄录如下：

志清吾兄：三月一日

手教拜悉。彭歌的小说弟在阿灵吞时有几本，都被人借去。搬家时匆忙，也就未索回。现在手边一本都不存。已去信台北航寄与兄，十天左右应可到达。弟自廿年前离台后即不用英文，故现在已不能"造句"，遑论写序?兰熙译彭歌小说，能由兄作序，盛事也，企予望之！弟写《文人相重》是读闲书的副产品。读伍尔芙，对其笔下勤快，亦不胜赞叹。写了那么多书，又写了那么多信，真是不容易。

Barbara（次女允絜）年假中曾返寓。今年夏间转往西北大学作博士后研究，已获得Leukaemia Society（白

225

血病研究社）两年奖金。据说在她们这行中，算是相当prestigious的grant。上星期打电话回家颇为兴奋。弟反正不懂，只有听之。Gloria（长女允绚）与Matt（女婿坂田久生）均好。外孙外孙女非常好玩，亦是两老迁来西岸最大的乐趣。我们偶尔打打麻将，烟斗亦未完全戒掉。明知对长寿之道有损，然又不愿抹杀其中之乐趣，矛盾之至。匆匆不备及，顺叩

　　双祺

弟鸿藻拜上　三月六日

　　内子附候

张佛老之住址：台北市金山街二十号十一楼之一（兄去台时，他大约还住在永康街，这是新寓）。


　　读此信，喜悉老汉继续在写他的《文人相重》，且为次女获奖而高兴，料想"贱躯"已很听话，不再"违和"了。此信我未复，四五月间老汉再无信来，我也不着急，完全料不到他竟大病一场，且进了医院！


## 六、次女结婚

　　允絜荣获研究奖金不久，即于三月二十一日同男友完婚。病中最大遗憾，二老在车上对我说，即是未能飞往安娜堡（Ann Arbor），主持婚礼。鲁芹那时已离院，但身体太虚，葆珠得在家照顾他。女儿再孝顺，请帖已发出，婚期就不便延迟。鲁芹兄嫂宠爱其二女儿，友好所周知。若无医生关照，我想老汉抱病也要飞往安娜堡的。

未上车前，我已从二老手里看到了婚照。洋女婿艾力克·劳森（Eric Larson）北欧种，金发秀脸，一表人才。此人原是允絜哈佛同学，专修建筑，因此善于木工，闲来做些家具，与前总统卡特同一"癖好"（hobby）。允絜日夜忙着在实验室里作研究，亏得艾力克甘为女友分劳，屋里粗细杂事，无一不能，服侍"上司"之帮衬功夫，比起他的准岳丈来，似更胜一筹。早在六十年代，我每到吴记饭庄，总是葆珠亲自下厨——"上司"精于烹调，老汉也就不必权充二厨了。艾力克允文允武，厨房里的手艺也不下于他的木工。允絜受惠多年，修完博士学位后，也就选定一个黄道吉日，同他完婚。偏偏天公不作美，不准老汉亲自把爱女"移交"（give away）。

允絜于史密斯学院毕业，进了哈佛研究院之后，鲁芹兄嫂每次来访，谈到他们的女儿和准女婿，真是眉飞色舞，心花怒放。我虽未见过艾力克，听二老的叙述，此人堪同卖油郎相比，乃当代少见的情种，极为允絜高兴。目今美国，对好多女孩子来说，修完博士学位不难，要同时找到一个体贴入微的如意郎君，真是难比登月球（到今天，上青天一点也不难）。允絜在哈佛实验室里用酒精文火煮一条硬邦邦的熊掌，数年之后，熊掌烧烂，终于尝到了博士学位的美味；之后即和如意郎君同效鱼水之欢，鱼与熊掌兼得，人生大乐事也。

我同允絜已有十一二年未见面了。那时她还在念高中，成绩优异，但心很野，喜打球赛跑，可能还是啦啦队的队长，颇有乃父遗风（鲁芹早年也是网球好手）。体壮肤黑，身段矫捷，一点也不像她文文静静的姊姊。我信上一直喜欢称她们为"吴门女将"，后来允绚当小妈妈了，身上更无一点"将"气，"女将"两字，就单指允絜一人。想不到那天早晨看到她的婚照，人完全变了，黑气早已褪尽，清清秀秀，一脸书卷气，美貌大似当年姊姊初嫁时。十年多来我心里存着一个爱同焦孟二将比武的杨排风形象，破坏无遗，但真为二老高兴：两个女儿一样才貌双全，小女儿爱作研究，将来学术上的成就更未可限量。

## 七、三爱主义

二老未为允絜主婚，当然不便广发请帖，惊动友好。当年允绚大喜，女家主办婚事，我接到鲁芹的"传票"，即亲自办置礼物，到大喜的那天（允绚于史密斯学院毕业后不久即结婚，想是一九七〇年深秋或年底），带了大女儿建一乘火车同去，也让她见见热闹的场面。早在台北时期，小姑娘允绚已同先兄订了忘年之交，夏伯伯为她代写的"丙"等作文，早已成为文坛熟知的小掌故。我同允绚，也是一见如故，实在觉得她聪明可爱。那天宴会上我喝了不少酒，吐出了更多的"妙语"，可惜随吐随忘，一句也记不起来了。翌年三月底，我和世骧同在吴家做客，第一顿晚餐允绚做东，吃得好开心。鲁芹《记与世骧的最后一聚》，把这顿饭着实描绘了一番，最近重读，又让我进入了当晚"南太平洋"欢愉的气氛中。

鲁芹的读者群，都为其文章、幽默、学问所倾倒。惟其讲幽默，文章里偶一提到两个女儿，也不让我们看到他深厚的父爱。其实鲁芹为人最可爱处——也可说是他的伟大处——即是他的爱心。他爱朋友（他敬佩的老师，到后来也转为朋友，因此不必另列"爱老师"这一条），爱太太，爱女儿——可说一生抱定了这个"三爱"主义。他从没有治国、平天下这种抱负，也不爱讲修身、齐家这套道理。但因为心里充满了爱，身不修而自修，家不齐而自齐。而且在我看来，他的心也很正，意也很诚，虽非完人，也可算得上是个非常可爱的正人君子了。中国过去好讲"长幼有序"，做父亲的摆出父亲的架子来，让子女们望而生畏，但心里有了恐惧，子女对父母就没有真爱了，年长后不管如何孝顺，也带一些假的味道。鲁芹同我从小读了西洋文学，就喜欢父亲同幼子幼女嬉笑无序，在地毯上一起打滚玩乐"忘我"的境界。子女年龄大一些，就一起同他们在弄堂里打篮球、棒球，长幼无序而老小咸乐。我在阿灵吞见到吴府全家时，吴家两个女儿已进了高小、中学了。但在我想像中，在台北期间，鲁芹一定是个乐于为她们换尿布、喂奶瓶的好爸爸。

在文章里，鲁芹一直称其爱妻为"上司"。葆珠系湖北名媛，在《台北一月和》里，他更自称"楚囚"。这种称呼，当然有意制造幽默，但一小半也带些嘲笑、抗议我国伦理观念的味道。在礼教社会里，夫妻这一伦，同君臣、父子这二伦一样，夫在上，妻在下。时至今日，鲁芹在太太面前，以下属自居，我们还觉得好笑，道理在此。我爱上了一个女子，同她结了婚，以"上司"待之，让她永远觉得我爱她，而且尊敬她的人格，有什么不好，有哪一点破坏了我"男子汉、大丈夫"的形象?只要妻子真心爱我，处处为我着想，处处照顾我，也待我如"上司"，这样的婚姻才是最美满的。西方有句老话："爱赶走了恐惧"（Love casts out fear），它也赶走了猜疑，赶走了只为自己打算的私心，同时也充实了生命。鲁芹的生命是充实的。他以爱心待人：他的"上司"、女儿、好友也都报之以爱。

## 八、情深惜墨

鲁芹写过好几篇自传体的长文，偏偏没有把追求葆珠这段经历写下来，也没有写过回忆两人婚后神仙生活的文章。我想他是有意思写这类文章的，可惜天不假年，没有写出来，这是他身为散文家最大的遗憾，也是我们文坛很大的损失。鲁芹写"误人"、"误己"的生活，写"马戏生涯"，写"武大旧人旧事"，写得多么兴高采烈，得意忘形。如把见到葆珠后，如何"寤寐求之"、"琴瑟友之"的甜蜜回忆写下来，该多么好！但中国散文的传统，写父母师友，尽可畅写；写爱妻宠妾，好像涉及闺房私事，动笔就不大方便。民国以前，"克尽夫责"的散文家，把太太的好处细细道来，可能就只有浓三白一人。朋友间，只有思果兄一人不时在他的散文里提到太太梅醴的好处，但初错"闺房记乐"的文章好像还没有写过。思果既熟读《聊斋志异》，脑袋里装满了刻画女性的字汇，真不妨用古文写一篇。

鲁芹未写长文，记载两位千金成长的经过和自己做爸爸的乐趣，我也认为是莫大遗憾。以幽默的笔调，写出父女之间平等的爱，该是世代传诵的上好散文。老汉与其"上司"，实在是世上最好的父母。很早以前，我就问过鲁芹，你为什么要全家迁居美国？在台北那几年，身任美国新闻处顾问、台大外文系教授，生活写意地位高，何必来美国？"马戏生涯"那一年固然好玩，但马戏团解散之后，在"美国之音"这个政府机构里糊口过日子，未免大材小用，太委屈自己了。鲁芹叹口气答道：当然台北生活舒适，朋友也多，但为了女儿的教育，非迁居美国不可。允绚、允絜来美之后，功课非常之好，但当年在台北中小学吃尽苦头，而成绩平平。台湾的中小学教育，近年来可能大有改进了，但当年的确太死板一点。儿童个性不能自由发展，功课也太繁重。鲁芹自己写书，肯在"恶补斋"里猛读猛写，但极不愿意自己的女儿从小"恶补"，弄得眼睛近视，脑筋迟钝。

年初痖弦兄路过纽约，王鼎钧兄设宴招待。席间我问痖弦，爱女小米近况如何？他也叹口气道，年幼的时候小米多么有灵气，说的话多么有诗意。现在进入了恶补阶段（可能即要中学毕业了），为功课所累，讲的话也平淡无奇了。华兹华斯有首名诗，谓我们初降生人间，都带一些仙气灵气，后来年纪大了，人变得呆板了，灵气也消失了，这是做人一世，最大的悲哀。但话虽如此说，儿童教育应该尽可能让孩子们保养他们的童心和灵气，让他们变得更聪慧。死读书，争分数，实非保养灵气最好的方法。

## 九、弄孙避俗

汽车上继续攀谈，我对鲁芹说：这次生病，得了一个教训，以后继续服用Inderal之类的特效药，饮食务求清淡，四肢多活动，每天散步，做些柔软体操，就可以延年益寿了。鲁芹同意我的看法，认为搬居秣陵郡之后，身体欠和，主要因为四肢活动太少，郊居华府，多有上街走路的机会，隐居幼鹿坡，上山下山非乘汽车不可，连散步的机会也没有了。侨居湾区的老友原也不少，寓所离旧金山、柏克莱太远，新交的文友也难得来往。平日见不到促膝谈心的朋友，不免影响精神，健康也打折扣了。

老汉退休后，葆珠也提早退休，辞掉了国会图书馆这份工作，长途西征，主要想和大女儿亲近。允绚刚添了女儿，生恐她一人照顾不了两个小孩，做母亲的焉能坐视不救?但西迁之后，年迈老汉当然无必要也天天跟着服侍婴孩。他的任务是：早晨把"上司"送到女儿家，傍晚再把她接回来。当然到了女儿家，两对老小夫妻同进晚餐的日子也很多：三代一堂，大享天伦之乐。日间"上司"不在家，老汉就发愤读书，努力写作，为自己创作了多产的新纪录；但"贱躯"不同他合作，"违和"的情形也就愈来愈严重了。

事后想想，老汉当年售屋西征，不止为了亲近女儿，与"上司"同享抱孙之福。他也真想一洗市廛俗尘，过几年遁世隐居的生活。在《谈俗》这篇文章里（见《瞎三话四集》），他曾大骂俗吏，认为俗吏比市侩更俗，更可恶：

> 若要我在诸般俗物中，批分数，品等第，我将以"俗吏"列在榜首。大约所谓书香门第长大的人，从小就养成若干偏见，总以为满身铜臭、惟利是图的商人，比较俗气。就区区涉世稍深之后的观察，这种结论是有点冤枉的。我一生的居留地区，大部分是国都的所在地，免不了有和俗吏接触的机会。我的印象是"十吏九俗"，大可与"十商九奸"的定论，分庭抗礼。
>
> "俗吏"不论其官阶高低，不论是古今中外，大体上是有一种共通性的。他们总是在俗言俗行上，做一点加工的手续。尤其是地位权势还没有挤到家喻户晓的程度，又恐怕你小看了他，不惜转弯抹角暗示他的官阶、他的交

往，那种俗态，比商人炫耀一场赢几万大洋输几万大洋，可恶多了。爱尔兰才子王尔德有句俏皮话："罪恶是不俗的，但是所有的俗言俗行都是罪恶。"每见到俗吏欲盖弥彰的俗态，就想提醒他是罪行累累的积犯。

《谈俗》写于一九七七年，想必是有感而发，笔调虽带些幽默，其实非常严厉。早在一九五七年，鲁芹写了篇近乎小说体裁的散文，题名《小襟人物》，我曾在《师友·文章》序里肯定为杰作。那位备受俗吏欺压的小襟人物，竟想在"悲戚中傲然昂首"，因之下场更惨。他的"昂首"精神，我觉得同《鸡尾酒会》全书的"气氛不调和，但这可能也代表了鲁芹做人的最严肃的一面，在文章里故意避而不谈的一面"。综观其晚年散文，我想这个假定没有错。《六一述愿》这篇自叙里，老汉表示年逾花甲，做人"不能再这样规矩下去了"。所谓"不规矩"者，即是毫无顾忌，不留情面，说些嘲骂俗吏、奸商的话，破坏自己幽默随和的形象，在所不惜。《台北一月和》里有好多处谈到俗吏（包括台北外出考察的"立法委员"在内），把他们挖苦得很凶。

《谈俗》一文里所指的"俗吏"，过去在重庆、南京、台北见到的俗吏当然都包括在内，但触发他写这段议论的，我想是"美国之音"部门那些美国官吏。老汉职位低，屈居俗吏之下，肚子里一包气，发之为文，让自己也"傲然昂首"一下。鲁芹写了好多散文，从未提起过他在"美国之音"部门的工作情况。我同他无话不谈，也不便去问他在洋人政府机关，究竟受了什么委屈，连写文章的兴致也没有了。真的，初到华府的那几年，一篇文章也没有写，若非林海音、刘绍唐这两位有耐心的好编辑，不停向他催稿，鲁芹从此封笔也说不定。因此，一到六十岁，熬到退休的年龄了，就不顾一切，驱车西往，另找新的园林。其实，阿灵吞的旧居，房屋宽敞，住起来非常惬意。二老对华盛顿的气候和文化环境也非常喜欢。但不仅为了大女儿这一家，想起了那些俗吏，就鼓足勇气，长征三千里，"铁马下加州"了。

## 十、仰慕怀老

鲁芹想当隐士，我想伊·碧·怀特（E. B. White）也是他的一个榜样。"英美十六家"间最为他倾倒的即是怀老。那篇怀老评介，起首一句即是："如果只准谈一位当代我所喜欢的作家，伊·碧·怀特之外，实在不作第二人想。"第二句，也是全文第二段首句："因为，拿今天美国散文大家来说，怀老无疑地是鲁殿灵光。"鲁芹自己也是散文大家，当然要向怀老看齐，连生活方式也去学他。但鲁芹忘了，怀老不止是位隐士，也是个道地的农夫。老伴一九九七年去世之前，两人住在缅因州靠海的农庄，真以养鸡、养猪为业，同我国一般作家情形不一样。他年轻时住在纽约市附近的小城维农山（Mount Vernon），父亲颇富有，每夏把全家送到缅因州度假，伊·碧爱上了那里的风景情调。为《纽约客》杂志社打杂、写文，出了名，积了些钱，就去缅因州买了一幢十八世纪的古屋，经常在纽约市、北布碌克林（North Brooklin）两栖。二次大战以后，就定居农庄，纽约市也不常去了。

怀特不仅养鸡，而且算得上是美国东部道地的"洋机"（Yankee），从小对汽车、汽船之类的机器非常爱好。他有一篇名文，题名《永别了，我的宝贝！》（*Farewell, My Lovely!*），专写美国二十世纪初期最为大众喜爱的福特T形汽车，详列其种种优点。他大学一毕业，就偕同学开一辆T形汽车，驶往西岸，再乘船到阿拉斯加，离家流浪凡一年有半。怀特从小就表露了文才，却不爱读书，经典小说是看不进去的。托翁的《安娜哀史》，他断断续续看了十四个月，才勉强把它读毕①。普通人最多花两三个星期，应把它读完了。鲁芹爱读小说，曾把索尔·贝娄、欧普·戴克等的长短篇小说全部读毕；我想怀老对美国当代小说是一无兴趣的。

我也性好读书，从未在农村住过，对一般机器毫无兴趣，脾气性格同怀老更不一样，也就一直没有读过他的任何文集。两本童话我倒读了，此外《纽约客》上他不署名写的评论感想同补白按语我一定也读过不少。最近有心恶补，就从图书馆里借来了《怀特散文集》（*Essays of E. B. White*，一九七七）、《怀特书信集》（*Letters of E. B. White*，一九七六）各一册，但也只挑几篇名文和特为《怀特书信集》新撰的自传片段读读，实在无时间，也无这份闲适的心情，去细细品尝两书。英美散文家，我平日专挑书读得比我多而人也特别聪明的读：巴顺（Jacques Barzun）这样的鸿儒，维达尔（Gore Vidal）这样的才子才对我的胃口。怀特不爱读书，写些身边琐事，美国景物，文笔再好也引不起我的兴趣。要读小品文，多的是我朋友写的：鲁芹自己、琦君、思果、光中、杨

---

① 参阅William Maxwell，"E.B.W."，《纽约客》（一九八四年四月三十日），页一百一十七。此文系Scott Elledge《怀特传》（*E.B.White：A Biography*）的书评。 Maxwell是怀特的朋友，也是当年《纽约客》杂志社的同事。

牧就够我阅赏，实在分不出时间再看洋人小品了。

鲁芹读了怀特四十年，爱他"婉转动听"的娓语笔调，也"竟然持续了四十年，而且历久弥坚"。这表示鲁芹真同怀老交了朋友，不仅文笔学他，两人的个性和处世哲学也一定有好多相似之处。将来有人研究鲁芹，也非精读怀特不可。但表面上看来，两人的个性一点也不像：鲁芹是道地的上海人，而且"一生的居留地点，大部分是国都的所在地"；怀特虽对纽约市有一份爱好，但缅因州才是他的家乡。他人也非常怕生，要同狗猪鸡鹅为伍，心里才舒服；鲁芹则爱友好客，当年台北府上，每逢周末，高朋满座，却从未养过一只猫、一条狗。怀特养鸡生蛋，把小猪喂大，真把它送到市场去换钱的。正因为他亲自在农场劳动，寿命也长，今年已八五高寿了。鲁芹在幼鹿坡隐居不多年，身体转弱，同时也不免感到寂寞了。

## 十一、终老纽约

鲁芹在车上对我说：外孙、外孙女再隔一两年就不讨母亲手脚了，二老责任尽矣，决定把幼鹿坡这幢房子卖掉，然后卜居纽约，好好享福。听此言，我大为高兴，就把从王洞那里听来的曼哈顿房产行情转告一二。买一套公寓房子，地点愈好，价钱也愈辣。但不要怕，好地区的房子只涨不跌，贪便宜在坏地区买一套房子，价格就涨不起来。二老售屋所得，足够在曼哈顿东边买一套高级公寓，但西边也有比较价廉的高级大厦，离哥大较近，我们日常来往更方便。三人大谈搬居曼哈顿的乐趣，津津有味。

鲁芹附和我说：住惯了华府地区，天天看《华盛顿邮报》、《纽约时报》，足不出户而知世界大事、美国文化界动态。住在秣陵郡，旧金山也算是大都市，连一家像样的日报都没有，真教人着恼。讲起饭馆、戏院来，旧金山当然也不能同曼哈顿相比。以前我只知道鲁芹爱好平剧，最近读了《美京观"祝寿"戏识小》长文（载《瞎三话四集》，原刊香港《今日世界》，我未看到），才知道老汉一九七五年七月开始，一年中看了十二出名剧，都是特地搬上舞台借以庆祝美国开国二百周年的。老汉爱看戏，长住曼哈顿当然最理想。我对新编的话剧兴趣不大，但偶有经典喜剧在纽约上演，我也很想一看。不久前看了一场萧翁名剧《醉生别墅》（*Heartbreak House*），哈里逊（Rex Harrison）主演，实在非常满意。女主角爱咪欧文（Amy lrving）刚在电影《硬铁儿》（*Yentl*）里看过。回想起来，前两年在叙述莫扎特生平的话剧*Amadeus*里也见过她，更早以前在狄派马（Brian De Palma）导演的两部恐怖片里她也出现过。当今走好的犹太裔女明星中，要算她最美，善以眉目传情，嘴角上常带笑意，人也显得非常聪明。鲁芹不同我谈电影，但凭他《观戏识小》那篇文章，他对百老汇、好莱坞两边跑的演员也知道得很多，显然当年在上海读中学时，也是影迷。二老倘若定居曼哈顿，我一定带他们去看老片子，重温旧梦：无论如何，一个晚上连着看两部二三十年代的名片，要比坐在家里打麻将好。

一路瞎谈卜居曼哈顿的乐趣，汽车已驶到飞机场某家航空公司的乘客进口处了。要在机场找个停车处非常麻烦，二老从停车场赶回来，至少一刻钟，我也不能陪他们多说几句话了。下车前就互道珍重告别，反正后会有期。葆珠在前排坐定后，汽车即向前直驶，驶回幼鹿坡。我返纽约后，忙着准备远东之行，就没有同他们再联络。七月三十一日电话上听到噩耗，我从香港回来，还不到两星期。

## 十二、身后文名

消息传到台湾，文友莫不震惊。接着有两三个月，台北四大日报，以及《传记文学》、《明报月刊》刊出了好多篇悼文，作者大半也是我的朋友。我自己也写了两张稿纸，但调子太悲痛，不是鲁芹所喜欢的风格，也就没有写下去。我早在《师友·文章》序里说过：

> 痛悼之余，把恩师故友的好处写出来，让大家知道，这才是写纪念文字的职责所在。读者没有必要分担你自己感情上的重负，他应该分享到的是你当年同故人交游时的那种受惠无穷的乐趣。

可惜我没有鲁芹这支彩笔，写了一万多字，也只写了我同老汉一年前的"最后一聚"和因记录那次三人的谈话而引起的各种联想、回忆而已。我已为鲁芹两本书写过长序，假如再凭记忆补写些一九六三年三月间两人初会之后的种种交往经过，文章就要长得不堪收拾了。

差不多所有纪念文章，对鲁芹散文家的地位作了肯定。有几篇也肯定了他书法家的地位（我自己也深爱其字，可惜信笔写来，忘了交代老汉这方面的成就）。有人特别喜欢《鸡尾酒会》这本集子，认为这才是一本传世之作，"可算是一种非凡的成就"①。《小襟人物》诚然是篇杰作，但我认为《鸡尾酒会》所集其他诸篇，完全是英国小品文家的格局，有几篇更学了钱钟书，鲁芹还算不上自成一家。《师友·文章》里"大师友"同"回忆录之类"这两辑里所集的文章，才充分表露鲁芹的风格和为人，让人读了不忍释手。此外《瞎三话四集》、《余年集》里还有好几篇，再加上晚年已刊报章而尚未结集的几篇，这些才是传世的好文章。光中兄说得好："吴鲁芹复出后非但不见龙钟之态，反而笔力醇而愈肆，文风庄而愈谐，收放更见自如，转折更见多姿，令人刮目。"②老汉如能读到这几句内行品赏之语，我想一定也会点头称善的。

到了晚年，鲁芹显然自知风格脱俗，收放自如，才肯大写文章，供诸同好。对他妻女友好来说，他诚然去世太早，但我们不得不承认，他的晚年是很快乐的，因为写文章本身就是乐趣，一种比看报、看书、看戏，甚至"含饴弄孙"更能充实自己生命的乐趣。鲁芹自嘲，认为从小读书不用功，教书信口开河，"误己""误人"不浅。事实上，他大半生"娱己""娱人"，写文章时自己开心，后世人读他的文章也一定会觉得这位"瞎三话四"的老汉是很可爱的，他的文名也应该一直传下去。但对鲁芹自己而言，服侍了"上司"三十多年，教育了两位爱女，交到了不少挚友，读了不少好书，

① 傅孝先：《幸运的文人——简谈吴鲁芹的散文》，《中华日报》副刊（台北，一九八三年九月二十九日）。

② 余光中：《爱弹低调的高手——远悼吴鲁芹先生》，《明报月刊》（香港，一九八三年九月号），页六十四。

这几项才是他一生得意之大事，至于身后的文名，他实在是不大在乎的。

一九八四年五月完稿

原载一九八四年七月十四、十五日台北《联合报》副刊

# 高克毅其人其书

## 一、多才多艺的美国通

我在高中期间即已是乔志高的忠实读者，《宇宙风》、《西风》上见到他的文章，总是不放手先读的。想不到一九六二年我来哥大任教之后，不出两三年我同高克毅兄（乔志乃George之中译）即转成好友，近二十年来更是无所不谈的至交了。退休以前，我在社交场合会"人来疯"，话特别多，其实个性至今还是内向的，不爱主动打电话，纽约市区以外的朋友们更不想去惊动他们。但克毅兄却是例外，心里有话想说，即找他谈谈，一谈即是二三十分钟。克毅兄早几年也是如此，我的长途电话，主要是他打来的。但晚近整整三年，他同其胞弟高克永忙着合编《最新通俗美语词典》（*New Dictionary of Idiomatic American English*），真的连写信、打电话的时间也没有，一心一意要于一九九四年间把全书定稿交给香港读者文摘远东有限公司，我打给他的电话就比较多。

我们有讲不完的话要讲，因为（借用收入《美语词典》的一个口语）我们的思路"在同一波长上"（on the same wavelength），谈话非常投机。我们共同的朋友很多，我们从小未受左派的诱惑，政治观点相同。最主要的是我们兴趣很广，长年住在美国，对美国的政治、文化、社会无一不感兴趣。我自己留居美国已四十七八年了。高克毅一九一二年出生于密歇根州安娜堡，三岁随父母返国；一九三三年燕京大学毕业后，先往密苏里大学读新闻系，再往哥大读国际关系，拿了两个硕士，定居美国早已满一花甲了。

高中期间我爱读克毅兄的文章，因为当年写亲切有趣的美国报道即此一家，并无第二人。最近一字不漏地细读了《最新通俗美语词典》，更让我相信，高克毅对美国语言，不仅是通俗口语，了解如此之深，正因为他对美国的历史、政治、社会、文学、艺术、音乐以及各色人种及其方言〔包括华侨跟当年专讲Yiddish（依地语）的欧洲犹太移民在内〕，五六十年来日常注意而非常内行，远非一般专治一行的旅美博士、教授可望其项背的。大半读者主要想了解当代美国口语而购买这本《最新通俗美语词典》的，却想不到此书也同样增进他们对美国各方面的知识。本书所列词语两千条左右，可说条条有趣，任何读者如有充分时间，也该同我一样，先把全书从头至尾看一遍的。

高克毅兼擅中英文写作，这是众所周知的。他从小即善画画，也酷爱音乐，他不仅天赋高而自知努力，实在同他家庭环境也大有关系。为了写本文，我重翻了克毅兄的好多种著作，包括《吐露集》在内，该集《唱洋歌》一文叙及纽约华美协进社一九四五年在罗斯福饭店举行的一个盛大宴会。胡适之先生为主讲人之一，"谈起他私生活中一个缺陷就是从小未习音乐不会唱歌，言下颇引以为憾"。其实，胡适虽从小练就一笔清秀的好字，想来他也从未学过传统的水墨画，更不谈水彩画、油画了。

高克毅生在美国，父母亲都是留学生，母亲原"是教会学堂出身，弹得一手好钢琴，常常在家自弹自唱"。克毅从小得到母亲的指点，所学到的何止"唱洋歌"而已，虽然他对本世纪首四五十年的美国流行歌曲的确十分醉心。《听其言也——美语新诠续集》载有《六月的月亮——谈美国古老的流行歌曲》此文，当年我在《明报月刊》初读，就对克毅兄这方面的学问佩服不已。他提到的那些谱曲作词大师，例如欧文·柏林（Irving Beriin）、柯尔·波特（Cole Porter）、葛勋弟兄档（George and Ira Gershwin）等，也都是我爱好的，但仅能略哼其名曲之一两句，当然不能像克毅这样不加准备，即能把他们的好多名歌按谱唱出来的。当年上海差不多家家备有一厚册《大戏考》，把京剧、弹词、流行歌曲唱片上所有的唱词都录了下来，非常有用。美国就少了这样一本书，否则我对自己心爱的流行歌曲至少可以多唱几句。

假如高克毅从小就爱音乐，他对绘画则更有天分，年轻时若致力于此，我想极有可能成为一个大画家。现代中国画家，有西画、国画两条传统之路可循，融会贯通之名家也不少，但我总觉得人像画出色的不多。堪与塞尚、梵谷、早期毕卡索相提并论的人像画，出于国人手笔的可说一张也没有。克毅初中期间描绘好莱坞明星的画像自娱。留学美国后，他不时为名人、朋友画像，《吐露集》所载的那帧林语堂先生的木炭速写，实在非常神似；《鼠咀集》所载林伴圣等三位"抗战宣传的伙伴"之木炭肖像，也极见功力。可惜抗战八年，高克毅自己也忙着为祖国服务，没有闲工夫多作画。十多年以来虽已正式退休，他的工作计划还是太多，也只能在佛罗里达避冬那几个月，偶尔画画自娱。

克毅兄曾对我说过，美国所有的大众娱乐，除了日常见报的"连环漫画"外，他都能欣赏而作过些研究。他从小在上海即爱看南洋、圣约翰两大学的英式足球赛，也爱赛跑、跳高之类的田径赛，十足是个"体育狂"（文见《吐露集》）。有此本钱，他写《人生如球戏》、《身体英文》两文（皆见《美语新诠》）真是轻而易举。"球"文太短，"身体"文也不算太长，克毅不得不在两文"补注"里添了更多有关体育、球戏的术语和日常用语。《最新通俗美语词典》（以下简称《词典》）把两文及其补注所载的那些日常用语都收进去了，而且往往解释得更为详细。克毅也加了不少同类新词，例如Behind the eightball（在八号球后面）这个常见的俚语。此语有"陷入困难境地，无法可施"之义我早已知道，但"八号球"究竟何指，一直未加深究。看了克毅的说明，才知道这原是玩弹子球戏（pool）的一个术语。

我不可能把克毅广泛的兴趣一样样列举下去。他从小就爱文学，小学期间即读了一大套商务印书馆出版的《说部丛书》第三集，其中林琴南的译本文字相当古奥，要比《三国》、《水浒》难懂得多。克毅原读沪江大学，转学燕京之后进修新闻学系，仍不忘旧好，英美文学读得很起劲。来美之后，他对美国的现代、当代文学更一直认真地在阅读。《词典》里的好多美语例证引录自美国当代大作家，表示索尔·贝娄（Saul Bellow）、沙林杰（J. D. Salinger）、维达尔（Gore Vidal）、厄普戴克（John Updike）、沃慈（Joyce Carol Oates）等的小说、散文克毅兄真的看了不少。初露头角的华裔小说家任璧莲（Gish Jen）他也引录了。她的处女作《典型美国人》（*Typical American*）我曾在《纽约客》上看过一章，很为满意，但全书总无时间去读它。克毅兄来美后读的是新闻学和国际关系，《词典》里所引的美国专栏作家、政论家、政府官员更是多不胜言。

大家都知道，高克毅是对西方读者译介中国古今文学的大功臣，可惜我在本文里不便多谈他在这方面的成就。早在一九四六年他就编译了一本《中国幽默文选》（*Chinese Wit and Humor*）。（至今尚健在的王际真先生——当年为哥大中国文学教授——为此书出力甚多。）一九七三年克毅赴香港中文大学任高级研究员之职，创办了一份译介中国文学水准最高的英文杂志《译丛》（*Renditions*），亲任主编八年之久。《译丛》已有二十一年的历史，海外中国文学爱好者无人不读。实情如此，克毅兄同另一位元老宋淇兄当引以为荣。

高克毅也曾同样认真的致力于译介美国文学。他曾在华盛顿《美国之音》任职中文部编辑主任达二十年之久（一九五三年至一九七二年）。在其退休前后，他精心译出了两部美国文学之经典作品——费滋杰罗的《大亨小传》（*The Great Gatsby*）（一九七一）、奥尼尔的《长夜漫漫路迢迢》（*Long Day's Journey Into Night*）（一九七三）。一九八一年克毅告老卸掉了《译丛》编职，重返华府近郊家园，开始翻译汤玛斯·伍尔夫（Thomas Wolfe）的经典小说《天使，望故乡》（*Look Homeward, Angel*），一九八五年由香港今日世界出版社出版上下两册。这两部小说、一部剧本都是高克毅在其青年或中年时代初读、初看之后感受太深而一直有意把它们介绍给中国读者的。《大亨小传》刚出，评介的文章不少。但到了今天，《天使，望故乡》出版已将十年了，真应该有位精通美国文学的翻译家兼批评家把高氏三书作个总评，借以肯定克毅在英译中这方面的成就。余光中所译王尔德之喜剧《不可儿戏》曾多次在港台演出，非常成功。我想余、高两人功力相等，王奥二剧都是经典之作，《长夜漫漫路迢迢》也该得到从业话剧人员之重视，早日排演这部感人至深的家庭悲剧。

## 二、研究美语最光辉的成绩

《美语新诠》、《听其言也》两书上文早已提到过。一九八三年后克毅兄所写有关美语的散文则已集于《鼠咀集》，十一篇也占了一百三十页的篇幅。但与其胞弟克永合编的《词典》当然是高克毅终生研究美语最光辉的成绩，也是最有功于社会的一部巨著。高克永的功劳当然也不小，没有他的合作和协助，《词典》这部巨著绝对不可能及时完成的。我至今尚无缘同克永兄会过面，他的女儿有静（Gloria Kao）倒曾于一九八九年春季上过我的一门课，那时她已是个大学毕业生了。因为她英文漂亮，自有见解，她那篇论柳永的学期报告，我至今还记得。学期考试她得了九十六分，为全班之冠军。一九九一年五月四日系方为我举行了一个退休盛会，有静也特地赶来参加了晚宴，非常感谢。我有病不宜旅行，总希望有一天她同其父母都来纽约，给我一个同他们欢聚的机会。除了高氏兄弟之外，香港读者文摘远东有限公司也该接受本书所有读者的谢忱：《词典》装帧精美，编排醒目，纸张厚实，实在是本最耐用的参考书。

本书正文乃高氏兄弟按字母表ABC次序为两千左右词条所写下之详解。正文之外另有用粉红色纸张排印的三种特辑，不妨先在这里说明一下。第一辑为字母连缀词（acronyms）；

第二辑为类如bookmobile（book+automobile＝图书汽车，即流动图书馆）之混合词（blend words）；第三辑为类如bowwow（狗"汪汪"叫声）、brain drain（人才外流）之押韵词（rhyming words）。字母连缀词内容较难，克毅又分之为四类。第一类"无中生有"拼出来的字，个个小写，最实用可爱。例如laser（雷射）、radar（雷达）、scuba（独立潜水呼吸器）此三字我从未查过辞典，在未看《词典》之前，真不知道它们是几个字的首一字母拼缀成字的。第四类"外"文生义，例如借用德文的Nazi（纳粹）、Gestapo（盖世太保），借用俄文的gulag（古拉格），也很实用方便。

只有第二类"借题发挥"、第三类"节外生枝"的连缀词，差不多全用大写字母排印，多看了触目惊心，让人头痛。抗战胜利后初见 WAVES（妇女志愿紧急服务团）这个连缀词，觉得很好玩，一九四四年的一部海军歌舞片*Here Come The Waves*（平克劳斯贝、蓓蒂赫登主演）两年后在北平上映，我还去看过。现在此类大写字实在太多了，尤其代表"艾滋病"的AIDS，此字日常见报，正应该另造一字替代它才对。克毅兄把最常见的二十多个大写字，一一写下其原来那组词语而加以说明，真是功德无量。

至于《词典》之白纸正文，克毅兄对好多难以解释的词条作了最清楚的说明，实在是难能可贵。我同前妻卡洛新婚不久，有位台湾学者来访，问及当天在报上看到double take此词之意义，我们夫妻费了很多口舌，才使对方弄懂。假如四十年前高氏兄弟之《词典》业已出版，只要翻到一七三页，问题就解决了：

double take（双重反应）。听见一句话，或瞥见一个人、一桩事，起先一愣，未经大脑，莫知莫觉；随即回过头来一想，才恍然大悟，掌握了事实的真相。这种表情叫做do a double take（来一个双重反应）。喜剧中常会出现，担保博得观众哈哈大笑。

下文还有一段，告诉读者日常生活中"双重反应"的例子也很多，并从一九八九年某日《华盛顿邮报》上引录了一句为证。除了美国文学家、专栏作家、政论家、官员之外，克毅兄直接引自《华盛顿邮报》、《纽约时报》、《华尔街日报》以及《时代》、《新闻周刊》、《美国新闻与世界报道》等的例子最多。冬季克毅兄嫂离开玛利兰的寓所到佛州鼠咀滩（Boca Raton）的别墅去避寒。全国性的大报可能看不全，克毅也在佛州报纸找适用的例句。虽曰避寒，那几年在佛州克毅兄仍为编著《词典》而不停地在工作。

Double（双倍、双料、双份）此字用处极多，除了double take外，克毅兄还举例解释了十二个词组，从double-cross（双十字，出卖）到double whammy（双料晦气），个个都是日常用得到的词语。本书读者，如有暇把此十三个词组的意义和用法牢记在心，终身受用不浅。多年来美国晚上有个电视节目叫 *Double Jeopardy*，由三个人比学问，相当紧张有趣。节目终了前，必有一个double jeopardy大赛，输赢出入更大。我难得收看这个节目，double jeopardy此词语何指也未加深究。看了二高《词典》，才知道"双重危害"原来有此特别解释："美国宪法规定，一名嫌犯不得因同一罪状被控两次，不然即以'双重危害'论，宣告审判无效。"

Double的词语仅十几个，check一字用途更广，克毅认为"几乎令人错疑是万能的"。但每个词语并不难解，假如逐一解释，《词典》真同普通字书一样，可查而不可读了。假如double take需要两段文字解释，check条下，除了首三词语需要详解外，其他的都是三四个词语编成一段文字，不仅读来有趣，而且更能帮助读者把连在一起的词语记住。且看下面这两段：

上餐馆，先去checkroom（衣帽间）check（存放）大衣和公事包，从hatcheck girl（看管衣帽的人）手中拿一个check（号牌）。餐毕，喊侍应生check, please!（开账；粤语"埋单"）

夜晚住旅馆，先在柜台上check in（登记），问清楚第二天check-out time（规定的退房时间）是几点。回程在飞机场又要check in（报到），将大件行李check through（扣牌）。

同样简明叙事体的文字还有五段，让我们充分了解不少个check词组在日常生活其他场合上的用处。尚未收入此七段的词语，则分列"体育"、"娱乐"、"军事"、"政治"这四小段加以说明。总之，二高这部《词典》查、看两方便，假如真没有闲情逸致把不到两页的check此条毕读，先在书尾"索引"查看有关此字的词语十九条，再查正文也可以。

值得特别赞扬的词条很多。（nose鼻）此条目列了二十二个词语，个个有用，个个解释得清清楚楚。例如最末一条nose-dive（鼻子往下冲）：

名词：此处"鼻子"指飞机的尖端；飞机急速往下冲或跌落叫go into a nose-dive。亦可抽象的应用：The market took a nose-dive.（证券市场股价暴跌。）

"play玩"这一条目我特别欣赏。所列七个词组，一般大学生不一定全懂，应该好好解释一番，而克毅兄真的做到了，解释得道地而有趣。例如play hooky为什么要解释为"逃学"，hooky此字究竟何指，原是何国文字，一般英文读者对这些问题不会太加注意的。英语词源学这门学问当然是没有底的，要对印欧（Indo-Euro-pean）语系各种古今语言有些粗浅认识的人才能真正入门。但我们若能养成习惯，每查一个生字，字典上所附此字的词源部分也加以注意，不仅乐趣无穷，也真能提高我们对英语的了解和欣赏。

### 三、简明耐读的小品文

高克毅处理由一个单字统领的一组词语果然极见功夫，他为更多独立的单字、片语和整句作解释也同样道地而更能显示其各方面广泛的学问。随便翻看四八一至四八三那三页，《词典》所列There's no such thing as a free lunch（没有白吃的午餐）、think tank（思想库）、throw a curve（投曲线球）、throw in the towel（扔出毛巾来）、Tin Pan Alley（铁盘弄）那五条，除了"投曲线球"此条较简短外，其余四条每条六七百字，读来津津有味，充分表露克毅兄对美国历史、政治、经济、运动、音乐各方面的认识。"铁盘弄"这一条给克毅兄机会简叙十九世纪以来，美国流行歌曲在纽约发祥的那段历史。有心的读者把这段简史记住了，对美国通俗文化最基要的一部分也真的知道了一个大概。

克毅兄原是个出色的散文家，那些词语单条正好给他机会去写出一段一段简明耐读的小品。money to burn（钱当纸烧）这一条，例句里恰巧都讲到饮食业，克毅也跟着在这方面发挥，先讲莫斯科的"麦当劳"，再讲纽约市当年吸引很多主顾的"自动餐馆"（Automat）。一九九一年某日克毅兄在《纽约时报》上看到一段新闻，即是最后一家"自动餐馆"也悄悄的关门了，克毅当年初到纽约后，想必常去此类餐馆，也就在"钱当纸烧"里，附了一段"自动餐馆"的描绘：

> ……在装潢不俗、电灯雪亮的餐厅里，你只消兑换几毛钱的镍币，塞入周围玻璃窗的小孔内，就可以伸手取出一盘菜、一块糕饼，饱餐一顿。要不然，花一个镍币（五分钱），扳开墙壁上的龙头，自斟一杯热咖啡，一坐老半天。这里是不景气日子失业游民的避风港、安乐窝。……

一九四七年底，我一人初游曼哈顿，此类餐馆也曾光顾了一两家，读克毅这段描写，倍感亲切。Automat此字在一般字典里只有一条简短的说明。它又不像automobile（汽车）这样代表二十世纪的文明，美国所出的百科全书（如前年刚出的 *Columbia Encyclopedia* 第五版），对它更无单条记载。除了某些小说以外，我想真给"自动餐馆"写下详细正确报道的，要推我们这部二高《词典》了。

《词典》里有记叙正确的小品文可读，这是读者的福气。

中国餐馆奉送的"福饼"（fortune cookie），普见美国，不需要多少说明，但克毅特为它作了一番考证，且把"福饼"所藏有小纸条的内容分成看相、算命、格言、诙谐四类，妙不可言。"福饼"此条长达一页多，也是篇上好的小品文。

但即对我这样久居美国的老纽约而言，本书此类小品文果然十分欣赏，看到了好多词语的精确说明，也真的得益匪浅。我写的英文，都是学术体的，平日在书本上、会话间接触到的美国口语、俚语，虽知其意义而不求甚解，因为没有为它们去查词典的习惯。当年住在康州新港，自称为diner的小餐馆见到不少，但未看二高《词典》前，真不知道最早的diners原是火车餐车改装的。我在高中期间，即知ham actor（火腿演员）之所指，但此字的来历，看了《词典》才知道。高中三在上海初看美国影迷杂志（当年高氏三兄弟也爱看），常见到gone haywire（弄得一团糟）这个成语，但要到五十七八年后看了本书才知道其道理安在：

> haywire（捆干草的铁丝）。作为形容词：喻事物杂乱无章，同捆草的铁丝一样，一下子割断，不但干草乱七八糟，地上满是尖利的铁丝头，人和家畜踩上去也会戳破了脚。

我在耶鲁读英文系，仍不忘情电影，难得也会买一期《杂艺报》（*Variety*）看看，知道些好莱坞的生意经。因之我也早已知道 blockbuster此词，正如本书所言，凡是"工程浩大、声势煊赫、担保轰动大众的电影巨制"都可称之。当年我自己的猜想，上映那巨片的影院生意太好了，整段街都挤满了人，故这样的片子称得上是个 blockbuster，哪里会知道此字原指"足以炸毁一整个block……的炸弹"？故轰动大众的百老汇名剧、小说巨构皆可称之。我对口语、俚语不查字典，但此字不见《韦氏国际大辞典》一九五一年第二版，当年要查可能也查不到。

**原载一九九五年九月十二日至十五日台湾《中华日报》副刊**

# 何怀硕的襟怀
## ——《域外邮稿》序

《域外邮稿》是何怀硕第三本文集，所选二十五篇文章皆是他一九七四年秋季客居纽约市后写的，绝大多数曾在台湾四大日报副刊上发表过。近三年来，何怀硕发表的文字，远不止此数，他的"怀硕论衡"及一些比较长、比较费力的文字，还未结集。另外有几篇幽默讽刺的寓言小说和杂文，有的用笔名发表，将来集成专书后，读者可能会惊奇，何怀硕这样严正的评论家竟也会写辛辣俏皮的文章。其实认真讨论一个问题和针对时弊编造一则寓言，同样表现出何怀硕关怀中国文化前途的严肃态度。

何怀硕是最突出的一位水墨画家，他造境之高、气魄之大，叶公超、梁实秋、余光中、张佛千诸评家皆已盛赞过，并对他日后的成就，寄予最高的期望。何怀硕也自承"建设现代中国画是我的目标"（《十年灯》，第二三六页），一直不断认真地在绘画。但正因为他身在域外，这三年来特别关怀国家的前途，要同国人讨论的问题更多。《苦涩的美感》、《十年灯》这两本集子讨论对象以绘画为主，其他类型的文艺为辅；《域外邮稿》相比起来，文艺之外，似有不少针对国内外社会问题而写的论文和杂文。何怀硕不仅是文艺评论家，也是值得国人重视的社会评论家。

对一个努力为中国画创新境的艺术家而言，他不断关注社会上种种问题，这样分散自己的注意力，看来似乎是多管闲事，不务正业。依照过去我国传统的看法，一个画家尽可兼擅诗文，但国家大事、社会问题倒不必操心，因为这样会有损他的"清高"的。何怀硕在好多篇文章里提到，中国画主流是山水，而山水画表扬的一直是老庄出世的思想和超然的态度。古代专制政体，不容读书人批评时政，我想这也是画家皈依道家、禅宗的必然因素，虽然好多文人画家，平日做人非常热中，徒有附庸风雅之名而无超脱尘世之实。事实上，像石涛、八大山人这样遁世的艺术家，同大诗人陶渊明一样，他们的为人与作品，本身就表现了一种社会良心与政治的态度。在何怀硕看来，今天中国艺术家都应该是现代中国的知识分子，他的艺术至少得表现出现代中国人的态度。在今天还是按照古代模式画些古人画里的山水、花卉、仕女，所表现的可能仅是自己胸襟的狭小和对现实的漠不关心，麻木不仁。

在欧洲中世纪，一切艺术家为教会和世俗权贵服务，自己不可能公然承担批评家的责任。说得好听些，画家画画，诗人写诗，众人合造一个教堂，其目标都为赞美上帝。现代的天主教思想家，像雅克·马利坦（Jacques Maritain）这样，还是看重心无旁骛、不问世事的中世纪艺"匠"传统。艾略特信从英国国教，对中世纪的道德秩序极为向往，一直觉得但丁比莎士比亚占便宜，因为他可借用一套圣托马斯的哲学，自己专心写诗，不必顾及其他问题。在一篇论文里，讲起但丁，他竟说过这样的话："诗人写诗，形而上学家建立一套形而上学，蜜蜂酿蜜，蜘蛛分泌蛛丝；你简直不能说其中任何一种制造者有什么信仰，他（它）仅致力于'行'而已。"我认为这段话是不大通的：蜜蜂酿蜜，蜘蛛结网，全凭本能，无所谓艺术创造。即是最低级的诗人，他总不能完全抄袭人家的，至少在字句上同前人须有些出入。但艾略特说这句话，表示他自己早年深受十九世纪末期文艺思潮的影响。所谓"为艺术而艺术"的信条其实是从中世纪艺匠传统脱胎而来的。艾略特生平最佩服的小说家乔伊斯，从小受天主教教育，即为致力于"行"的艺术家的代表。他一生写小说，就等于在吐丝结网，网结好后，读者欣赏不欣赏由读者自便，至于网本身的结构和意义他是不置一辞的（当然事实上他没有这样"清高"，早期诠注*Finnegans Wake*的好事者都是他自己的朋友，材料也是他供给的，否则该书不可能有读者）。

在好多十九世纪艺术家想像中的中世纪时代，大家信仰上帝，画家虔诚地画宗教画，诗人写赞美诗，即是一个木匠也和画家一样虔诚，做一只椅子，把它当艺术精品制作，那时世上没有大量滥制的低级商品，生活的确是很美的。但事实上，中世纪并没有想像中这样可爱，讽刺教会、权贵的诗章也有不少，但丁自己即是位充满政治感、愤怒感的诗人。艾略特虽然有意写达到音乐境况的"纯诗"，可喜的是他的诗并不纯，其中包含了潜藏内心深处的欲望和回忆。一开头，他也想写"纯"诗评，写到后来也愈来愈不纯，实在发现诗的了解和评判同诗人的时代和社会关系太大了。他创办*Criterion*季刊后，更是每期都写有关当时西方政治、社会变动的社论。这些社论，没有集中起来，目今读的人不多，读了可能也不会发生好感，因为艾略特在政治思想上一直是死硬的保守派。他也写过几本讨论宗教、社会、文化的小册子。这些书想来读者也愈来愈少，艾略特传世的作品无疑是他的诗、诗剧和诗评。但艾略特这样一开头深受法国象征主义影响而抱着诗人写诗以外不问世事的态度，后来变得这样入世，极端关心英国和欧洲文化的前途，也正是他的伟大处。事实上，乔伊斯这样的艺术家，真是太有忍心了。世界上多少事要知识分子、艺术家去分忧，他忍了太久，后来人毕竟变得麻木，与世隔离。他沉湎于自己创造的小天地内，晚年那部巨著也无意反映人世的现实了。

王维的两句诗"晚年惟好静，万事不关心"，世代传诵。王维自己是山水画大家，而宋代以来的山水画家，他们画中常见的那个隐士即是"万事不关心"的人物。何怀硕觉得道家、禅宗思想支配中国画太久，再没有新的意境可表达了。他自己是山水画家，但同时却也是万事关心的现代知识分子。何怀硕的山水画，自许有一种"苦涩的美感"，这点评者都承认。这种美感是否包含了现代人面临危机的"悲剧意识"，还得评家去探讨，但至少何怀硕本人写出那些崇山、寒林、冷月、孤帆，并无意复制那种传统味道的"静"美，却给人惊心动魄的威压。

在《文学、思想、智慧》一文里，我对萧伯纳作了较苛的评断。我那时受艾略特和"新批评"家影响太深，而在他们看来，萧伯纳说教式的戏剧是无足重视的。萧氏是唯生主义的社会主义者，他的社会福利思想，事实上许多西方国家都已实施了；他那种绝对相信人类进步的唯生主义（显受柏格森的影响）更应在存在主义低潮的今日，重获一般人的注意。萧氏的剧本，就揭露人生真相而言，当然远比不上索福克勒斯、莎士比亚，也比不上易卜生、契诃夫。但凭我当年在上海一连串读好多种剧本的长序的印象，其鼓舞人心的力量，针砭社会疾病的道德勇气，实在英国作家间少有人可同他比的。我朋友间的散文家（思果、吴鲁芹）讲起英国的散文家来，总想到比尔博姆（Max Beerbohm），此人可算是正宗小品文最后一位大家。同时期萧伯纳写的是畅论政治、社会、经济、宗教、女权运动、人类前途的"大块文章"，下笔有神，比起比尔博姆来，更显得其生命力之充沛。英美两国小品文的传统的确式微了。可喜萧式"大块文章"的传统，还有人延续着。美国人维连尔（Gore Vidal）的小说我一本也没有读过，但近年来他写的散文实在好，报章上誉之为"第一散文家（Foremost essayist）"，实可当之无愧。他新出的文集*Matters of Fact and of Fiction*，畅论美国政治、历史、小说，我觉得值得国人注意。

萧伯纳自认承受了尼采、瓦格纳、易卜生三大欧洲巨人的影响，但无疑的，他那种入世精神，抨击英国工商业支配社会、剥削人民的批判态度，也延续了英国维多利亚时代好多思想家、文学家的传统。萧伯纳自己是在报章上写音乐评论起家的，维多利亚时代的文豪，一般讲来，显然对绘画更有兴趣。何怀硕自己是画家，我不妨在这里提一提罗斯金（John Ruskin）和马立思（William Morris）这两位。前者是艺术评论家兼散文大家，成名作是《现代画家》（*Modern Painters*）这部书。年轻时他看到了透纳（J. M. W. Turner，一七七五年至一八五一年）的风景画。此人画海画山，捕光捉影，颇得印象派风气之先，当时却未受英国人重视。罗斯金写书专为他说项，也可说肯定了英国浪漫派画家的重要性。马立思年轻时属于一个追慕拉斐尔之前的意大利画家的文艺团体，即所谓Pre-Raphaelite Brotherhood。他自己也画画，但更以诗文驰名。马立思看到当时英国人的家具粗俗不堪，就自开一爿厂，专造手工精制的家庭用具。晚年更自创一家印刷公司，精印名著。罗斯金是艺术评论大师，马立思是苦身力行的实用艺术家，两人都大有文名。但特别值得我们注意的是，两人到了晚年都转为亟思改良社会的评论家，实在觉得在工业社会里生活的民众，仅教他们体会到"美"是不够的，还非得在"真"、"善"这两方面齐头努力不可，否则社会不会进步，民众生活丰富不起来。维多利亚时代好多大散文家，到头来莫不关心社会问题与文化前途，他们在修身功夫方面可能算不上是圣贤，但写起文章来却具圣贤之心。

我举了罗斯金、马立思这两个例子，借以证明何怀硕"吾道不孤"，十九世纪艺术家、艺术评论家间，关心国家文化，亟图改进社会的贤者大有人在。何怀硕用不到感到孤独，虽然大半同代画家，不是自缚于国画的传统，即是"盲目西化"，为迎头赶上美国画坛最时髦的风尚而沾沾自喜，有时不免使他灰心。当然，何怀硕身处这个时代，如真有意身兼社会文化评论的职责，他的工作是艰巨的。维多利亚时代的大英帝国是世界第一强国，虽然社会上贫富不均，工人生活太苦，知识程度太低，但比起今日的英国来，罗斯金、马立思所处的实在是个升平时代。在今日，何怀硕见到岛内文坛及社会上某些不良风气，既无意评论时政，也忍不住要说几句话。《域外邮稿》看来内容较杂，但差不多每篇文章里都流露出他那份亟求走上民族本位"现代化"康庄大道的心怀。他见到有人出版胡兰成歪曲史实、散布谬毒的"著作"，义愤填胸，不得不写文章提醒国人，共同重视。同样情形，他见到有人访问何秀子，竟肯定她"事业"上的成功，他也非挺身出来辩证一番不可。

岛内外看不惯的情形太多了，逼得何怀硕多写社会评论，这是《域外邮稿》这本集子的特色。但同时他是画家，也是好学不倦、目光锐利的文艺评论家。读他三本集子，我发现他相当博学。即以西洋文艺理论这项学问而论，他常提到的大名家即有柏拉图、亚里士多德、康德、黑格尔、叔本华、尼采、桑塔耶那、艾略特诸人。此外二十世纪的大思想家，诸如弗洛伊德、罗素、斯本格勒、汤因比、索罗金（Sorokin）的作品，他显然都也读过。对我来说，因为我自己是专攻文学的，何怀硕三本文集里占比重最大的绘画论评读后得益最多。他毕竟是画家，对中国画的传统和西洋现代画的发展自有其一套独特的看法。前几年中国人大捧毕加索的当口，何怀硕偏偏写了两篇长文，评价美国当代人文主义画家安德鲁·怀斯（Andrew Wyeth），我觉得大有深意在。去年大画家艾恩斯特（Max Ernst）去世，何怀硕写了篇《小论艾恩斯特》，虽不能算是盖棺定论，但至少也提供了一个中国艺术家对一位西洋大师自己独特的看法。该文楔子里一段话实在值得我们深省：

　　　　另一方面，我们的报道与评介，又多半是由外国书刊移译而来，这种翻译工作自然绝不可少，而且是文坛进步的动力之一。但是我们自己人对外国作家的评论，更不可无。一个国家如果对世界没有自己的看法，没有立于自己见地上的评论，在文化思想与学术思想上，必造成一种依附他人，缺乏独立思考的弊害。把别人的观点当作我们的观点，便难以建立自己的体系，自然永难有独特的见解。

　　十多年来，何怀硕最关心的当然还是中国画的传统及其前途。《苦涩的美感》第二辑里收集的八篇文章（第一六五—二五〇页），谈及山水画、人物画、花鸟画的特征和这些画派今日所处的"困局"及其未来的展望，我认为是一系列最值得重视的中国艺术导论。我也读过些旅美学人和外国专家写的学院式中国画论评，他们比较沿袭传统的观点，而忽视传统的局限和流弊，他们是鉴定家、考证家，而不敢对这个传统作一针见血的判断。《十年灯》里有一篇短文《中国人物画与现实人生》，论及人物画的传统和"苦涩的美感"第二辑里的论文同样精辟，不妨引录一段（第二四三页）：

中国画人物造型在悠远的历史中已创造了各种角色的典型。但在后代的模仿和传习中，造成造型上固定化的模式。以所谓"美人"（又所谓"仕女画"者）为例，必是柳眉、凤眼、樱桃小口，齿不外露（故绝无画女子笑容，顶多是抿嘴微笑而已；笑则"冶荡"，故古画中女人俱皆无表情之冰霜美人），至于体态与衣饰，庄严整齐，或执纨扇，或抱琵琶，或揽镜梳妆，或柳荫消暑，不说绝无西方的裸体，连抱着婴儿喂奶的镜头，亦绝不入画。这种远离人生，远离现实，从观念到形式均深陷于因袭的泥坑中的人物画，不但没有继承传统（且看顾恺之的《女史箴》、李嵩的《货郎图》与张萱的《捣练图》，皆为人生现实之写照可知），更不说发扬光大了！从创造为艺术之本质的角度来看，我们今日还有多少人在画什么高士、仕女，以为"保存"国粹而沾沾自喜。我们的艺术批评之薄弱与欠缺，亦可想而知。我们的人物画家不敢面对现实人生，且一脱离了古人的"粉本"，便毫无创造的能力。柳

> 眉凤眼樱桃小口固然是一种美；浓眉圆眼大嘴未尝就不是一种美，且看索菲亚·罗兰。我们在"美人"观念上诉诸"固定反应"，正显示了创造力的贫乏。

不仅索菲亚·罗兰而已，今日报章上任何电影女星，社会名媛像都比因袭传统的中国"美女"像可爱，因为她们至少是有血有肉，能露牙大笑的真人。早在《诗经》时代，我国文字即善于素描美女：那位"巧笑倩兮，美目盼兮"的庄姜，虽然"齿如瓠犀"，却是人品非常端庄的女诗人，绝对算不上是"冶荡"，想不到后世画家这样没出息，一点也没有企图画出女人美目顾盼的"巧笑"来。曹植在《洛神赋》里刻画了一幅世界文学里罕见的美女图，相比起来，即是顾恺之《洛神图》、《女史箴》里的女子也显得太刻板了。在我外行人看来，只有波堤切利（Botticelli）这样文艺复兴时代的画家才能画出"翩若惊鸿"的洛神来。他的《爱神出世图》，我中学时期第一次在复印画册上见到，就给我一个牢不可忘"美"的印象，古代中国仕女画没有任何一幅曾给我一些震撼心灵的感觉。元代戏剧家关汉卿笔下有多少俐伶聪明活生生的女子，同代画家哪能抓住真实女子活泼的形象！早在宋代，山水画即已超越了前代名家山水诗的成就，历代的仕女画，比起诗词曲里的仕女素描来，实在瞠乎其后。这可能和中国作画的工具有关。顾恺之早已说过："凡画，人最难，次山水，次狗马；台榭一定器耳，难成而易好，不得迁想妙得也。"（《十年灯》第一七三页）何怀硕有西洋画根底，想把中国画现代化，真不妨也多画人物画。不论为古人造形，或为今人写像，人物画是最能表达当代中国人处境艰苦的悲剧感的。

《画家王己千评介》这篇长文，我认为是《域外邮稿》里对近代中国绘画史提供资料最有贡献的一篇，也表示作者对中国绘画前途的高瞻远瞩。此外有好几位近代画家（任伯年、吴昌硕、齐白石等），何怀硕都写过精辟的评断。写近代画家专论，实在他最为合适。身兼画家与文艺评论家的何怀硕当然有写不完的文章好写，但他对近代中国画家的成败得失知道得太清楚了，真应该花一两年时间，写一系列近代中国画家论的文字，同当年罗斯金潜心从事《现代画家》的写作一样。从任伯年讲起，评论的对象不必求多，主要要道出近代中国画这个新传统的建立和发展。近百年来享有盛名的中国画家太多了，其中哪几位真有创新的成就，将不断启发后来的画家，这些人才是值得大书特书的。一个公认的近代中国画新传统建立后，才能确定年轻一代画家努力的方向。写这样一本书，想来也会带给何怀硕自己更大的满足，因为他得集中精神，从事一个专题的研究。

何怀硕今年三十五岁，刚走到了但丁所谓"人生旅途之中点"。现代人寿命比古代人长，何怀硕今后四五十年的创作生涯，其灿烂成就是可以预卜的。但愿未来四五十年中，国家转为富强，许多问题不必何怀硕去操心，让他专心从事绘画和文艺评论的写作。但话说回来，他的爱国热肠和"万事关心"的积极态度，也正说明了为什么他作画总自造意境，为文必言之有物，毫不染上一点西方现代虚无主义及传统文人画家"戏笔"、"玩世"的习气。

一九七七年七月九日于纽约

辑三

# 人的文学

## 一

胡适、陈独秀倡导文学革命，一转眼已是六十年前的事了。六十年来用白话书写的新文学，其成就早已有目同睹，不再有人加以鄙视。一九四九年前的作品，大部分不易在台湾见到，但近年来有好几部新文学史问世①，至少青年学子可借以知道些人名、书名和一九四九年以前文学发展的概况。不久前，我在报章上见到《中国新文学大系》重印的广告，好像重印的仅是郁达夫主编的《散文二集》。事实上，一九二八年以前，左派文人尚未得势，"大系"里明白宣传共产思想的文章可说绝无仅有，真不妨把十巨册一并重印。仅能看到新编的文学史而不能看到文学理论、批评、创作的原始资料，对青年学子来言，总不免有隔鞋搔痒之感。

---

① 计有刘心皇《现代中国文学史话》（正中，一九七一）；李牧《三十年代文艺论》（黎明，一九七三）；侯健《从文学革命到革命文学》（《中外文学》，一九七四）；尹雪曼主编《中华民国文艺史》（正中，一九七五）；司马长风《中国新文学史》（香港，昭明出版社），上卷（一九七五），中卷（一九七六）；周锦《中国新文学史》（长歌，一九七六）。

在文学理论方面，新文学初创期最大的特色是对中国固有文学传统的猛烈抨击。一九一七年，胡适提出八条《文学改良刍议》之后，陈独秀即写篇《文学革命论》响应他，大声疾呼推倒固有的"贵族文学"、"古典文学"、"山林文学"而代之以"国民文学"、"写实文学"、"社会文学"。陈氏梁启超式的社论，读起来令人心烦，我曾在《文学革命》文里（收入《文学的前途》）取笑过他。但值得注意的是，他对传统文学里加以肯定的作品和作家，类如《国风》、《楚辞》，魏晋五言诗，唐代的韩柳元白，以及元明以来的"文豪"马致远、施耐庵、曹雪芹，即在今日，大家也公认为代表了旧文学里活的传统（当然施耐庵著《水浒传》之说，不一定可靠）。近人唐文标的观点同陈独秀尤其相像：他所肯定的也是以《国风》、汉乐府为代表的"国民文学"或"社会文学"，他所否定的也是古代读书人包办的"雕琢的阿谀的贵族文学"和"陈腐的铺张的古典文学"。

一九一八年十二月，周作人在《新青年》杂志上发表了一篇《人的文学》。在他看来，中国文学的致命伤不是文字问题（"雕琢"、"阿谀"、"陈腐"、"铺张"），而是道德问题，也就是人生态度不够严肃的问题。他自己提倡的是"人道主义"，即是"一个个人主义的人间本位主义"。"用这人道主义为本，对于人生诸问题，加以记录研究的文字，便谓之人的文学。""中国文学中，人的文学，本来极少，从儒教道教出来的文章，几乎都不及格。"即如胡适、陈独秀对少数小说戏剧加以称许的通俗文学，周作人也认为是"非人的文学"。他把通俗文学分为十类：一是色情狂的淫书类；二是迷信的鬼神书类；三是神仙书类；四是妖怪书类；五是奴隶书类（"甲种主题是皇帝状元宰相"，"乙种主题是神圣的父与夫"）；六是强盗书类；七是才子佳人书类；八是下等谐谑书类；九是黑幕类；十是"以上各种思想和合结晶的旧戏。""这几类全是妨碍人性的生长，破坏人类的平和的东西"，周作人认为："统应该排斥，这宗著作，在民族心理研究上，原都极有价值。在文艺批评上，也有几种可以容许，但在主义上，一切都该排斥。"同时期周作人写了另一篇名文《平民文学》，提倡类属"人生艺术派"，内容充实，"研究平民生活——人的生活——的文学"。《红楼梦》描写的虽然是贵族生活，周作人却认为是中国文学史上够得上"平民文学"资格的唯一杰作："因为他（它）能写出中国家庭中的喜剧悲剧，到了现在，情形依旧不改，所以耐人研究。"想来，凭周作人的标准，《红楼梦》算得上是"人的文学"。

周作人《人的文学》褊狭处，我已在《文学革命》文里加以批评：西洋十九世纪人道主义的写实文学，民初文人读了，受的影响特别大，但周作人当然知道，公认为名著的西洋文学作品也不尽是个人主义的人的文学。周作人早已对希腊神话产生了爱好，古希腊文学也可归入神仙妖怪书类。主张灵肉合一的英诗人勃雷克，当时周作人对他特别佩服。勃雷克认为基督教教会是违反人性、阻碍人性向上发展的恶势力，照他看来，连但丁《神曲》、弥尔顿《失乐园》都是迷信的"非人的文学"。勃雷克抨击教会（虽然他认为耶稣即是仁爱，也是人类创造力的泉源），同五四时期新文化倡导人抨击"名教社会"、"封建思想"，初无二致。

《人的文学》发表时，西方人道主义文学的全盛期已过：周作人所称许的几位大师，易卜生、托尔斯泰、陀斯妥耶夫斯基皆已去世，即如哈代也已进入暮年，早已不写小说。第一次大战后的欧美文学，另有一种新姿态出现，一方面可说是"为艺术而艺术"，另一方面也可说是极端个人主义的发展，以易卜生为代表的关注人生的个人主义显然已变了质。一九四九年后定居北平的周作人，平日的工作是翻译希腊、日本古典名著，对二次大战后的西洋文学已毫无接触。但同时期的日本文学他可能会看到一些，不知道看后有何感触。可能他会感到色情、暴力、虚无主义的抬头，表示"非人的文学"再度盛行。

从文学革命到抗战前夕，这一段时期在当时社会产生最大影响，最能表现独特思想的三位文化界巨人，要算是胡适、鲁迅、周作人。在国内，有些人认为胡适是"全盘西化"的代言人，对他颇多非议；周作人算是亲日的汉奸，当然更是人尽可骂。相比起来，周作人不听胡适的劝告，舍不得离开北平，比较还是小事。至少他对日本某些文学艺术和习俗早在留学日本期间就发生了好感，认为是中国古文化的余绪，并非日本人占据华北后才美言日本文化的。但胡适和周氏兄弟都生在晚清时代，从小见到周围无知、贫穷、迷信的现象，把国家的衰弱归咎于社会的闭塞，传统文化的毫无活力，是理所应当的事。目今政府关心民生，社会繁荣，当年流行的各种陋习迷信可说一扫而光，人民健康也大为改进，不再有肺结核菌随时随地可以侵害青年学子的健康。目今社会贤达之士想到"现代化"、"工业化"各种不良后果，提倡中国固有文化的复兴，反而变成了精神上的需要。但即是最热心提倡固有道德的人士，也不再提"王祥卧冰"、"郭巨埋儿"之类二十四孝里"非人"的故事了。胡适、鲁迅、周作人幼年时期，《二十四孝图》是流行最普遍的儿童读物，他们对这类故事深表厌恶，也是理所当然的。

　　胡适、周氏兄弟幼年即接受私塾教育，读古代的经典，私下里他们却爱读旧小说，胡适、周作人都认为后来国文写得清通，归功于那些小说（鲁迅的散文多年未重读，他可能也说过这样的话）。周作人晚年在《知堂回想录》（香港听涛出版社一九七〇年出版，《传记文学》杂志曾摘载过片段）有两节谈幼年读过的小说，诸凡《三国》、《水浒》、《封神》、《西游》、《镜花缘》等，谈得津津有味（有些小说在早年的散文里也谈过）；虽然对其中不人道的故事，至老耿耿于怀，显然早已改变了写"人的文学"时激烈"排斥"的态度。鲁迅写过中国小说史，胡适写过好几种小说的考证，在小说方面作的研究，要比周作人精深得多。但在当时周作人痛斥旧小说，鲁迅与其弟弟思想一致，想来完全赞同；胡适也曾在文章里大力肯定《人的文学》此文的重要性。

　　胡适倡导文学革命，引起了文言白话优劣之争辩。周作人排斥旧文学，认为关键问题在其代表旧社会的思想性上。同时期他写了篇《思想革命》的短文（该文以及《人的文学》、《平民文学》两文皆集于《中国新文学大系·与建设理论集》），明说"表现思想的文字不良，固然足以阻碍文学的发达。若思想本质不良，徒有文字，又有什么用处呢？……我见中国许多淫书都用白话，因此想到白话前途的危险。中国人如不真是'洗心革面'的改悔，将旧有的荒谬思想弃去，无论用古文或白话文，都说不出好东西来"。他的见解，较诸胡适，更精深一步。

　　我认为中国新文学的传统，即是"人的文学"，即是"用人道主义为本"，对中国社会、个人诸问题，加以记录研究的文学。那些作家，自己的新思想，可能相当幼稚（尤其是左倾作家），惟对旧思想、旧道德、旧社会的抨击和揭露，的确尽了最大的努力。我有篇文章，曾被译为《现代中国文学感时忧国的精神》。其实原标题"Obsession with China"的涵义除"感时忧国"之外，更强调作家们被种种不平的、落后的、"非人的"现象占据心头，觉得不把这些事实写下来，自己没有尽了作家的责任。巴金三十年代初期的长篇《家》，当年是最畅销的小说，青年男女读了莫不深深感动，主要是在读的时候，想起自己家庭里种种丑剧悲剧，不由得不一洒同情之泪。国内近年出版的文学作品，刻画的即是当今的现实，目前青年所关怀的问题是自己切身的问题，旧礼教显然已毫无支配他们幸福前途的力量。但张爱玲《金锁记》里的七巧，姜贵《旋风》里的方老太太，她们都是旧家庭制度的牺牲品，也都变成了旧社会恶毒势力的代表。事实上，即在四十年代读大学的这一代都可记起旧社会的可怕处，那时新文化运动推行已二三十年，但旧礼教的势力还是根深蒂固。三四年前阚家蓂女士赠我一本散文集《思莼集》（晨钟出版社一九七二年版），序文是一封"寄母亲"的书简，其中一段读了实在触目惊心：

> 在我的记忆里，你很少时候生活得快快乐乐过，我五岁时，爸爸去世，我们在一个旧式的大家庭里，你含辛茹苦抚养我和弟弟两人，你曾一度想殉情自杀，但为了你的儿女，你又坚苦的撑持下去，在那穷乡僻壤之区，你教我们读书做人，到了我十岁那年，你认为我们非接受现代新式教育不可，你向家庭提出要求，要祖父分点房产给我们，以便我们可以到城里去进学校，在当时的环境之下，

272

这是一件不可思议的事，那样一个旧式家庭是决不允许你带两个孩子单独居住的，当祖父问你能否守节不变把两个孩子带大时，你曾一刀把手指断下以此为誓，你呻吟两个月之后，我们终于获得了自由，我从此便一帆风顺由小学而中学而大学，而你却在坚苦中撑持下去，家中对内对外全由你一人维持，每当风雨黄昏，我常见你绕屋踯躅，我当时是糊里糊涂的，但这确实是你最凄凉寂寞的日子。

最近读了张拓芜的《代马输卒手记》（尔雅出版社一九七六年版），原想知道抗战期间兵士的生活，想不到张先生在《细说故乡》的下卷里，也记录了他幼年的生活，读来感人甚深。他家居安徽泾县，"七岁启蒙，读了半册三字经和百家姓，被送入县立后山中心小学就读，读到四上，祖父坐轿子经过学校广场，看见老师带着孩子们蒙着眼睛做游戏，认为太不像话，勒令退学，送到乡儒'进'先生处读私塾，进先生教书认真、严格，闻名于乡里，动辄用戒尺打手心，揍屁股。罚站罚跪是最轻的处罚，一罚就是半天，我一听汗毛全体竖立，滚在地上撒赖，那也不行，祖父的话，谁都不敢违拗"。他的长姐遭遇更惨，因为生肖属猪，祖母那年刚开始吃长素，生下来就不喜欢她。出嫁后经常给婆婆"打得青一块、紫一块的逃回娘家，盼望能有些支援，但什么也没得到"：

　　姐姐嫁过去两年多，响屁也不放一个，这完全是女方的责任，恶婆婆因此打得更凶，似乎希望姐姐同她长媳一样上吊成双。但我姐姐硬是不愿死，打归打，逼归逼，上吊是不干的。

下大雨的那天，姐夫气急败坏地跑来跟母亲说，姐姐被婆婆打得晕倒在地上人事不省，三个月的孩子也被打掉了，要我们赶快请个医生去。母亲一听先是一愣，继之大哭一场，哭完了茫然无措，一点主张也没有。

近年来伸张女权运动的女士们，总责备中国男人太自私，不顾女人的权益。事实上，婆婆虐待媳妇，是旧社会里最普遍的现象。不一定每个丈夫都有钱讨小老婆、玩女人，但差不多每个小媳妇都得战战兢兢讨婆婆的欢喜。因为婆婆年轻时也做人家媳妇，虐待自己的媳妇变成了半生吃苦最大的补偿。

## 二

读中国现代文学，读到旧社会的悲惨故事，我总不免动容，文字的好坏反而是次要的考虑。只要叙述是真情实事，不是温情主义式的杜撰，我总觉得有保存价值，值得后人阅读回味。反顾古代诗文，这类记载就比较少，要不是那几首民间的乐府，就是杜甫这样特别关心民间的诗作。假如有些旧小说戏剧可按周作人定义，称之为"非人的文学"，大多数古代读书人留下的诗词文章，虽非"非人的文学"，在我看来，实在人的气味太薄了，人间的冲突悲苦捕抓得太少了，人心的奥秘处无意去探窥，也算不上是"人的文学"。在美国教诗，我常对学生说，中国诗人大多数想做高官，做官不得意，牢骚满腹，就喝酒寻乐，或者想退隐，或者想成仙。他们处境比我们好的地方，就是生活在空气尚未被污染的世界中，更易接近自然景物，而对山水花草的确特别敏感。我既不想做官，也不爱喝酒，也不想退隐，更不想成仙，古代读书人的几个理想，对我来说，毫无吸引力，读他们的诗篇，简直很难产生同感。

当代读书人和古代读书人的最主要区别，即是我们在自由世界里生活，充分享受了知识分子的权益，也多少尽了知识分子的责任，看到任何不公不平的事情，至少没有人来剥夺我们的发言权。古代读书人生在专制政权下，在皇帝手下讨饭吃，而且只有做官这一条正当出路。他们虽然受了孔孟教育，想做一个知识分子的大丈夫，事实上往往做不到。我国有不少"先天下之忧而忧"的名臣，他们一方面直言奏谏皇帝，一方面也关心民间疾苦；但他们的诗文，往往也难免落于俗套，仅写些个人的感受和牢骚。前两天收到联经出版社刚发行的《中国现代文学批评选集》，读了颜元叔的《朝向一个文学理论的建立》这篇论文。即是提倡"民族文学"的颜教授也不得不承认"大体而言，中国的传统纯文学大都缺乏理智基础与哲学深度"；"传统的中国文学看重的是情感，此外，便是看重文学中的美学成分"。这两句话说得很对。传统诗文家缺乏理智基础与哲学深度，因为他们不是完全委身于真理与公义追求的知识分子。他们的确重情感，《文心雕龙·物色》这一章真道出了中国诗的特色。到了宋代，多少词人伤春悲秋，读他们的作品，有时不免惊讶我自己感觉的迟钝。对我来说，柳絮满天飞的暮春天气（当然住在纽约，连柳树也看不到），不冷不热，有什么可悲的。清秋天气，我更感到精神好，当然我听不到雨打桐叶的声音，抬头也不会看到离群的孤雁。周邦彦《六丑·蔷薇谢后作》实在是宋词里最突出的一篇杰作，设想奇妙，哀艳脱俗。但我觉得蔷薇谢后，明年会再开，不值得词人这样哀悼它。但正因为唐宋以来，一直有人写花谢花落的诗词，《红楼梦》里才会有黛玉葬花这个节目。到民初徐枕亚写《玉梨魂》这部当年盛销一时的小说，第一章就来一个雨打梨花后男主角葬花的哀惨场面。《玉梨魂》早已绝版，现在很少有人读了。但全书继承了李商隐无题诗和《红楼梦》"葬花"、"焚稿"、"魂归"诸章的传统，也可说是传统文学里发挥痴情、绝情最淋漓尽致的一个乐章。我们现在读《玉梨魂》可能不为所动，但当时年轻孀妇不能再嫁的现实放在读者面前，读了真会令人痛哭流涕的。

中国传统文学看重文学中的美学成分，在国外研究中国传统文学的更是变本加厉，看重文学作品的文学本质。今日国内传统文学研究之风这样盛一方面固然大家感到有整理国故的必要，一方面显然是西风东渐，受了西方文学理论和批评的影响。中国人评诗一向是诗话体的，现在采用了西洋"新批评"（即"形式批评"）的方法，把一首绝句写成二十页的评析，洋洋大观，岂不令人兴奋。在《文学理论和结构》（*Literary Theory and Structure*，耶鲁出版所一九七三年版）这部庆祝威姆塞特（W. K. Wimsatt）六十五岁生日的论文集里，文学理论家赫虚（E. D. Hirsch, Jr.）写了篇检讨"新批评"成就的文章，题名《批评的几种目的》（*Some Aims of Criticism*）。他认为"新批评"最大的特色即是把文学当文学来研究，也就是把文学当艺术来研究，其主要假定即是文学不同于别种文字，因为它具有其艺术性（its artistic character）。但自古以来，留给后世文学作品的作者，其写作目的往往是"载道"或者是"言志"，或者是娱乐大众，或者是赚钱，真正标明为艺术而艺术的文学家，十九世纪中期才出现。所以赫虚认为"事实上，文学并无独特的本质，一种全凭美学标准或其他标准可以判定的本质（In fact, literature has no independent essence, aestheticor otherwise. ）"。在古代中国，任何读书人留下的文集，内容芜杂，其中有墓志铭，有送序，有论说，都算得上是文学，长篇小说反而算不上是正统文学。在今日美国，情形则相反，中国文学研究者拘泥于几个固定类型，诸如诗、戏剧、小说、批评之类，这些类型以外的著作，除了先秦诸子外，都不加注意。其实，汉代以来，真有好多部具有思想性、学术性的精心巨著，研究文学的人因为它们不是"文学"，而不加理会，真是作茧自缚，剥夺了自己对中国文化有更精深了解的机会。把一部作品当艺术品研究，当然可以提高我们对作品内涵的组织的警觉性，但作品本身是否值得我们重视，是否仍具动人、刺人的力量，则是另一回事。艾略特有一句话说得好："一部作品是否为文学诚然全靠文学标准来决定，一部作品的'伟大'与否则不能单靠文学标准来决定的。"

欧美汉学家以文学标准评赏中国古典文学，理所当然。他们不是中国人，他们对中国文化前途不一定特别关怀。但他们用功多年，算把古诗文读通了，自然而然对古诗文特别爱好。不好也要讲它好，否则岂非否定了自己多少年来的努力？他们专攻现代史的，就没有余力顾及古典文学；专攻古典文学的，则不关心中国前途，连现代文学也不屑一顾。他们真把自己关在象牙塔内，研究古典文学之余，参阅些现代西洋文学批评和理论，这样两面参证，作些研究，乐在其中。大半在美国研究古典文学的国人，情形也相仿。多管分外事，岂不浪费时间？加上在国内报章上发表了文章，洋同事是不看的。不如多写英文论著，以建立或增高自己的国际声誉。

五四时代的胡适、鲁迅、周作人不仅是国学根基颇深而甘愿接受西方文化的读书人，他们也是真正关心国是，想为国家社会服务的知识分子。他们在文章里诋毁中国文学，但他们对古诗文的领会悟解当然比我这一代或比我更年轻的一代深。凭他们的书法，我们就可看出他们的文化修养。今日五十岁以下的作家、学人间，有哪一个写得出他们这样各具个性的毛笔字？但他们虽国学根底深厚而不情愿浸淫在古代文人的世界中。他们觉得杜威、尼采、霭理斯的思想要比宋明理学有意思得多，至少提醒他们如何做人；同样情形，他们觉得读十九世纪和二十世纪初期西洋作家的作品要比读中国古典作家的作品更有意思，对自己、对国家，更切切有关。鲁迅有一段话，先兄济安曾在《鲁迅作品的黑暗面》文里引用过，我想胡适、周作人也一定同意他的看法：

> 我看中国书时，总觉得就沉静下去，与实人生离开；读外国书——但除了印度——时，往往就与人生接触，想做点事。

胡适、周作人也同样讨厌印度文化。在《人的文学》里，周作人特别提了泰戈尔一笔，认为他"时时颂扬东方思想"，非常可憾①。我可以说，胡适、周氏兄弟对印度文化，比对中国文化更为痛恨，因为印度比起中国来，更"东方"得彻底，

---

① 泰戈尔的诗、剧本和小说，我也看过些，实在觉得不好，倒并不完全是思想问题。相比起来，甘地在牢狱里写的《自传》，朴实无华，处处显出其人格的伟大。泰戈尔一九一三年拿到诺贝尔文学奖后，即颇受中国人重视。一九二三年访游我国，出尽风头，在打倒旧思想的五四时期，他能同罗素、杜威一样大受欢迎，是件很值得玩味的事。

印度人是真正否定物质文明的。读胡适的论著，我不免觉得他认为假如印度文化不侵入中国，中国固有文化要光明灿烂得多。胡适受阻于佛教这个难题，他的《中国哲学史》没有写完，但他考证禅宗发展史这几篇论文我认为是了不起的贡献。当年胡适同日本禅学大师铃木大拙一场争辩，好像胡适占了下风，连他的老友梁实秋先生也认为真正懂得"禅宗本身那一套奥义"的是铃木（参阅《看云集·胡适先生二三事》）。但读了胡适的考证后，我总觉得像神会这样不择手段，在皇帝面前争宠取信，打击异己的"新禅学的建立者"，是十分世俗的。

胡适、周氏兄弟虽然觉得读中国书比不上读外国书这样有劲，更与人生接触，他们并无意扬弃中国文化。相反的，他们一方面痛斥旧礼教，一方面在古书堆里追寻可以和自己"认同"的思想家、文学家。鲁迅在这方面做的探究工作比较少，他成大名后，看样子真的多读洋书，甚至连生气奄奄的苏联文艺理论家的书也认真把它们翻译出来。他的《中国小说史略》是部学术性的著作，就小说论小说，个人的爱憎立场不太明显。但古代读书人间，他特别欢喜嵇康以及同时代言行脱俗的人物，至少也表明了自己对正统士大夫文学、思想的反感。胡适《白话文学史》是部偏见极深的书，他极少提到"那模仿的、沿袭的、没有生气的古文文学"（即是陈独秀的"贵族文学、古典文学、山林文学"），专讲"那自然的、活泼泼的，表现人生的白话文学"。后者可分为两类："无数小百姓"自己创造的"平民文学"；极少数有见识、有思想、富于同情心的读书人留给我们的作品。诸如王充、杜甫、白居易都是此类读书人，虽然胡适连杜甫的律诗也不十分欣赏。《汉朝的散文》这一章司马迁提了几笔，主要写王充，因为胡适自己是向王充"认同"的思想家，《论衡》的文体算不算是当代的白话，其实是次要的问题。

胡适、周作人同样的厌恶宋明理学，惟其如此，他们读到见解上可以认同的思想家，特别高兴。《胡适文存》里被称许的思想家，全是"反迷信"、"反理学"的，戴震尤受其推崇，不仅两人是安徽同乡，实在因为戴震敢直言礼教吃人（鲁迅《狂人日记》主旨也是礼教吃人），使他佩服得五体投地。为了替戴震申冤，胡适晚年花了二十年功夫去搞《水经注》，在学术界所发生的影响，远比不上他早年所写的小说和禅学考证。但他肯为二百年前去世的大思想家，花这样多心血，作一个小题目的研究，精神实在可佩。

周作人一再申言，他生平最佩服的中国思想家是王充、李贽、俞正燮三人。李贽算是礼教的叛徒，俞正燮为妇女缠脚、守节等苦痛抱不平，在清代中叶，也算得上是先知先觉的人物。其实周作人加以称许的中国文人、思想家为数甚多，大半其名不扬。写"人的文学"时他无情排斥旧文学，进入三十年代后，大读旧书，不少是旧书铺里觅来的冷门笔记杂著，普通人不容易看到。他晚年大多数小品文都是报告读书心得，看样子是陶冶性情，过着闲适的生活。事实上，他是无休止向古人认同：理学传统圈外，竟还有不少思想活泼、头脑开明而关注民间疾苦的读书人。这些读书人，他认为延续了真正儒家的传统。《药堂杂文》（一九四三）里《汉文学的传统》、《中国的思想问题》等好几篇文章值得我们注意，他那时候身任伪职，但精神上早已向孔孟思想认同："其实我的意思是极平凡的，只想说明汉文学（即用汉文书写的文学）里所有的中国思想是一种常识的、实际的，姑称之曰人生主义，这实即是古来的儒家思想。后世的儒教徒一面加重法家的成分，讲名教则专为强者保障权力，一面又接受佛教的影响，谈性理则走入玄学里去，两者合起来成为儒家衰微的原因。但是我想原来当不是如此的。"晚年周作人文笔这样冲淡，一点也没有《人的文学》里的火气，但所谓"后世的儒教徒"，在汉朝创业期间即"加重法家的成分"，为皇帝"保障权力"，儒家开始衰微已是两千多年前的事了。

早在三十年代，周作人即不评论时政，尽心从事于儒家"人生主义"新传统的建立。相比起来，同时期的胡适，因为希望国家进步，绝不同旧社会、旧思想妥协，态度激烈得多了。《胡适文存》第四集里的四篇文章：《惨痛的回忆与反省》（一九三二）、《信心与反省》、《再论信心与反省》、《三论信心与反省》（一九三四），我一直未读过，数月前初读，对他倍增崇仰之意。我抄录一小段反问寿生——一个坚信中国固有文化优越的青年——的话：

> 至于我们所独有的宝贝，骈文，律诗，八股，小脚，太监，姨太太，五世同堂的大家庭，贞节牌坊，地狱活现的监狱，廷杖，板子夹棍的法庭……虽然"丰富"，虽然"在这世界无不足以单独成一系"，究竟都是使我们抬不起头来的文物制度。即如寿生先生指出的"那更光辉万丈"的宋、明理学，说起来也真正可怜！讲了七八百年的理学，没有一个理学圣贤起来指出裹小脚是不人道的野蛮行为，只见大家崇信"饿死事极小，失节事极大"的吃人礼教：请问那万丈光辉究竟照耀到哪里去了？

胡适虽是新文学的倡导人，自己创作不多，但这段反问所代表的即是"人的文学"的精神，也是新文学牢牢不忘中国耻辱的推动力。

## 三

年轻一代生长在自由民主的环境中，记忆里根本没有胡适、鲁迅、周作人所见到的古老中国。二次大战后，西方国家对西方文明失去了自信；人造环境不断恶化，一般人放弃了"进步"的信念，二十一世纪的人类能好好延续下去，已变成了值得研究的大问题。相较之下，东方的精神文明愈显得其可爱：我国的老庄思想、《易经》、禅学，加上印度的瑜伽、玄妙的坐忘（Transcendental Meditation），且不谈针灸、太极拳，在美国信从的大有人在。这些现象，想来不少国人听到了，心里很高兴。东学西渐，总表示自己文化的优越。美国著名的汉学中心，不仅从事文学研究很起劲，思想史的研究也同样是热门。哥伦比亚大学即可算是理学研究的中心，读哥大同事、研究生的论文，即是不著名的道学先生也变成相当了不起的人物，一改当年胡适他们反理学的态度。更有人研究佛学，他们要学好多种艰难的文字，中日文、梵文、巴利文，有时还要加上西藏文、蒙古文，精神实在可嘉。我总劝学生不要专攻佛学，实在觉得学通这几种文字殆非易事，倒完全出于菩萨心肠。

至少在国外，五四时代认为要排斥的东西，将愈来愈受到专家的肯定，将是不容置疑的事实。去年有一位中国医药史专家，在哥大宣读一篇论文，他认为中国以前贫民看病，到庙里烧香求签，吞食香灰，至少可发生心理治疗（psycho-therapy）的作用，也蛮有意思的。我自己中国新旧小说读得多了，记忆里旧式郎中误害病人的案子不知有多少宗，且不谈等而下之的道士、巫祝了。我觉得这位专家这样赞许中国文化，总不免太残忍些，实在对中国旧社会的现实太隔膜了。清末民初的那些欧美传教士，写书痛骂中国野蛮，虽然态度不良，说的大半倒是真话。

《红楼梦》目今是中国文学最热门的研究题材。我自己也曾细读过四遍，每读一遍不得不叹服为中国最伟大的小说。但写完《中国古典小说》后，我还没有再从头到尾读它一遍，实在不想读也不忍读。有些红迷陶醉于大观园里的赏心乐事，有空即挑几章读读。我倒同意王文兴的看法，大观园实在是多少小姐、丫鬟的集中营，一点自由也没有，活着有什么乐趣，且不提好多女子下场何等悲惨。即如贾宝玉自己，一年难得两三回上街逛逛，这算是什么生活？最后出家做和尚，也只能算自寻寂灭，倒不如汉姆赖德胡乱杀几个人，自己也中剑身亡，痛快得多。

读历史演义小说，虽然艺术水准不齐，不容易使人联想到旧社会的可怕。那些忠心耿耿的名臣大将，虽然受尽昏君的气，我倒不觉得是皇帝的"奴隶"。但即在此类小说里面，不少有关女人的情节，读来总教人感到不舒服。《三国演义》第五十二回里，赵范同赵云结拜弟兄，好意要把守寡三年，"有倾国倾城之色"的嫂子配给他，赵云一下子翻过脸来，变成了武松、石秀型的汉子。第十九回，刘备"匹马逃难"，借宿少年猎户刘安家：

当下刘安闻豫州牧至，欲寻野味供食，一时不能得，乃杀其妻以食之。玄德曰："此何肉也？"安曰："乃狼肉也。"玄德不疑，乃饱食了一顿，天晚就宿。至晓将去，往后院取马，忽见一妇人杀于厨下，臂上肉已都割去。玄德惊问，方知昨夜食者，乃其妻之肉也。玄德不胜伤感，洒泪上马。刘安告玄德曰："本欲相随使君，因老母在堂，未敢远行。"

这段小穿插，近代《三国》评家从未提过，我总觉得是全书最大的一个污点。当年毛宗岗改订《三国》时，没有把这段文字删掉（无时间查看各种版本，想不可能是毛氏新添的），想来也感到刘安的大义大孝，值得世人赞叹。刘备吃一顿素菜淡饭，有什么关系？但刘备既是朝廷官员，刘安不把自己年轻的妻子杀掉，烧一锅肉给他吃，对不住这样一位上宾。如此巴结刘备，原可跟随他去博一个功名，但临别前说"因老母在堂，未敢远行"，表示自己是孝子，杀妻而不求报，态度更何等落拓大方！只吃了臂上肉，刘安至少可以十天不打猎，在家里伴着老母吃媳妇的肉。

读章回小说，一直要读到二十世纪初年的《老残游记》，我们才碰到一位在专制政治下真正为老百姓请命、人道主义的作家。周作人在《人的文学》里没有提到它，想来他觉得刘鹗有些地方还是旧脑筋，执迷于"三教合一"的想法，不够开明。但刘鹗大力抨击清官酷吏，坚决否定一千年来理学思想、"吃人礼教"的传统，关心民间疾苦，更同情不幸女子的遭遇——单凭其人道主义之精神，实已和胡适、鲁迅、周作人这一代站在同一阵线。《老残游记》同杜甫不少诗篇一样，是真正"人的文学"的杰作。

在《追念钱钟书先生》文里，我提到了美国学者借用西洋批评方法整理中国古典文学的趋向。同样值得注意的是更有些美国学人和旅美学人力求复古，把自己置身于古代中国思想范畴里的倾向。他们觉得近代中国学者，受了西方教育，已是半洋人，他们对中国固有思想、文学的批判态度，造成了对中国传统的误解，是不值得取法的。他们要排除一切现代人的偏见：唐代的和尚才能真正欣赏王维、寒山的诗，他们不妨在想象中置身在当年长安庙宇之内；只有周敦颐的入门弟子才能领会"太极图说"的妙处，假如他们自己看不出"太极"、"无极"的分别，只好承认自己悟性不高，还没有资格当周夫子的学生。现在有人借用阴阳五行之说来研究《红楼梦》，也有人借用清人张竹坡相当荒谬的批评来研究《金瓶梅》。明清学人间，只有张竹坡对《金瓶梅》无条件的大加赞扬，看来我们若要彻底了解《金瓶梅》，非向他看齐不可，把自己对这本书的看法全部抹杀。《金瓶梅》真正算得上是一部"非人的文学"，但因为它把那时代"非人的"社会和家庭生活描写得透彻，在我看来要比大多数古代文人留下的、无关人生痛痒的诗词古文更有阅读价值。但无论如何，该书作者思想混乱，而且对这个"非人的"社会非常欣赏，实在是应该加以批判的。但将来这位美国张竹坡的《金瓶梅》研究问世，国人读到了，可能心里会高兴，中国文学里，又多了一部被洋人全盘肯定的杰作。但我总觉得，这是阿Q心理的作祟，中国古代作品，难道中国人自己不会鉴定其优劣？洋人辛辛苦苦学通了中文，他有陶醉于中国古人世界里的权利，享受他象牙塔里的乐趣，因为对他来说，现代中国同古代中国是完全拉不上关系的。中国读书人应该关心中国文化的前途。中国传统思想、文学本身就是中国现代文化的主要部分，今天不会再有人像有些五四时代的思想家一样，向祖宗宣告独立，发誓不读古书。惟其我们相信中国文化是一脉相传的，而且惟其我们希望国家富强，人民安居乐业，在文艺科学各方面有光辉灿烂的表现，我们研究传统的思想、文学和一切文物制度不得不抱一种批判态度。周作人《人的文学》代表了五四时代的精神，说话不免过分激烈，但在多少中西学者用纯文学观点来研究中国古典文学的当口（且不谈少数人以古人自居来欣赏古代文学），"人的文学"这个观念仍是值得我们借鉴活用的。

一九七六年十二月二十九日完稿
一九七七年三月二十三日至二十五日初刊于《联副》

# 现代中国文学感时忧国的精神

　　始于一九一七年文学革命的"新文学"，在一九四九年中国共产党立国时告一段落。这一时代的特色，是语体文的普遍采用，吸收西洋文学的格调和写作技巧，因此和前代的作品截然不同；和继起的中国大陆文学，也大异其趣。诚然，中国大陆作家直至目前，无论在语文运用或文体结构方面，基本上仍是承袭前代遗风，就这一点来说，实在看不出新文学与中国大陆文学有什么重大的相异之处。但那个时代的新文学，确有不同于前代，亦有异于中国大陆文学的地方，那就是作品所表现的道义上的使命感，那种感时忧国的精神。当时的中国，正是国难方殷，企图自振而力不迨，同时旧社会留下来的种种不人道，也还没有改掉。是故当时的重要作家——无论是小说家、剧作家、诗人或散文家——都洋溢着爱国的热情。在本文里，我只以小说为例来证明我的说法。

　　中国人向来以人道文化的继承者自居，遵循儒家克己复礼、仁政爱民的教训，实现佛家恩被万物的理想。但自十九世纪中叶以来，长期的丧权辱国，当政者的积弱无能，遂带来历史上中华民族的新觉醒。作家和一些先知先觉的人物，他们所无时或忘的不仅是内忧外患、政府无能；不管中国的国际地位如何低落，在他们看来，那些纷至沓来的国耻也暴露了国内道德沦亡，罔顾人性尊严，不理人民死活的情景。大陆政权易手后，中国共产党在国际舞台上以强国自居，作家过去因为国难而耿耿于心的屈辱感，似乎一扫而光了。同时，文学一改本来面目，作品只是宣传工具，二三十年代那种对时局批判的精神已荡然无存。不过，间中亦有不少作家及批评家，贯彻人道主义文学的精神，针砭现实，大声疾呼，足证他们对中国人民的福乐，仍然非常关切。

即使从世界文学的眼光来看，中国现代文学感时忧国的精神，仍然值得我们进一步加以探讨。表面看来，笔者好像过分强调中国现代文学勇于自责的精神，因为我们也可以说中国现代文学之所以现代，不过是因为它宣扬进步和现代化不遗余力而已。例如晚清的知识分子严复，渴望中国能够模仿西方国家的政制，学习西方的科技。史华兹教授（Professor Benjamin Schwartz）曾著述专书，研究严复的生平，书名《富强之路》（*In Search of Wealth and Power*），正好充分表现出严复要积极导致中国富强的理想。[①]在一九一九年，《新青年》的主编，其后又是中国共产党创始者之一的陈独秀，以德先生和赛先生的口号[②]，为新文化运动辩护。近代的中国作家非常向往富强、民主，而又在科技上有建树的新中国。共产主义的信仰者，以为他们所信奉的，比民主政体更进一步，认为他们向往的无产阶级社会已隐含了民主的理想。在中日战争期间，毛泽

---

① *In Search of Wealth and Power*：*Yen Fu and the West*（Harvard University Press，1964）.

② 可参阅Chow Tse-tsung（周策纵）：*The May Fourth Movement*：*Intellcctual Revolution in Modern China*（Harvard University Press，1960），pp. 58—59.

东作《新民主主义论》一书，吸引很多中国人接受他的共产主义理论。

中国爱国志士所梦寐以求的理想，当然也是现代西方文明致力的目标。但是，西洋现代文学的代表作品却对西方文明所代表的富强表示反叛；它们着重描写个人精神上的空虚，且攻击现代社会。黎昂卢·屈林（Lionel Trilling）在《论现代文学的特色》（*On the Modern Element in Modern Literature*）这篇精辟的论文中，指出这种特色实表示西方文化"对文化本身的失望"。他说："依我的看法，现代文学——至少是那些最有代表性的现代文学——的特色，便是对文明本身所抱沉痛的仇视态度。"[①]他列举现代文学精神上的先导者，如尼采、佛莱则（Frazer）、弗洛伊德和现代文学的代表作品，如《地下室手记》（*Notes from Underground*）、《黑暗的中心》（*Heart of Darkness*）、《伊凡·伊里奇之死》（*The Death of Ivan Ilytch*）、《威尼斯之死》（*Death in Venice*）等作品为例，阐释现代文学那种精神昂扬的叛逆意识，歌颂人类非伦理的原始天性，对西方文化的道德、宗教基础，表示极大的怀疑，甚至打算完全摈弃。虽然屈林在这问题上未作进一步的申述，但他一定会同意：现代人所处的环境是冷酷无情的，因此会产生这类充满虚无主义和非理性的文学作品。

现代的中国文学，既隐含对民主政治和科学的向往，故就屈林的释义，与现代西方文学并无相似的地方。现代的中国作

---

① Lionel Trilling: *On the Modern Element in Modern Literature*, *Partisan Review*, *XXVIII*, *NO.1*（January–February 1961）, p.10.

家，不像陀思妥耶夫斯基、康拉德、托尔斯泰和托马斯·曼那样，热切地去探索现代文明的病源，但他们非常感怀中国的问题，无情地刻画国内的黑暗和腐败。表面看来，他们同样注视人的精神病貌。但英、美、法、德和部分苏联作家[1]，把国家的病态，拟为现代世界的病态；而中国的作家，则视中国的困境为独特的现象，不能和他国相提并论。他们与现代西方作家当然也有同一的感慨，不是失望的叹息，便是厌恶的流露；但中国作家的展望，从不逾越中国的范畴，故此，他们对祖国存着一线希望，以为西方国家或苏联的思想、制度，也许能挽救日渐式微的中国。假使他们能独具慧眼，以无比的勇气，把中国的困塞喻为现代人的病态，则他们的作品，或许能在现代文学的主流中占一席位。但他们不敢这样做，因为这样做会把他们改善中国民生、重建人的尊严的希望完全打破了。这种"姑息"的心理，慢慢变质，流为一种狭窄的爱国主义。而另一方面，他们目睹其他国家的富裕，养成了"月亮是外国的圆"的天真想法；不过，中国文学作品尽管自外于世界性，但若作家能透彻地描写中国的困厄，则他们的作品，和西方文学的佼佼者，在精神上也有共通的地方。

在鸦片战争（一八三九年至一八四二年）以前，中国人就算在异族统治下，也怀着唯我独尊的文化优越感，每当异族入主中国的时候，儒家思想的士大夫，满怀复国的决心，鄙视入侵的蛮族。但当局势稳定下来以后，鄙视异族的观念也就慢慢

---

[1]　我特别指帕斯捷尔纳克（Boris Pasternak）和扎米亚京（Evgeni Zamyatin），后者以We一本幻想小说名闻于世。

消失，士大夫照样事奉新朝。根据中国传统史家的看法，一个朝代的灭亡，是由于佞臣当道，君主昏庸，当政者未能力行儒家仁政爱民的政治理想所致。因此，儒家的政治理想，从未成为作家笔下的讥讽对象。根据这种理论，儒家的政治理想，异族朝廷也可照样求之实现。正如西方古典文学一样，中国传统文学的讽刺对象，只是那些违反圣贤遗教、社会法则的人物或风俗而已。

《镜花缘》是十九世纪初期的作品，可以作为鸦片战争前中国讽刺小说的代表。作者李汝珍（约一七六三年至一八三〇年）观察敏锐，思想脱俗。书中唐敖、林之洋诸人游历了很多虚构出来的国家，见到的各种奇风异俗，不但影射当时的中国，且有移风易俗的作用。例如在君子国中，卖商不断降低价格，而购买者以为既然物有所值，理应付出更多的金钱，才肯拿走货物。这是对中国或其他地方商业交易的讽刺。唐、林诸人拜访君子国两位长者，一名吴之和，一名吴之祥，分属同胞兄弟。两位长者问及中国种种荒诞的习俗，缠足为其中一例：

　　吾闻尊处向有妇女缠足之说，始缠之时，其女百般痛苦，抚足哀号，甚至皮腐肉败，鲜血淋漓。当此之际，夜不成寝，食不下咽，种种疾病，由此而生。小子以为此女或有不肖，其母不忍置之于死，故以此法治之；谁知系为美观而设，若不如此，即为不美。试问鼻大者削之使小，额高者削之使平，人必谓为残废之人，何以两足残缺，步履艰难，却又为美？即如西子王嫱，皆绝世佳人，彼时又何尝将两足削去一半？况细推其由，与造淫具何异？①

许多章回以后，林之洋在女人国被俘为国君的后宫，备受了缠足的苦楚。这样，作者以戏剧性的手法，把吴之和对缠足的批评表现得更淋漓尽致。

不过，即使在批评中国最不人道的习俗时，李汝珍仍保持中国读书人固有的自尊，认为这些恶习系由于乖离了中国文化的最高理想之故。在《镜花缘》里，作者谓吴氏兄弟是泰伯之后。泰伯是周文王的伯父，又是一位圣贤，让位于其弟而逃抵尚未开化的吴境，教化当地人民。故此，吴氏兄弟所处的君子国，人民仍力行周室肇创期间的宏风。吴之和糅合儒、道两家的观念，反对缠足。庄子若在，也许会同样提出"鼻大者削之使小，额高者削之使平"的反问句吧。

十九、二十世纪之交，清朝式微之际，产生另一重要的讽刺作品《老残游记》。作者刘鹗（一八五七年至一九〇九年）与李汝珍一样，不拘泥世俗，对各项杂学都感兴趣。但生当晚清，颇受西方思想的熏陶，曾试办不少现代化的实业，可惜都半途而废。在《老残游记》中，他以睿智仁爱的儒者立场，指责暴虐无能的贪官污吏，深恐逼近眉睫的革命，会带给中国无可挽救的创伤。对贫苦大众及在苛政下喘息的良民，刘鹗表示极大的同情，显示他对人道主义的尊崇。虽然他的思想是儒家的，但也隐约看出他受西方思想的影响。特别值得我们注意的是，《老残游记》有其晚清小说的特色（与《镜花缘》里的讽刺，判然有别）。他把中国喻为一艘破漏欲沉的帆船，备受内

---

① 《镜花缘》，第十二回。

乱和叛变的摧残。第一回描写一个奇怪的梦，在梦中，老残和两位至友，在山东海面附近，发现这艘帆船：

> 船身吃载很重，想那舱里一定装的各项货物。船面上坐的人口，男男女女，不计其数。却无篷窗等件遮盖风日，同那天津到北京火车的三等客位一样。面上有北风吹着，身上有浪花溅着，又湿又寒，又饥又怕。看这船上的人都有"民不聊生"的气象。那八扇帆下，各有两人专管绳脚的事。船头及船帮上有许多的人，仿佛水手的打扮。
>
> 这船虽有二十三四丈长，却是破坏的地方不少：东边有一块，约有三丈长短，已经破坏，浪花直灌进去；那旁，仍在东边，又有一块，约长一丈，水波亦渐渐浸入；其余的地方，无一处没有伤痕。那八个管帆的却是认真的在那里管，只是各人管各人的帆，仿佛在八只船上似的，彼此不相关照。那水手只管在那坐船的男男女女队里乱窜，不知所做何事。由远镜仔细看去，方知道他在那里搜他们男男女女所带的干粮，并剥那些人身上穿的衣服。①

视为政治寓言，整个梦境殊堪玩味；上面所引的文字，可见作者对中国生死存亡关头的警讽之意。谢迪克教授（Prof. Harold Shadick）将此书译成英文，译笔精确，在附注中他为洋读者设想，点明"二十三四丈长代表一九一一年革命前中国的二十三四个行省"，而"约有三丈长的破漏，代表当时的满洲"，正受"日俄窥伺"；至于"东边的伤痕"，指"受英、

---

① 《老残游记》，第一回。

德虎视眈眈的山东"。①在梦境的后半段，叛徒（革命者）正向船主（国君）和舵手（国家的主要臣宰）挑战。这群叛徒，只知贪婪投机，既不能脱船于险，亦不能改善船上搭客（人民）饥寒交迫的困境。老残和他的两位至友，终于乘坐一艘轻快的小艇，向大船驶去，携同"一个最准的向盘，一个纪限仪，并几件行船要用的物件"。但甫上大船，便被全体船员和搭客指摘为"洋鬼子差遣来的汉奸"。当他们回到自己的船上，便立刻被大船打来的"断桩破板"击沉了。

老残希望凭借西方的航海工具，以挽救中国于险境，但他绝不抹杀中国的传统文化。在小说中，他是作者自己的写照，一位有堂吉诃德式的侠气，合儒、释、道三家思想于一身的仁者。不过，他深信不能单凭教化，以拯救这艘危船。若要帆船脱离险境，船主和水手不但应以仁爱体恤搭客，预先防范叛乱，而且得修补破漏，测定方向，始能把船驶离风浪之外。晚清之际，张之洞力主改革，提出"中学为体，西学为用"的口号，以为中国之新生，固在于保存中国传统文化和政治理想，但对儒家经籍所不能解决的问题，必须以西方学术弥补。当时不少知识分子，风从其说，而刘鹗是其中的代表。在《老残游记》中，主角对历朝束手无策的黄河水利问题非常关注，正好表现作者对西方科技的重视。

鲁迅（一八八一年至一九三六年）虽然只比刘鹗年轻二十四岁，但是他的作品，显然属于一个新的时代。他不再相信中国的传统文化是完美无缺的。鲁迅的作品值得重视，并不

---

① Harold Shadick：tr., *The Travels of Lao Ts' an*（Cornell University Press，1952），pp. 238—239.

在于他率先以西洋文学的风格和写作技巧从事小说的创作，而在于他的现代观念，凭着他敏锐的观察和卓见，把中国社会各阶层的腐败，赤裸裸地表现出来。早在他还未受左派吹捧之前，他的作品已吸引很多有识之士。鲁迅的小说提出了一个问题：假使丧权辱国的责任，要由士大夫和知识分子承担的话，生活在浑噩和迷信中的无知百姓，其实也难辞其咎。不过，新一代的青年，或可幸免上一代的悲惨命运，但事实是否如此，鲁迅也不敢下一定论。①

尽管刘鹗一生坎坷，比起鲁迅来，他对中国的前途更具信心。他小说里的主人公是一位救世者，担任各种不同的任务。虽然在书中，他尚无机会实行他防止黄河泛滥的计划，但他却是一位妙手回春的良医，到处行医济世；又是一位独来独往的游侠，随时准备匡扶正义。至于年轻的鲁迅，在负笈日本学医时，也是满怀希望。但一接触到西方思想和文学后，猛然觉醒，看出医药无法根治国人心灵上的疾病，同时觉得中国若再不奋发图强，便会继续沉沦下去，万劫不复。在刘鹗的时代，严复已翻译了赫胥黎的《天演论》②（*Evolution and Ethics*），

---

① 若要对鲁迅感时忧国的精神作较深入的研究，可参考《中国现代小说史》第二章及拙著：On the "Scientific" Study of Modern Chinese Literature, *T'oung Pao*, 50, Nos4—5（1963）；及夏济安：*Aspects of the Power of Darkness in Lu Hsün*, *The Gate of Darkness*（University of Washington Press，1968）.

② 参阅Benjamin Schwartz：*In Search of Wealth and Power*, Chapter 4：*Western Wisdom at its Source*：*Evolution and Ethics*，刘鹗因为阅读了严复翻译的《天演论》，才能认识到达尔文的进化论。可参阅Translator's Introduction *to The Travels of Lao Ts'an*, p. xviii.

使学者接触到"适者生存"的理论。《天演论》当然鲁迅很早就读了，但他也读了尼采的作品，因之他对中国的看法，与晚清文人不相同。他认为中国传统的一切道德教化，嘉言懿行——也就是李汝珍和刘鹗所据以批评社会和朝廷腐化的立足点——只是一种假道学，借以掩饰中国社会的黑暗，这也是后来所谓的残酷封建制度。鲁迅的第一篇小说《狂人日记》（一九一八），把中国描绘成一个人吃人的国家，表面上大家满口仁义，骨子里却罪恶滔天。他对中国的控诉，借一个狂人说出来，以减低其激烈程度。下面这段尼采式的劝诫，虽出于狂人之口，却无疑是作者的意见：

> 你们可以改了，从真心改起！要晓得将来容不得吃人的人，活在世上。
> 你们要不改，自己也会吃尽。即使生得多，也会给真的人除灭了，同猎人打完狼子一样！——同虫子一样！①

我们无须在中国历史上旁征博引，来证明这项可怕的预言是否属实。最重要的，是在清末民初时，中国社会陷入瘫痪状态，作家也从过去的文化优越感中醒觉起来，重新对中国传统文化，作一深切的检讨。

中国的国耻、积弱和腐败，启发了一九一八年至一九三七年间大部分严肃的作品。正如上文所说，这种觉醒反映出作家对人类尊严和自由的向往。如婚姻之事，无须受父母的摆布，应可自由选择理想的对象；农民、苦力和工人都应得到公平

---

① 《鲁迅全集》第1卷，第289页。

的待遇和合理的报酬。这些描写青年人和穷苦大众的作品，虽能唤起我们的同情心，但在今日看来，未免感情过激。不过，这些作品有其历史价值，因为它们反映出作家对中国的社会状况的深切体验。在他们看来重重的内忧外患，都是因为中国不争气。因此，闻一多仿何德《衬衣之歌》（*The Song of the Shirt*），写了一首《洗衣歌》，描写在美国的中国洗衣工人，把他们的屈辱看成是中国羞辱的延长。郁达夫在《沉沦》（一九二一）中，描写一位留日的中国青年，缺乏异性的慰藉，备受思乡病和神经病的磨折，被迫自尽。临终前，他把自己的痛苦，归咎于中国的荏弱：

> 祖国呀祖国！我的死是你害我的！
> 你快富起来，强起来罢！
> 你还有许多儿女在那里受苦呢！①

现代中国小说虽满纸激愤哀怨，但富于写实。二十年代末期和三十年代初期的一些作家，以忠于写实为务，运用讽刺的笔调把中国写成一个初次受人探索的异域。沈从文的《阿丽思中国游记》（一九二八）、老舍的《猫城记》（一九三二），是这类作品的代表。他们都是当代的名作家，继承李汝珍和刘鹗的讽喻写法，在其感时忧国的题材中，表现出特殊的现代气息。他们痛骂国人，不留情面，较之鲁迅，有过之而无不及。

沈从文在这幻想小说的第六章，描述阿丽思和兔（在小说

---

① 郁达夫：《沉沦》，上海泰东图书局1928年版，第72页。

里，作者把这兔子写成一位苏格兰绅士，名约翰·傩喜）乘车游览一个中国城市。途中，他们被一位饥民拦途截劫，此"劫贼"毛手毛脚，一看便知是初出道的人。原来他企图借此自投法网，以求一死。细问情由之下，那人的态度也没有初时凶狠，较前大为友善，且说出他一生的不幸，原来他行乞多年，刚在昨天拾到一份被人弃于路旁的报纸，读完一篇写给穷人的文章后，更加强了他的死志。这篇文章题为《给中国一切穷朋友一个方便的解决办法之商榷》，以下是其中一段：

> 我诚心如像那个作《育婴刍议》的主教先生全为爱尔兰民族着想才作一个这样忠实稳妥条陈的。其实就照到那个主张，把我们中国所有挨饿父母养的孩子，好好的如那个方法到在生下以后两周年杀死，来按着腌火腿法子，揉上一点椒盐之类，过一月两月，时间已够了，就拿出来用很公道的价钱卖给中国上流人以及对于中国感到友谊感到趣味的外国人，何尝不是一个办法呢。如此的处置中国穷孩子，我敢断定凡是目下口口声声说要同中国"共存共荣"的黄色人，以及其他白人，只要这孩子腌盐时留心一点，莫肮脏，莫损失固有美观颜色，则当无不愿意花一点钱买中国小孩子肉吃的。我们若果实行这个办法，因穷小子太多，恐怕在未曾为他们吃出味道以前销路上不行，则选出一部分是以为他们做童工的留下；在中国上流人方面既有了姨太太、丫头、娼妓，在外人方面又留有童工……唉，真可以说是一个顶经济的办法！①

---

① 参看《阿丽思中国游记》上册，上海新月书店1928年版，第135—136页。"口口声声说要同中国'共存共荣'的黄色人"指日本人。

沈从文后期的作品，风格同斯威夫特迥异，因为他对人性还抱有稳定的信心。《阿丽思中国游记》从很多角度去衡量，都不能算是一部成熟的作品。但写这部小说时，沈从文发泄他对中国社会的不满，正好成功地利用这篇《育婴刍议》的名文，加强他对社会的刻薄讽刺。但腌杀中国孩子的写法，虽然学斯威夫特的笔调，就其立论，也继承了鲁迅的笔法，把中国写成一个残忍的食人国。在《阿丽思中国游记》的结尾，这位英籍的女主角来到湖南的一个圩市，那里每五天便有苗族土著赶集，把他们的女儿贱价卖给汉人，长大后做娼妓和婢女。其中一位三岁大的女童，虚报岁数，歌唱娱人，以提高身价。他的父亲终于卖了她，但只以十块钱成交。阿丽思虽有过人的天聪，但还未知道娼妓这回事，因此怎样也想不到人们买女孩子的原因：

> 阿丽思觉得，这真怪。把人不当人，来买卖，这倒不出奇。奇怪的是买来有什么用处？人是还得成天吃饭喝茶的一种东西，难道买来家中吃饭喝茶吗？小女孩是只会哭的东西，难道有些人嫌家中清静，所以买一个女孩子来捶打折磨，尽她成天哭，这家庭就有趣味了么？[1]

不过，到这时候，阿丽思已在中国游历够了，便决定回家去。

《猫城记》叙述一位中国机师，失事坠机在一个名叫猫国的火星国度里，给当地一位名叫大蝎的社会名流捉去，以礼相

---

[1] 《阿丽思中国游记》下册，第233页。

待。机师与主人一同到猫国的首都，观察其中奇异的政治教育制度，后来并目睹它遭受邻国侵略而城破种灭，仅剩下两只惧外媚外的猫，却互相搏斗以致身亡。老舍无疑是以他的同胞做模型，来塑造这些猫，它们要吃一种麻醉性的迷药，以维持生命，好像中国人要吸食鸦片一样。他们懒惰懦弱、狡猾贪婪、好色败德、惧怕外族，却又要模仿外国人的恶习。身材矮小的侵略者代表日本人，因为远在三十年代的初期，日人已作吞灭中国的狂想。借着《猫城记》，老舍警告同胞，灾祸已迫在眉睫。所以，此书成为中国作家对本国社会最无情的批评。

书中很多地方讽刺过于露骨，故后来老舍以为缺乏艺术上的成就，这也许是恰当的。不过，《猫城记》几节最精彩的文字，给人印象完全不是夸大的玩笑或讽谑。作者在第十五章刻画一个传统的中国妇人的奴颜婢膝，丝丝入扣。她是一个公使的寡妇，统辖公使家中八位侍妾。除了鸦片以外，公使有中国上流人的一切恶癖。第十五章开始时，老舍描写府第崩坍，公使寡妇独存于瓦砾中，乃向机师发泄她抑压已久的愤恨，逐一咒骂周围的尸首。第一个被公使泄欲的受害者，成为她首先咒骂的对象：

> "这个，"她揪住一个死妇人的头皮，"这个死妖精，十岁就被公使请来了。刚十岁呀，筋骨还没长全，就被公使给收用了。一个月里，不要天黑，一到天黑呀，她，这个小死妖精，她便嚎啊嚎啊，爹妈乱叫，拉住我的手不放，管我叫妈，叫祖宗，不许我离开她。但是，我是

贤德的妇人，我不能与个十岁的丫头争公使呀；公使要取乐，我不能管，我是太太，我得有太太的气度。这个小妖精，公使一奔过她去，她就呼天喊地。嚎得不像人声。公使取乐的时候，看她这个央告，她喊哪：公使太太！公使太太，好祖宗，来救救我！我能禁止公使取乐吗？我不管。事完了，她躺着不动了，是装假死呢，是真晕过去？我不知道，也不深究。我给她上药，给她作吃食，这个死东西，她一点并不感念我的好处！后来，她长成了人，看她那个跋扈，她恨不能把公使整个的吞了。公使又买来了新人，她一天到晚的哭哭啼啼，怨我不拦着公使买人；我是公使太太，公使不多买人，谁能看得起他？这个小妖精，反怨我不管着公使，浪东西、臊东西、小妖精！"[1]

看了上面一段，读者或会震惊于公使对稚妾的淫虐，而忽略其中更深刻的讽刺。老舍的原意，一方面是描绘公使和中国富人的禽兽行为，蓄妾以泄欲；但最令人痛惜的地方，是这寡妇全盘接受妻子的名分，忽略了自己在婚姻上的地位，更不体会到自己的处境，其实比婢妾更惨。至于那死去的妇人，无论怎样楚楚可怜，到底不是陀思妥耶夫斯基笔下那种深受痛苦折磨的无告女子。她起初被公使肆虐，挨不住肉体的痛苦而呼救；但当她年纪渐长时，已不再害怕，而要求性的满足。后来，她被公使玩腻了，遭受抛弃。她虽被公使蹂躏，至少明白自己对性的饥渴，故公使另结新欢时，她便昼夜啼哭。反之，

---

[1] 《猫城记》，上海现代书局1933年版，第126—127页。

公使的妻子却受了所谓"上流教育"的余毒，压制人性的要求。她虽冷面无情，也稍具恻隐之心，给那稚妾上药和作食。但她从不干预丈夫的奸淫好色，漠视自己在婚姻上的主权，甘愿身殉名教，其可怜处，较诸侍妾，尤有过之。在当时社会中，她被目为一位"贤德妇人"，而她亦以此自骄于人，当她决定履行所谓"贤德妇人"的职分时，便是她身殉名教的开始。她想来是正派人家的女儿，故婚姻之事，不能自己做主。当她以鄙屑的口吻，叙述那婢女后来的遭遇时，可以看出她也有性的需要；但她的教养，使她把性爱的乐趣，看为男性的特权。因此，要求异性的慰藉，或是与她丈夫日渐增多的侍妾争宠，更是不屑为之。她没有恳求丈夫放过这十岁的女童，就是恐怕被人视为毫无气量的妒妇。尤有过者，在另一段独白中，她分明说出自己能和侍妾共享其夫，更会增加她的光彩。她坚持自己那种荒谬的理论，以为丈夫侍妾愈多，愈显出他的财富和权势，而她也因为嫁到这位财雄势力的丈夫，才感到无比的荣幸。

当然，她的身殉名教是有所补偿的。在社会的认许下，她可随意以虐待侍妾为荣；而当侍妾逐一被公使的新欢取代时，她又大可幸灾乐祸一番。不过，到丈夫死后，她才能完全支配这些侍妾。在这方面，她和《金瓶梅》中西门庆的妻子月娘有点相似。不过，月娘倒算慈悲，准许一些侍妾改嫁，或把她们卖了。而公使的寡妇，却严密监视这八个奴婢，要她们死守贞洁，毫无人生乐趣。其次，《金瓶梅》中的月娘，当丈夫在世时，沮丧忧戚，怨天尤人，间中和宠妾金莲吵架，迫得要参禅拜佛，以求精神上的慰藉。而公使的妻子却毫无怨言，故比月娘更为卑贱，更无人气。借着她那几篇的独白，老舍把这位公使夫人的一生，描绘得惨绝人寰。

一九三七年七月，八年的对日抗战开始。战争爆发前一年，"国防文学"的口号已引起一场论争。这是共产党的口号，借此推行它的统一战线政策，以争取写作界的爱国分子到它的阵营。不过，即使没有这些宣传，很多作家也会相继声援抗战，歌颂战争英雄，以振奋人心。《猫城记》的作者老舍亦热烈鼓吹抗战，写了几本剧本，一部小说和许多诗歌，其文学成就和他早期最好的小说相比，相去千万里，虚枉了他的文学天才。不少有地位的左派及独立作家，过去都批评中国人心理上的病态，现在却一改以前的作风，重新确定中国传统价值，表彰忠勇精神。仅对于凡是危害抗战、影响士气的事情加以讥评。抗战末期，大后方日益腐化，战火破坏后的中国，元气殆尽，贪污和不平等的现象，又再死灰复燃 此情此景，使作家震骇不已，讽刺的笔调又再度抬头。他们仍对穷苦大众和受压迫者寄予深切的同情，但当时婚姻制度显已改善，不必他们特别加以关注了。

另一方面，这时期的延安作家早已放弃以前大刀阔斧的讽刺笔调。讽刺的对象，只能局限于汉奸和那些所谓法西斯主义者，若要批评，只能批评小资产阶级知识分子。

在本文中，我觉得应该注意的是新政权初期，受到嘉许的作品所表现的想像特质，因为在这个时期一般作家同政府还算是相当合作的。我仅以杨朔《三千里江山》中的一段为例。这本小说以中共参加朝鲜战争为题材，出版时极受报界赞扬。故事中只有一位低级军官出身属于小资产阶级，而全部志愿军，都是舍身为国的英雄，视朝鲜人民如兄弟，对美帝国主义表示无限的憎恨。此书和大部分五十年代的作品一样，仍带有一些个人主义的色彩，在鼓动"文化大革命"的人看来，该是极端反动的。若要加罪的话，可以评判作者死心不息地要建立一个不受控制的快乐"独立王国"。

故事的主人公，火车司机吴天宝和他任职护士的未婚妻姚志兰，是朝鲜战争前线的志愿军，他们舍己为国，无暇相会，结果，男主角终于牺牲在美军炸弹之下。死前，在极度疲乏之下，他曾梦想将来的美景：他想总有一天，光荣退役后，同姚志兰一起过日子：

等胜利了，他们就要结婚，就要永远在一起，不再离开了。天天工作完了，他们要一个桌上吃饭，一盏灯下学习，星期天，他就不许她死钻在书本里了。他们要一块出去蹓跶蹓跶，带上孩子。那时候他们一定有孩子了：一个闺女，一个小子。他拉着闺女，让小姚牵着小子，坐在苏联式大"巴斯"车，呜呜一阵风，去看苏联电影《幸福的生活》。

难道这还是梦想么？将来谁不过的是这种生活？<sup>①</sup>

中苏交恶后，这一段文字已成了明日黄花。搞通思想的青年，这几年来就不会想坐苏联式的巴士车（虽然它也许比中国的更大、更快，也更舒适），也不会想看苏联电影，而苏联电影也多年没有在大陆上映了。只是这位青年和未婚妻幸而获准结婚，也不能每晚在家里同餐——这徒然是奢望而已。即使他们偶然派在同一地方工作，他俩每晚也要参加各式各样的群众集会。但小说中最尖酸的讽刺，是那张电影的名字：在男主角的梦想中，六七年之后的所谓"幸福的生活"，也不过是带家人去看一部同名的苏联制片场的产品而已。

不过，剖析五十年代初期一部小说里一个党的英雄所发的小资产阶级或修正主义的白日梦，并非我的重点。我只是借

---

① 杨朔：《三千里江山》，人民文学出版社1953年版，第190页。在北京出版之英译本中，这段文字曾作重大的删改。

下文即引自该译本（袁可嘉译，北京外文出版社出版，1957年），第209—210页。

"When victory is won, we shall live together as man and wife and never part again. After the day's work, we'll have supper at the same table and study by the same lamp. She is a great lover of flowers. She used to plant balsam under the window and rougedher finger-nails with the petals. We'll surround our house with all sorts of flowers so that we can pass every day among them."

"等胜利了，我们就要结婚，就要永远在一起，不再离开了，天天工作完了，我们要一个桌上吃饭，一盏灯下学习。她很爱花木，在她的窗子下面种过许多凤仙花，把花瓣来染指甲。我们要在房子的周围都种满花草，每天从花丛中走过。"

此证明这本小说对人民起码生活要求的渴望。二三十年代的小说，表面是批评传统的道德伦常，实则表彰人性的高贵，一些作家以痛陈时弊的手法，表达他们对中国前途的深切关怀。这些现代作家显然毫无忌讳，敢说敢骂。而中国大陆的作家，表面极力褒奖大公无私的英雄人物，实则在他想像社会主义的理想远景时，寄托了一些自己心中尚隐藏的个人幸福美梦。他被迫放弃督导社会的责任，但他却不能完全抹杀人性的要求。

这位火车司机所做的小资产阶级白日梦，同鲁迅把中国描绘成恐怖的食人国、沈从文的腌杀两岁孩子的讽喻之笔、老舍对传统社会"贤德妇人"之无情刻画相比，实在平淡无奇，想像力的表现显得庸俗。但假如说早期几位作家对社会的猛烈抨击，实出于一片苦心，则杨朔在赞美党的英雄之际，有意无意间加插一点对家庭和个人幸福的憧憬，这也正表示他还带有上述作家的现代精神。

（丁福祥、潘铭燊译）